古典新知

三言二拍：宋明的烟火与风情

王　昕

人民文学出版社

图书在版编目（CIP）数据

三言二拍：宋明的烟火与风情／王昕著．—北京：人民文学出版社，2023
（古典新知）
ISBN 978-7-02-018199-5

Ⅰ.①三… Ⅱ.①王… Ⅲ.①话本小说—小说研究—中国—明代 Ⅳ.①I207.419

中国国家版本馆 CIP 数据核字（2023）第 153928 号

责任编辑　胡文骏
装帧设计　刘　远
责任印制　张　娜

出版发行　人民文学出版社
社　　址　北京市朝内大街 166 号
邮政编码　100705

印　　刷　三河市鑫金马印装有限公司
经　　销　全国新华书店等

字　　数　197 千字
开　　本　880 毫米×1230 毫米　1/32
印　　张　10.5　插页 15
版　　次　2023 年 9 月北京第 1 版
印　　次　2023 年 9 月第 1 次印刷

书　　号　978-7-02-018199-5
定　　价　55.00 元

如有印装质量问题，请与本社图书销售中心调换。电话：010-65233595

目 录

话本里的宋明

失而复得的"三言""二拍" 3
话本小说是近代文学的正宗 9
喧嚣在话本中的宋明之世 13
小说说"小" 21
话说无巧不成书
　　——漫说情节小说 32

饮食男女的世界

散发凡俗烟火气的饮食世界 41
虐食者的罪与罚 47
小市民难以承当的激情 52
白娘子的情与义 59
刘四妈的那张嘴 62

墙头马上与合色鞋儿
　　——爱情小说场景的真实度　　70
市井婚恋的悲喜剧　　77
杜十娘和她的百宝箱　　82
名士与名妓的关系　　91
爱情加馅饼　　96
　　女性的才干　　96
　　谈谈名妓的收入　　102
成问题的审美观　　108
话本里的"女扮男装"　　116
贞节观念　　123
　　单符郎娶娼的义气　　124
　　同入洞房或者同归于尽　　127
　　张生补的什么过　　131
　　贞节敌不过孔方兄　　134

文士与文章

文人的发迹变泰　　141
靠文章发迹的书生　　146
文人逸事露才情　　151
　　说话要靠露才情　　151
　　文人面目的改换　　156
　　王安石的两副面孔　　158

友谊的主题 164
    书生鬼战荆轲 165
    一顿鸡黍饭 169
    高山流水 173
话本小说中的文字崇拜 179
    话说文人的运气 180
    文章与楼阁 186
    "仙人好楼居" 191
    通晓蛮语的谪仙人 195

市井人物发家史

好人好报的施润泽 203
为证明自身价值的义愤 207
小商贩的获利之道 212
为蝇头努力去争 217
发财神话和麻衣相法 221
说掘藏 230
徽商的乌纱帽与红绣鞋 240
发迹变泰的各种征兆 245

喧嚣声中的信仰与心态

烟粉灵怪 257
    《杨思温燕山逢故人》 258

3

灵怪小说和词语套路	261
多情女儿与灵鬼	269
仙道小说	**275**
《庄子休鼓盆成大道》	282
《张古老种瓜娶文女》	286
《薛录事鱼服证仙》	293
黛玉葬花的原型	296
佛教故事	**299**
戏说的历史由来已久	301
因果教诲无处不在	305
公案小说	**309**
《三现身包龙图断冤》	311
《简帖僧巧骗皇甫妻》	315
《勘皮靴单证二郎神》	317
市井化了的清官	319
千里做官只为财	321
清官装鬼和好歹赖他娘的猫儿尾拌猫饭	325
——谁也打不起的官司	328

话本里的宋明

失而复得的"三言""二拍"

明清是小说戏曲的黄金时代。《三国演义》《水浒传》《西游记》《金瓶梅》，还有伟大到有些寂寞的《儒林外史》、百科全书式的《红楼梦》。这些个鸿篇巨制虽然在几百年的流传过程中，同样逃不过被禁毁、谩骂、诅咒的命运，但作为小说至少它们没有被忘记。而明清最著名的白话短篇小说集"三言""二拍"的命运则更为不济。"三言""二拍"最早出版的时候，也曾轰动一时，在市井坊间颇为走俏："不翼而飞、不胫而走。"畅销的结果是惹得书商纷纷翻刻。不久就有更精明的书商来摘桃子："想看官之所想"，出了"浓缩精华本"——这就是明末抱瓮老人从近二百篇的作品中选辑了四十篇小说而成书的《今古奇观》。这个本子对"三言""二拍"的影响，就像打着振兴京剧的旗号，在舞台上大搞名家名段荟萃的演出一样，须眉生动的一个整体，愣被好事者抠鼻剜眼，重新组合，取而代之。结果《今古奇观》一出，"三言""二拍"就黯淡无闻、乏人问津，甚至最终在国内失传。

到了1918年胡适作《论短篇小说》时，明清白话短篇小说部分论的就是《今古奇观》。1930年鲁迅著《中国小说史略》仍说："'三言'云者，一曰《喻世明言》，二曰《警世通言》，今皆未见，仅知其序目。"就更不要说"二拍"了。所幸稗官小说一类的书籍在邻国日本、韩国等地得到了较完整的保存，二十世纪三四十年代陆续由我国学者翻拍、影印回来出版。稗官小说历来不是人们珍藏敬惜的对象，加之卷帙繁浩，历经兵火饥荒，留存下来颇为不易。"三言""二拍"的失而复得，应该感谢我们的东邻，这是国际文化交流对保存文化遗产的重要意义，就如同印度学者要写古印度史，不得不依赖法显、玄奘等西去求法者的著作；研究佛教要求助于我国对印度佛教典籍的保留一样。

最近一次重大的海外发现是1987年在韩国发现明末陆人龙的拟话本集《型世言》。有人说《型世言》的发现将带来人们对古代白话短篇小说认知和研究格局的改变，由所谓"三言""二拍"，变成"三言""二拍""一型"，这个结论目前看来有些兴奋得过头，《型世言》的规模、成就和对后世的影响远不及"三言""二拍"，否则本书的题目就不是诸位看官见到的样子了。

所谓"三言"，是冯梦龙应书坊主的约请，编辑整理的宋元明三代的话本、拟话本小说集。开始总名为《古今小说》,一百二十篇,分三集,每集四十篇。后来想到些微言大义,要担些教化世人的责任的意思,就将三集分别名之为《喻世明言》《警世通言》《醒世恒言》,这也算是地位卑贱的通俗小说自抬身价、重新包装的手段。冯梦龙对所选话本作了较多的删改增饰,其中《老门生三世报恩》一篇可以确知为其自创的小说。"二拍"则是书坊主看到"三言"畅销之后,力邀另一位在书坊中颇为活跃的文化人凌濛初,照方抓药,编纂出来的。只是冯梦龙的"三言"几乎把当时能见到的优秀作品一网打尽,凌濛初无奈之下只好另起炉灶,根据《夷坚志》《太平广记》一类文人笔记和明代的社会新闻,创作了拟话本"二拍"。

冯梦龙和凌濛初的出身背景和生平经历大致相仿,都是功名不得意,笔头极劲健便给的才子型文人,而且自家也是开书坊经营图书的。冯梦龙曾极力撺掇书商重价购刻手抄本的《金瓶梅》,不单是发现了该书巨大的文学价值,也是出自坊间人物对市场流行趋势的敏感,这一点与同样对抄本《金瓶梅》很感兴趣的袁宏道、沈德符又不完全相同。冯梦龙和凌濛初一生编著的书几乎算得上著作等身了——戏曲小说、考试指南、整理民间文学等等。当然,成就最大、影响最巨的还是"三言""二拍"。

"三言""二拍"加起来有198篇(名目是二百篇,"二拍"里一篇重复;一篇是凌濛初的戏曲作品),拉拉杂杂,

5

卷帙浩繁，人物众多。生活在各个地域、各个朝代角角落落的人物，喜怒悲欢、生老病死、祈愿纷纷、南腔北调，一片聒噪喧哗。不同于四大奇书、《儒林外史》、《红楼梦》这样的长篇小说，要漫谈短篇小说集"三言""二拍"，一时间还真有不知从何说起的踌躇。好在话本小说古来就有所谓"门庭"一说，到了"三言""二拍"里，细寻起来还是不脱爱情、公案、佛道神魔、伦理、发迹变泰几大类故事。鲁迅先生曾经把短篇小说比作一座大伽蓝里的"一雕阑""一画础"，虽然细小，但却更分明、感受更切实。那宏丽耀目、令人心神飞越的庄严崔嵬，正是由细部的精工雕饰组成的。一滴水可以折射世界，众多的水滴则能聚出那个世界的倒影。所以我们不妨兴之所至，掬起其中璀璨耀眼的一捧仔细端详。英国女作家简·奥斯丁曾把她的艺术创作比作在"两寸象牙"上"细细地描画"。宋元说话艺人和冯梦龙、凌濛初们虽没有奥斯丁那样的细腻敏感，却也深晓在几千字的篇幅里翻波涌浪、辗转腾挪之道。

往往是话本里一段生动的对话、几笔贴切的心理摹写，一个精彩的场景，立时使文字生动起来，拉你穿过时空，嗅到铅字背后扑来的鲜腥气味：

女孩儿眉头一纵，计上心来，便叫："卖水的，倾一盏甜蜜蜜的糖水来。"那人倾一盏糖水在铜盂儿里，递与那女子。那女子接得在手,才上口一呷,便把那个铜盂儿望空打一丢,便叫:"好好!你却来暗算我!你道我是兀谁?"那范二听得道:"我且听那女子说。"那女孩儿道:"我是曹门里周大郎的女儿;我的小名叫做胜仙小娘子,年一十八岁,不曾吃人暗算。你今却来算我!我是不曾嫁的女孩儿。"这范二自思量道:"这言语蹊跷,分明是说与我听。"这卖水的道:"告小娘子!小人怎敢暗算!"女孩儿道:"如何不是暗算我?盏子里有条草。"……对面范二郎道:"他既暗递与我,如何不回他?"随即也叫:"卖水的,倾一盏甜蜜蜜糖水来。"卖水的便倾一盏糖水在手,递与范二郎。二郎接着盏子,吃一口水,也把盏子望空一丢,大叫起来道:"好好!你这个人真个要暗算人!你道我是兀谁?我哥哥是樊楼开酒店的,唤作范大郎,我便唤作范二郎,年登一十九岁,未曾吃人暗算。我射得好弩,打得好弹,兼我不曾娶浑家。"卖水的道:"你不是风!是甚意思,说与我知道?指望我与你作媒?你便告到官司,我是卖水,怎敢暗算人!"范二郎道:"你如何不暗算?我的盂儿里,也有一根草叶。"女孩儿听得,心里好欢喜。

这是《醒世恒言》第十四卷《闹樊楼多情周胜仙》里,一对少男少女一见钟情、言语传情的场景。现代的读者看到这

7

种在大庭广众、众目睽睽之下,连嚷带吵的恋爱方式想必不太陌生。比如琼瑶女士的"你是风(疯)儿我是沙(傻)儿"式的爱、用高分贝的吵吵嚷嚷言情的什么影视剧。宋元说话艺人似乎比现代同行幽默些。他们明白有趣的场景,不必青筋毕露,使出吃奶的力气嚷嚷,也不必把人物搞成神经兮兮的样子。你看他的闲闲的笔墨,轻松俏皮,让人忍俊不禁。

话本小说是近代文学的正宗

大家都知道短篇小说难写，也不易出名。扳起指头数一数中外写小说的大文豪，有几个不是靠长篇小说流芳百世的？清代蒲松龄算一个，外国的有毛姆、欧·亨利等人，远不及长篇小说大家出得多。写小说的人最需要的是精彩的故事和人物，有了这些才会有灵感腾涌的才情，而好的题材并不常有，作家们宁愿把精彩的题材精耕细作、深入开掘成为鸿篇巨制。在他们看来，把一个好"戏核儿"只作成一个短篇简直是可惜。古代白话小说发展的历史与此有相似之处。也是由短篇故事开始经由一代代艺人滚雪球式的累积，创作成了《水浒传》《西游记》《金瓶梅》等长篇小说。

自宋代开始，说话艺术就有几种分类。其中最重要者有小说和讲史两种。凡称小说者就一概是指短篇的，所以名之为"小说"；长篇的则是讲史。两者题材、体例不同，似乎那时勾栏瓦肆的说话艺人中，讲小说的比起讲史的更受欢迎。南宋灌园耐得翁的《都城纪胜·瓦舍众伎》中说："讲史书,讲说前代书史文传、兴废争战之事,最畏小说人:盖小说者能以一朝一代故事顷刻间提破。"提破就是说破。就像别人变魔术,你在旁边揭秘。这让靠"且听下回分解"一类卖关子的话来"拿人儿"的讲史艺人很是被动。南宋吴自牧《梦粱录》里有个讲史的王六大夫,他虽然是"诸史俱通","记问渊源甚广",算是个出色的艺人了,可他最怕的还是"小说人","盖小说者能讲一朝一代故事,顷刻间捏合"。捏合是编造的意思,小说易成、取巧、简短的特点使它在宋元说话时代特为发达。据谭正璧先生考证,现在能看到的宋元话本小说名目有一百七八十种,能读到的也有九十余种之多,而现在的宋元讲史名目则不超过十种。

宋元说话艺人很喜欢讲妖异鬼怪的故事,其中更细分为灵怪、烟粉、神仙、妖术四种。鸡精、兔怪、骷髅鬼,那渗着血滴的蛮荒恐怖,煞是趣味盎然,此为灵怪;女鬼故事称烟粉;神仙、妖术自不待言。男女恋情更是市井细民耳食口嚼、精神消闲的大宗,自古至今绝无二致,宋代说话人名之为传奇,像《王魁负心》《莺莺传》一类,真是"说重门不掩底相思,谈闺阁难藏底密恨"。直令佳人惨绿愁红,心旌摇摇。另有公案故事,专说奇案官司。朴刀、捍棒两类则说草莽间刀枪英雄的故事,有似现在的山东快书之说武二郎。更有趣的是,后来大名鼎鼎的水浒英雄,很多都是由说话本小说的无名艺人首创出来的,像《花和尚》《武行者》《青面兽》

一类,虽然现已不存,但令人一望而知是后来水浒英雄故事的坯模。那时的话本小说就"捏合"得非常漂亮,因为都是专业的小说艺人,时刻要揣摩好听众的好恶,要不然人家用脚跟投票,转到别家的勾栏里,你就只有喝西北风的份儿。

宋人罗烨《醉翁谈录·小说开辟》中有诗一首,单道话本小说艺人的本领:

> 说国贼怀奸从佞,遣愚夫等辈生嗔;
> 说忠臣负屈衔冤,铁心肠也须下泪;
> 讲鬼怪令羽士心寒胆战;
> 论闺怨遣佳人绿惨红愁;
> 说人头厮挺,令羽士快心;
> 言两阵对圆,使雄夫壮志;
> 谈吕相青云得路,遣才人着意群书;
> 演霜林白日升天,教隐士如初学道;
> 噇发迹话,使寒门发愤;
> 讲负心底,令奸汉包羞。

说话艺术是诉诸听觉的,故事奇、情节巧、带点夸张和脸谱化,为的是生动明快,能吸引人。艺人很少像后来的凌濛初那样长篇大论,或喋喋不休地进行道德说教,但论起讲故事的技巧和智慧，他们要比后来的二三流的拟话本小说家出色得多。二十世纪初，新文学运动兴起时，鲁迅、胡适、郑振铎等大家都认为《水浒传》的艺术水准高于《三国演义》甚远，侧重的也是白话文学的成就。从话本小说发展而来的《水浒传》直接开启了《金瓶梅》、明末清初才子佳人小说、《红楼梦》等作品的创作路径，其功非小。

我们拿"三言"中的宋元话本小说，如《三现身包龙图断冤》《勘皮靴单证二郎神》《崔待诏生死冤家》与《水浒传》里脍炙人口的"王婆说风情"、宋江杀阎婆惜这些段落比照，可知两者的承继关系。"三言"里最优秀的《蒋兴哥重会珍珠衫》《卖油郎独占花魁》《杜十娘怒沉百宝箱》等，是从话本小说脱胎而来的拟话本，其成就达到了古代白话短篇小说艺术的顶峰。所以将话本小说这门艺术看作古代文学通向近现代文学的路径，亦不为过。

宋 佚名 《杂剧打花鼓图》

三言二拍:
宋明的烟火与风情

喧嚣在话本中的宋明之世

说书的起源在宋朝之前。早在唐末,段成式的《酉阳杂俎》中出现了"说话"即"市人小说",但自宋代开始,"说话""说书""话本"一类词语才大量出现在史籍之中。

冯梦龙在《喻世明言叙》中有这样一段话:

> 按南宋供奉局,有说话人,如今说书之流。其文必通俗,其作者莫可考。泥马倦勤,以太上享天下之养,仁寿清暇,喜阅话本,命内珰日进一帙,当意,则以金钱厚酬。于是内珰辈广求先代奇迹及间里新闻,倩人敷演进御,以怡天颜。然一览辄置,卒多浮沉内庭,其传布民间者,什不一二耳。

这是说南宋高宗当上太上皇之后,命人进奉话本,以供娱乐。在当时的临安,有出版话本的书坊,刊刻话本以供人们阅读。《大唐三藏取经诗话》的卷末有"中瓦子张家印"的款识一行。中瓦子为宋临安府街名，是倡优剧场之所在。吴自牧《梦粱录》说，中瓦子在市南坊北三元楼前。瓦子，又称瓦市。瓦市里说话本，瓦市前卖话本，惹得宋高宗差人来买，还让人"敷演进御"，也就是进宫说书给他听。

北宋时，东京汴梁形成了市民专门的娱乐市场——瓦市。在瓦市里的民间艺人表演各种伎艺，如小唱、嘌唱、杂剧、傀儡戏、杂手技、讲史、小说、散乐、舞旋、相扑、影戏、诸宫调、商谜、合生、说浑话、杂班、叫果子等。北宋后期，东京共有六个瓦市。每个瓦市内又有二三小瓦子，建筑形式是由竹木席等搭成的简易看棚，棚内有勾栏界定演出场地，最大的看棚据说可容数千人。瓦市内同时招来了许多饮食服务行业，医生、相士及游民也在此进行种种江湖谋生活动。瓦舍里更是人头攒动，据孟元老《东京梦华录》回忆，东京瓦舍里的观众们，"不以风雨寒暑，诸棚看人，日日如是"。

南宋临安的瓦市达到二十三座，是北宋的四倍。讲史、小说都是诉诸听觉的艺术。在喧嚷热闹的勾栏瓦舍之中，谁的口才好，谁的敷演妙，成了竞技的资本、谋生的依仗。那些职业的说书人，大都是自幼拜师学艺，"曰得词，念得诗，说得话，使得砌"，磨炼出一身吃开口饭的硬本事。罗烨《醉翁谈录》的"小说开辟"说他们：

烟粉奇传，素蕴胸次之间；风月须知，只在唇吻之上。《夷坚志》无有不览，《琇莹集》所载皆通。动哨、中哨，莫非《东山笑林》；引倬、底倬，须还《绿窗新话》。论才词有欧、苏、黄、陈佳句；说古诗是李、杜、韩、柳篇章。举断模按，师表规模，靠敷演令看官清耳。只凭三寸舌，褒贬是非；略传万余言，讲论古今。说收拾寻常有百万套，谈话头动辄是数千回。

说书的内容不外是：

说重门不掩底相思，谈闺阁难藏底密恨。辨草木山川之物类，分州军县镇之程途。讲历代年载废兴，记岁月英雄文武。有灵怪、烟粉、传奇、公案，兼朴刀、捍棒、妖术、神仙。自然使席上风生，不枉教坐间星拱。

从闺阁爱情、英雄文武，到传奇、公案与妖术神仙，这些题材故事换算到今天，正是通俗小说与影视剧里的言情、武打、悬疑、玄幻那些迎合了大众喜爱的题材。说书人有如此的学识、口才、师门和技艺，敷演这类故事怎不打动人心："说国贼怀奸从佞，遣愚夫等辈生嗔；说忠臣负屈衔冤，铁心肠也须下泪；讲鬼怪令羽士心寒胆战；论闺怨遣佳人绿惨红愁。"那真是声情并茂、惟妙惟肖，十足的代入感，让人移情动性，由不得入了说话人的千层套路之中。

《清平山堂话本》和"三言""二拍"中，依稀留下了说书人编写的痕迹。话本小说《张生彩鸾灯传》《简帖和尚》《合同文字记》《陈巡检梅岭失妻记》《田舍翁时时经理，牧童儿夜夜尊荣》都在结尾处有说书人的套语："话本说彻，权作散场。"这表明说书人所讲述的故事是有"话本"依据的。话本《简帖僧巧骗皇甫妻》讲到故事将完时说：

> 当日推出这和尚来，一个书会先生看见，就法场上做了一只曲儿，唤做〔南乡子〕："怎见一僧人，犯滥铺摸受典刑。案款已成招状了，遭刑，棒杀髡囚示万民。
> 沿路众人听，犹念高王观世音。护法喜神齐合掌，低声，果谓金刚不坏身。"

这曲〔南乡子〕表现了作者对故事的评论意见，话本自然是书会先生所作的了，犹如历史家在史传之后所作的传论一样。话本《刎颈鸳鸯会》于结尾时说："在座看官，要备细，请看叙大略，漫听秋山一本《刎颈鸳鸯会》。"说书人申明，这个话本乃秋山所编，"秋山"自然是某个大书会先生的别号。书会先生编写各种技艺脚本，在民间艺人中享有很高威信。"三言""二拍"中的故事，往往称作原系"京师老郎流传""闻得老郎们相传的说话"等等，以示来源正宗，故事可信。

根据罗烨《醉翁谈录》记载的话本书目，灵怪之门庭有十六篇：

杨元子、汀州记、崔智韬、李达道、红蜘蛛、铁瓮儿、水月仙、大槐王、妮子记、铁车记、葫芦儿、人虎传、太平钱、巴蕉扇、八怪国、无鬼论。

烟粉之总龟十六篇：

推车鬼、灰骨匣、呼猿洞、闹宝录、燕子楼、贺小师、杨舜俞、青脚狼、错还魂、侧金盏、刁六十、斗车兵、钱塘佳梦、锦庄春游、柳参军、牛渚亭。

传奇十八篇：

莺莺传、爱爱词、张康题壁、钱榆骂海、鸳鸯灯、夜游湖、紫香囊、徐都尉、惠娘魄偶、王魁负心、桃叶渡、牡丹记、花萼楼、章台柳、卓文君、李亚仙、崔护觅水、唐辅采莲。

公案十六篇：

　　石头孙立、姜女寻夫、忧小十、驴垛儿、大烧灯、商氏儿、三现身、火杌笼、八角井、药巴子、独行虎、铁秤槌、河沙院、戴嗣宗、大相国寺、圣手二郎。

朴刀局段十一篇：

　　大虎头、李从吉、杨令公、十条龙、青面兽、季铁铃、陶铁僧、赖五郎、圣人虎、王沙马海、燕四马八。

捍棒之序头十一篇：

　　花和尚、武行者、飞龙记、梅大郎、斗刀楼、拦路虎、高拔钉、徐京落章、五郎为僧、王温上边、狄昭认父。

神仙套数十篇：

　　种叟神记、月井文、金光洞、竹叶舟、黄粮梦、粉合儿、马谏议、许岩、四仙斗圣、谢潓落海。

妖术之事端九篇：

　　西山聂隐娘、村邻亲、严师道、千圣姑、皮箧袋、骊山老母、贝州王则、红线盗印、鬼女报恩。

其余还有讲史铁骑十四篇：

　　也说黄巢拨乱天下，也说赵正激恼京师。说征战有刘项争雄，论机谋有孙庞斗智。新话说张、韩、刘、岳；史书讲晋、宋、齐、梁。三国志诸葛亮雄材；收西夏说狄青大略。

　　加之其他的书目文献，宋元话本至今保存下来的有三十多篇。

　　到了明代中期以后，印刻通俗文学作品的书坊、书肆开始出现并兴盛，叶盛在《水东日记》中描述为"今书坊相传，射利之徒，伪为小说杂书，抄写绘画，家蓄而人有之"。许多书商因为畅销书卖得多，获利快，很快发家，可称财力雄厚。"三言""二拍"就是书商的一路催促下诞生的。

　　在冯梦龙和凌濛初手中，"三言""二拍"灌注了更鲜活的明人气息。他们为"发迹变泰"主题增加了对个人的关注：《钝秀才一朝交泰》《老门生三世报恩》；商人的想象：

《乌将军一饭必酬,陈大郎三人重会》《转运汉遇巧洞庭红,波斯胡指破鼍龙壳》。明代的时事和新闻也进入了话本世界:《沈小霞相会出师表》《徐老仆义愤成家》《杜十娘怒沉百宝箱》。还有对小人物的关切和赞赏:《蒋兴哥重会珍珠衫》《卖油郎独占花魁》等等。无一不是那个贪财好货的时代中,发出的喧嚣之声。

小说说"小"

　　话本小说"能以一朝一代故事顷刻间提破"特点,不必面面俱到、场面宏大,而要求情节构思的巧妙:或是不断地用高潮、悬念、巧合,将情节、人物的新奇之处开挖出来;或是把人生的经历际遇高度浓缩,扯去枝枝蔓蔓只把主干和本相显露出来。总之,是把大道理说"小",只在小民们心智经验的范围之内,去指点品评高高在上的大人物、大历史。开疆拓土成一代伟业的帝王将相,不过是时来运转发迹变泰的里巷中的无赖;理学大师朱熹昏聩起来连个娼妓也不如;洒脱磊落的苏东坡变成了轻材小慧不知高低的才子,在某些篇目中他又变成阒茸困拘、惊悸战栗于命运的翻云覆雨之下的平庸士人(《明悟禅师赶五戒》)。小说家对人生有定型的看法和意见,他要写出的是某类人物典型的面目和精神状态、他们普遍的遭际,也就是一种能引起共鸣,或夸张出戏剧效果的共性。所以苏东坡、李白、王安石在这里都被平民化、小说化了。他们跟历史中的人物毫无关系,换了别的名字也毫不妨碍它的艺术效果。你不要指望从小说家言里认识历史人物。不过从另一方面讲，历史在每个人的眼里都是不同的，小说对历史人物的解读也可以是另一个层面上的绝对真实，不必拘于一时一事的可信与否。

班固责备司马迁《史记》的历史判断有一段话："是非颇谬于圣人：论大道则先黄老而后六经，序游侠则退处士而进奸雄，述货殖则崇势利而羞贫贱。"（《汉书·司马迁传》）意思是说，司马迁在关于古圣贤的是非判断方面有错误，比如：论天人大道是先黄老（老庄学说）后六经（《诗》《书》《礼》《易》《乐》《春秋》六部经典，代指孔孟之道）；叙述游侠则丢掉了真正的处士而让奸雄进入《游侠列传》；在记录物产、农商的《货殖列传》中推崇有势力的而羞辱了贫贱之辈。

这就是关于"史识"的著名的论争。在班固看来，"是非"——价值判断是由圣人定下的，不可改变。写历史应该站在统治者的立场，用圣人的是非来判断评价，也就是知识精英用知识与权力合谋的产物。历来的正统文人都是那么做的。古代的八股考试就是代圣人立言——模仿圣人的口吻说话。以至于后人说出了"天不生仲尼，万古如长夜"一类的混账话。班固不如司马迁的地方，不在学问、才情而在眼光见识。司马迁敢于立异，不肯做统一思想的复读机，他对大道、游侠、货殖一类问题，有自己的判断和评价。这是

《史记》在中国历代史书中成为绝唱的根本。班固之后的几十家断代史是由朝廷召集文人集体撰写，面目模糊，更缺少有见识的议论。

小说之可贵可喜，是它们摆脱了浅层面的真实的束缚，可以顷刻间"捏合"得有声有色、出人意表，让人读来兴致盎然。

《明悟禅师赶五戒》里的苏东坡前世是钱塘门外净慈寺里的得道高僧五戒禅师，因"私"了女子红莲，被师弟明悟禅师看破，五戒禅师"面皮红一回、青一回"，合掌坐化而去，投生到四川苏洵家里为子，是为苏轼苏东坡。长成不信佛、法、僧三宝，灭佛谤僧。明悟禅师急忙赶去投胎相救，是为佛印禅师。苏轼不听佛印规劝，屡遭厄运：

> 神宗天子元丰二年，东坡在湖州做知府，偶感触时事，做了几首诗，诗中未免含着讥讽之意。御史李定、王珪等交章劾奏苏轼诽谤朝政。天子震怒，遣校尉拿苏轼来京，下御史台狱，就命李定勘问。李定是王安石门生，正是苏家对头，坐他大逆不道，问成死罪。东坡在狱中，思想着甚来由，读书做官，今日为几句诗上，便丧了性命？乃吟诗一首自叹，诗曰："人家生子愿聪明，我为聪明丧了生。但愿养儿皆愚鲁，无灾无祸到公卿。"吟罢，凄然泪下，想道："我今日所处之地，分

明似鸡鸭到了庖人手里,有死无活。想鸡鸭得何罪,时常烹宰他来吃?只为他不会说话,有屈莫伸。今日我苏轼枉了能言快语,又向那处伸冤?岂不苦哉!记得佛印时常劝我戒杀持斋,又劝我弃官修行,今日看来,他的说话,句句都是,悔不从其言也。"

这个"凄然泪下",自比鸡鸭的苏轼,不能说没有乌台诗案里苏轼惶惑、绝望的真实的影子,但是由鸡鸭想到吃素、想到戒杀持斋,就是小说家言了。那个随缘旷放、乐天达观的苏东坡,那个以其人格魅力光照千古的大诗人,话本小说是写不出来的。小说家借用苏学士的名头,写出的是一个庸凡文人的孱弱的精神和心智。这并不是小说家有意矮化主人公的人格,而是小说的通俗性使然。

"琴棋书画诗酒花"本是文人陶冶情操,体现个人人格修养的风雅事。其中,围棋在古人的心目中是一项陶冶心智、精神的高雅活动。下棋称棋战,宋人陆游《识喜》诗有"僧招决棋战,客让主诗盟",唐代韦应物有诗曰:"花里棋盘憎鸟污,枕边书卷讶风开。"棋格、棋品、棋战、棋布、棋列诸如此类,《抱朴子·辨问》"故善围棋之无比者,则谓之棋圣",被后人世代传诵。

宋代赵师秀的《约客》云:"黄梅时节家家雨,青草池塘处处蛙。有约不来过夜半,闲敲棋子落灯花。"讲的就是文人交往的清雅之境。高雅的棋艺到了"二拍"里则成了一门吃遍天下的匠人手艺。《小道人一着饶天下，女棋童两局注终身》把神乎其技的棋艺看成同酒量一样的前生定分，非人力所能增减。村童周国能天性近于棋道，十五六岁棋名已著于一乡：

> 因为棋名既出，又兼年小希罕，便有官员士夫、王孙公子与他往来。又有那不伏气甘折本的小二哥与他赌赛，十两五两输与他的。国能渐渐手头饶裕，礼度熟闲，性格高傲，变尽了村童气质，弄做个斯文模样。父母见他年长，要替他娶妻。国能就心里望头大了，对父母说道："我家门户低微，目下取得妻来，不过是农家之女，村妆陋质，不是我的对头。儿既有此绝艺，便当挟此出游江湖间，料不须带着盘费走。或者不拘那里，天缘有在，等待依心像意，寻个对得我来的好女儿为妻，方了平生之愿。"父母见他说得话大，便就住了手。

围棋技艺给村童带来的是物质生活的改善，"手头饶裕，礼度熟闲"，还无师自通地晓得可以"挟此出游江湖间，料不须带着盘费走"；这门手艺也使他性格高傲，思量着借此改换门庭，寻个依心像意的好女儿为妻。这里象征玄境和心智极境的高雅的棋道被看成了一门随身的手艺,解决终身大事的工具。后来小棋童看上了辽国的女棋师,私下想:"只在这几个黑白子上,定要赚他到手。倘不如意,誓不还乡!"

《喻世明言》第十五卷《史弘肇龙虎君臣会》写的是五代周高祖郭威和后来追封为郑王的军阀史弘肇两人微贱时的故事。前面说过,写金戈铁马、杀伐征战那不是话本小说的所长,要说乱世英雄如何一刀一枪博得个封妻荫子又嫌说来话长。话本小说最擅长的是抖搂一下贵人们混迹市井里巷时的鸡鸣狗盗、泼皮无赖的行径。《新五代史》上的那个史弘肇,是个残忍阴鸷得近乎冷血的军阀。他有名的言论是:"安朝廷,定祸乱,直须长枪大剑,若'毛锥子'安足用哉?""毛锥子"就是笔杆子,这位大老粗不喜宾客,曾说:"文人难耐,呼我为卒。"可是士兵出身的史弘肇并不爱惜手下,稍有不满就挞杀部下。他以杀人为乐,特别喜欢以告讦杀人,罪无大小,动不动就伸出三个指头把人腰斩,百姓连抬头看看星星都会被腰斩。

正史上同小说情节有关的只言片语只是说他"为人骁勇,走及奔马",他的妻子阎氏是酒家倡,他很忌讳别人提到这一点,这大概就是小说故事的一点苗头了。下层艺人熟知僭居高位者本来的流氓面目,任你衮袍大袖、遮遮掩掩,顷刻间就能"捏合"出"英雄的本色",颊上三毫,虽是小

处着笔却分外有神。那个史弘肇赌输了钱,没的还东道,就找到了邻居:

这史弘肇却走去营门前卖糁糜王公处,说道:"大伯,我欠了店上酒钱,没得还。你今夜留门,我来偷你锅子。"王公只当做耍话,归去和那大姆子说:"世界上不曾见这般好笑,史憨儿今夜要来偷我锅子,先来说教我留门。"大姆子见说,也笑。当夜二更三点前后,史弘肇真个来推大门。力气大,推折了门闩,走入来。两口老的听得,大姆子道:"且看他怎地。"史弘肇大惊小怪,走出灶前,掇那锅子在地上,道:"若还破后,难折还他酒钱。"拿条棒敲得当当响。掇将起来,翻转覆在头上。不知那锅底里有些水,浇了一头一脸,和身上都湿了。史弘肇那里顾得干湿,戴着锅儿便走。王公大叫:"有贼!"披了衣服赶将来。地方听得,也赶将来。史弘肇吃赶得慌,撇下了锅子,走入一条巷去躲避。谁知筑底巷,却走了死路。鬼慌盘上去人家萧墙,吃一滑,撷将下去。地方也赶入巷来,见撷将下去,地方叫道:"阎妈妈,你后门有贼,跳入萧墙来。"

这段半夜偷锅儿制造的喜剧效果,把人物写得虽然无赖倒还鲁莽粗直得有几分可爱。飞扬跋扈、不可一世的王侯贵戚本来面目不过尔尔。郭威和史弘肇偷狗一段也煞是精彩：

> 郭大郎兄弟两人听得说，商量道："我们何自撰几钱买酒吃？明朝卖甚的好？"史弘肇道："只是卖狗肉。问人借个盘子和架子、砧刀，那里去偷只狗子，把来打杀了，煮熟去卖，却不须去上行。"郭大郎道："只是坊佐人家，没这狗子；寻常被我们偷去煮吃尽了，近来都不养狗了。"史弘肇道："村东王保正家，有只好大狗子，我们便去对付休。"两个径来王保正门首。一个引那狗子，一个把条棒，等他出来，要一棒捍杀打将去。王保正看见了，便把三百钱出来道："且饶我这狗子，二位自去买碗酒吃。"史弘肇道："王保正，你好不近道理！偌大一只狗子，怎地只把三百钱出来？须亏我。"郭大郎道："看老人家面上，胡乱拿去罢。"两个连夜又去别处偷得一只狗子，拽剥干净了，煮得稀烂。明日，史弘肇顶着盘子，郭大郎驼着架子，走来柴夫人幕次前，叫声："卖肉。"放下架子，阁那盘子在上。

据小说写来，郭威郭雀儿——就是后来的周太祖生得"红光罩顶，紫雾遮身。尧眉舜目，禹背汤肩"。这"尧眉舜目，禹背汤肩"也不知究竟作何形状，总之是天生异相吧。"因在东京不如意，曾扑了潘八娘子钗子。潘八娘子看见他异相，认做兄弟，不教解去官司，倒养在家中。自好了，因去瓦里看，杀了构栏里的弟子，连夜逃走。走到郑州，来投奔他结拜兄弟史弘肇。""兄弟两人在孝义店上，日逐趁赌，偷鸡盗狗，一味干颡不美，蒿恼得一村疃人过活不得，没一个人不嫌，没一个人不骂。"

乱世出枭雄，也是普通人博弈的好时机。因为那是社会利益再分配、利益集团重新洗牌的时机，谁能攀龙附凤就能博得富贵前程。当务之急是有识得人中龙凤的眼力。男子立世要择明主事之，女子要择贵人而嫁之，这是博弈，也是买原始股，一本万利的买卖。妓女阎行首看到跳到院子里的史弘肇浑似雪白大虫的异相，认定他必定是个发迹的人，情愿嫁他。唐明宗宫里被外放出来嫁人的掌印柴夫人，理会得些个风云气候，看见旺气在郑州界上，遂将带房奁，望旺气而来，寻贵人嫁之。柴夫人在帘子里看见郭大郎，肚里道："何处不觅？甚处不寻？这贵人却在这里。"便央王婆去给切肉姓郭的做媒。

> 王婆既见夫人恁地说，即时便来孝义店铺屋里寻郭大郎……王婆道："老媳妇不是来讨酒和钱。适来夫人问了大郎，直是欢喜，要嫁大郎，教老媳妇来说。"郭大郎听得说，心中大怒，用手打王婆一个漏掌风。王婆倒在地上道："苦也！我好意来说亲，你却打我！"郭

大郎道："兀谁调发你来厮取笑！且饶你这婆子，你好好地便去，不打你。他偌大个贵人，却来嫁我？"王婆鬼慌，走起来，离了酒店，一径来见柴夫人。夫人道："婆婆说亲不易。"王婆道："教夫人知，因去说亲，吃他打来。道老媳妇去取笑他。"夫人道："带累婆婆吃亏了，没奈何，再去走一遭。先与婆婆一只金钗子，事成了，重重谢你。"王婆道："老媳妇不敢去，再去时，吃他打杀了也没人劝。"夫人道："我理会得。你空手去说亲，只道你去取笑他；我教你把这件物事将去为定，他不道得不肯。"王婆问道："却是把甚么物事去？"夫人取出来，教那王婆看了一看，唬杀那王婆。……乃是一条二十五两金带。教王婆把去，定这郭大郎。王婆虽然适间吃了郭大郎的亏，凡事只是利动人心，得了夫人金钗子，又有金带为定，便忍脚不住。即时提了金带，再来酒店里来。王婆路上思量道："我先时不合空手去，吃他打来。如今须有这条金带，他不成又打我？"来到酒店门前，揭起青布帘，他兄弟两个兀自吃酒未了。走向前，看着郭大郎道："夫人教传语，恐怕大郎不信，先教老媳妇把这条二十五两金带来定大郎，却问大郎讨回定。"郭大郎肚里道："我又没一文，你自要来说，是与不是，我且落得拿了这条金带，却又理会。"当时叫王婆且坐地，叫酒保添只盏来，一道吃酒。吃了三盏酒，郭大郎觑着王婆道："我那里来讨物事做回定？"王婆道："大郎身边胡乱有甚物，老媳妇将去，与夫人做回定。"郭大郎取下头巾，除下一条鏖糟臭油边子来，教王婆把去做回定。王婆接了边子，忍笑不住，道："你的好省事！"王婆转身回来，把这边子递与夫人。夫人也笑了一笑，收过了。

历史上的郭威，有一段类似《水浒传》里杨志杀牛二或鲁智深拳打镇关西的好汉行径。"市有屠者，常以勇服其市人"，是个欺行霸市的主儿，郭威醉酒后让这个屠户割肉，大概是像鲁提辖让郑屠户切臊子那般消遣他。屠者是个青皮，晾开肚皮说："尔勇者，能杀我乎？""威即前取刀刺杀之，一市皆惊，威颇自如。"（《新五代史·周本纪》）论起好勇斗狠，屠户当然比不了心肠黑、脸皮厚，从流氓无赖起家的周太祖。只是论起来，史书上的这一段似乎不如小说里王婆说亲，先挨一个漏风巴掌，后又除下一条鏖糟臭油边子头巾来，教王婆把去做回定来得精彩。街头盗狗、半夜偷锅更是口角宛然，这就是小说之"小"的生动处。

话说无巧不成书

——漫说情节小说

张爱玲曾说，百廿回《红楼梦》对小说的影响大到无法估计，它所形成的阅读趣味标准就是传奇化的情节，写实的细节。作为小说家，她对小说意蕴的把握格外精准老辣。其实就小说艺术来看，虽然《红楼梦》是高峰，而且高峰成了断崖，但它的来路却是分明的。就以"三言""二拍"而论，传奇化的情节与写实的细节相得益彰的篇目不是没有，单项的优长特为发扬的却占多数。

胡适说："这种'团圆的迷信'乃是中国人思想薄弱的铁证。做书的人明知世上的真事都是不如意的居大部分，他明知世上的不是颠倒是非，便是生离死别，他却偏要使'天下有情人都成了眷属'，偏要说善恶分明，报应昭彰。他闭着眼睛不肯看天下人的悲剧惨剧，不肯老老实实写天工的颠倒惨酷，他只图说一个纸上的大快人心。这便是说谎的文学。"（《文学进化观念与戏剧改良》）这从民族精神的批判入手的定义，当然有"酷评"的味道。绝望无助的卑贱小民对说谎的文学，却是作为善意来接受和欣赏的。

明清以来正是国人团圆癖登峰造极的时候。"三言""二拍"就是典型的代表。夫妻团圆、皇帝旌表、状元及第、洞房花烛、一床锦被（婚前性行为的唯一的体面出路）、衣锦荣归、报应如响、扬眉吐气、平冤昭雪、子孙繁衍、富贵不绝，诸如此类。套用托尔斯泰所说"幸福的家庭都是相似的，不幸的家庭各有各的不幸"，悲欢离合的情节和主人公各不相同，大团圆的结果却如出一辙。

公案戏、爱情故事追求的是大团圆，仙佛两道追求的极乐世界、得道证果、拔宅飞升一类的也是大团圆。大团圆里有鬼趣、狐趣。《苏知县罗衫再合》《张廷秀逃生救父》《玉堂春落难逢夫》《顾阿秀喜舍檀那物，崔俊臣巧会芙蓉屏》《赠芝麻识破假形，撮草药巧谐真偶》等则是典型的代表。

巧合型是明清小说戏曲最爱用的套路，"不恁么渔樵无话说"。没有情理之外、套路之中的无巧不巧，怎么给黑暗压迫得让人透不过气来的现实，添上一抹玫瑰粉？大团圆的结局是铁定了的，才力孱弱的作者想不到还有跳出前人老路、讨人欢心的方法。既然把女人比作鲜花能讨人欢心，他们也就懒得再动动自己的脑子，献上略新鲜的赞美。他们的机巧全用来愈翻愈巧，把谎话编圆了。小说是否有真实感，人物能否立得住，全淹没在意取尖新的比试上了。这类小说的好处是话头虽繁杂但条分缕析，交代得清爽流畅，不沾泥带水。人物受故事驱使，作品不提供超出情节演变所需之外的，但对增强生活的真实感极为有用的细节。也不为不尽合理的巧合提供解释。所以除了奇特曲折的故事而外，它们很难让人在掩卷之后还能记住什么。至于情节，因为翻的花样太多，也不大容易让人记得住。

《顾阿秀喜舍檀那物，崔俊臣巧会芙蓉屏》里的强盗顾阿秀本是个杀人越货的船夫，打劫金银细软、值钱古董是其本等，但故事为了绾合芙蓉屏这个要紧关目，让这个粗人把打劫来的时人字画保存一年多，又当作宝物施舍给寺庙，就有些不通。

《玉堂春落难逢夫》的故事现在的人也不陌生，京剧、梆子戏不少剧种还在搬演。在"三言"中这篇小说不能算是出色的，但却是传播最广、民间影响最大的作品之一。什么"苏三起解""三堂会审"一类的名目，不看戏的人想也会有所耳闻。阿英先生曾作长文《〈玉堂春〉故事的演变》考证了玉堂春故事两个版本的流传脉络，一个是"三言"所说的旧刻《王公子奋志记》，演变出的二十四卷本弹词；一个是现在所见到的《玉堂春落难逢夫》及据此改编的戏曲、大鼓书等。玉堂春故事据说是实有其事，山西洪洞县有她的卷宗，还有她坐过的牢房云云。

像《玉堂春落难逢夫》《苏知县罗衫再合》《乔太守乱点鸳

明　仇英（传）《清明上河图》局部

三言二拍：
宋明的烟火与风情

鸯谱》《张廷秀逃生救父》这样一些情节小说，论题材类型，可以说融合了公案、传奇之所长，又富于浓厚的市井气息。这种小说的特点在于，它较长于条理分明、纡徐委备地叙述复杂的情节及人物间错综复杂的关系。明代小说的作者对于复杂错综之叙事材料的驾驭，更为熟练和技巧化。这类小说改编成戏剧也最热闹好看，《玉堂春》《乔老爷上轿》都是成功的例子。

情节小说的一个共同特点，就是人物塑造都不太出色。《玉堂春落难逢夫》的骨架是一篇爱情小说，但其中有公案、有发迹变泰和世情、伦理等因素。情节复杂且大起大落，人物出场较多、时间空间的跨度也较大，是一篇典型的情节小说。

前半篇玉堂春与王公子（景隆）在妓院中的生活，其情节模式同白行简的《李娃传》同出一辙。公子床头金尽，被鸨儿设计赚脱，沿街乞讨，妓女出资相助等情节似曾相识，但后来故事的发展则比唐人传奇要曲折得多。首先是玉堂春同公子设了一场骗局，偷回了自己的部分金银，这种老辣的骗局可能在妓院中不罕见，但要让一个文弱稚嫩的公子哥充任主角似乎勉为其难。然后是女主人公街头喊冤，靠舆论的帮助争得了赎身文书，但这一场景所表现的女主人公的泼辣、机智却只是灵光一现，其性格特征在以后的情节中并没有被强调或再次表现。

其后叙事分成两条线索，题材各有偏重。在王公子一面是悔过自新、折节读书，然后金榜题名、娶妻做官；玉堂春这条线索则串起了一桩很详细、完整的公案。其中有她被赚卖身，沈洪之妻的奸情、谋害以及案件的反复等情节。王公子在这起公案中，则扮演了微服私访的清官角色。公子审玉堂春，刘推官让书吏藏在柜子里取招等情节都颇富传奇性。最后的结局是坏人受报，王公子一妻一妾团圆到老。

这篇小说的特点是情节复杂、场景多、人物对话多，同明传奇的结构颇类似。从小说本身看来，其情节结构、人物塑造富于民间性和戏剧性，很适合改成唱本。像玉堂春对镜思夫；王公子回家要挨打，姐姐、姐夫每人要求替打若干；都堂小姐刘氏与玉堂春推让嫡位并以姐妹相称等情节描写和人物对话，很通俗和天真，是底层艺人所想见的世态人情相。情节的曲折，使叙事者很注重发挥每个场景的戏剧化的、煽情的因素，而不是用现实主义的细腻描写对世情和人物内心做体察。这一特点同明清直至近代的民间说唱故事的风格很接近，同"三言"中其他小说的叙事风格则有明显差异。似不是那般循规蹈矩或稍有上层生活经验的文人所为。

这种传奇性的、复杂的情节叙述，为叙事者贯穿或突出主人公的某一主导性格带来了困难。像王景隆这一人物，他所充当的角色前后反差较大，开始是个缺乏处世经验的纨绔，败落为乞儿后读书中举，成为一任好官。这一段的人物原型来自《李娃传》中的荥阳生。后半部的公案中，他就变成了精明干练的主审。虽然，人物性格可能随其大起大落的阅历和经验的累积而发展成熟，而且这个人物有明代真实人物作原型，但叙事者如果不把人物的心理变化纳入其叙述视野予以表现的话，人物前后角色和性格的差异就显得脉络不清，牵强而不可信。由于叙事者忙于情节线索的构成和收拢，人物则成为戏剧性情节和事件的担当者与填充物。

当然，不能说叙事者没有试图抓住人物的某一主导性格而使之显得亲切、可信。如他在涉及王景隆的那条线索里，总不忘记写他对玉堂春的惦念；他能坚持苦读是因为想着玉堂春的叮嘱；因为玉堂春被卖，他还要丢弃即将到手的功名；得了功名，娶了名门之女他还是念念不忘玉堂春，甚至以不能娶她为正室而伤心，事隔多年还一意要去山西寻访。叙事者在人物命运变化的过程中，对人物所做的唯一的内心观察就是表述他如何不改初衷地想念玉堂春。叙事者对人物心理的表述，只是为了使后半段处于发迹变泰故事中的主人公，同整个话本中的大的故事主干加强联系，类似于"看官牢记话头"这样的提示功能，而并非对其情感、内心的细致深入的观察。

退一步讲，这种观察即使不细致、缺乏可信性，但它的确表明了人物情感的专注，这也是王景隆作为这部爱情小说的男主人公所必备的。但问题是男主人公的痴情(且不说它有多大的可靠性),能否作为他的性格特征和个性特点,来表现这一人物命运的内在逻辑性。

饮食男女的世界

散发凡俗烟火气的饮食世界

《三国演义》是英雄的世界，《水浒传》是半人半神的超人世界，这两个世界里的人物都有些不食人间烟火。梁山好汉"大碗吃酒肉，大秤分金银"自是快活，只是好汉们对男女之事是看不上眼的。众好汉可以"好货""好利"，但万不能好色，否则就要像矮脚虎王英那样被人耻笑；或像杨雄、卢俊义那样招来灾祸。"三言""二拍"里却基本是柴米油盐、饮食男女的闹嚷嚷乱纷纷的世界。《礼记》里说："饮食男女，人之大欲存焉。"鲁迅先生在《我们现在怎样做父亲》中有更透辟的解说：

（生物）第一要紧的自然是生命。因为生物之所以为生物，全在有这生命，否则失了生物的意义。生物为保存生命起见，具有种种本能，最显著的是食欲。因有食欲才摄取食品，因有食品才发生温热，保存了生命。但生物的个体，总免不了老衰和死亡，为继续生命起见，又有一种本能，便是性欲。因性欲才有性交，因有性交才发生苗裔，继续了生命。所以食欲是保存自己，保存现有生命的事；性欲是保存后裔，保存永久生命的事。饮食并非罪恶，并非不净；性交也就并非罪恶，并非不净。

所以从这方面讲，"三言""二拍"的世界尽管不免琐碎平庸却也自有真实自然处，就是涉及色情低级趣味处也不妨以人欲、人情视之，不必拒之太过。对饮馔的铺排是世情小说一大特点。虽然作为短篇小说，像《金瓶梅》《红楼梦》里那样铺排饮宴酒馔的场面不太可能出现，但"三言"里对饮食的描写也颇有特色。比如把人物特殊的胃口拿来当笑料的《吴衙内邻舟赴约》。公子吴衙内跳到贺小姐船舱里私会。吴衙内"这等一个清标人物，却吃得东西，每日要吃三升米饭，二斤多肉，十余斤酒，其外饮馔不算"。这样大得出奇的饭量，又只能躲在床底下同饭量不济的贺小姐分吃她的定量，就有了滑稽的效果。小姐自来只有两碗的饭量，忽然害了吃饭的病，一次十数多碗吃得精光，引得一群庸医纷纷登场。滑稽之外还有辛辣的讽刺。

《蒋兴哥重会珍珠衫》里的王三巧留薛婆子吃饭，"只见两个丫鬟轮番的走动，摆了两副杯箸，两碗腊肉，两碗鲜鱼，连果碟素菜，共一十六个碗。婆子道：'如何盛设！'

三巧儿道:'见成的,休怪怠慢。'"蒋兴哥只是个行商,他的妻子已是在薛婆子跟前撑足了台面。

通常市井小说不惜笔墨铺写饮食的地方,大多紧接着男女之事。《任孝子烈性为神》里的妇人偷情要先写饮食:

> (任珪)次早起来,吃饭罢,叫了一乘轿子,买了只烧鹅,两瓶好酒,送那妇人回去。妇人收拾衣包,也不与任公说知,上轿去了。抬得到家,便上楼去,周得知道便过来,也上楼去,就搂做一团,倒在梁婆床上,云情雨意。周得道:"好计么?"妇人道:"端的你好计策!今夜和你放心快活一夜,以遂两下相思之愿。"两个狂罢,周得下楼去要买办些酒馔之类。妇人道:"我带得有烧鹅美酒,与你同吃。你要买时,只觅些鱼菜时果足矣。"周得一霎时买得一尾鱼,一只猪蹄,四色时新果儿,又买下一大瓶五加皮酒。拿来家里,教使女春梅安排完备,已是申牌时分。妇人摆开桌子,梁公梁婆在上坐了,周得与妇人对席坐了,使女筛酒。四人饮酒,直至初更。吃了晚饭,梁公梁婆二人下楼去睡了。

市井小民的礼物往来多以食酒为主,氤氲散发着凡俗人生的烟火气。鱼肉干果、肥鹅酥饼这些百姓平时难得一见的食物,多数时候的出现是作为一种情节的铺垫和热闹氛围的渲染。《白娘子永镇雷峰塔》中的许宣央求姐姐、姐夫为自己张罗婚事，也破天荒地请了一回客，搞得姐姐、姐夫很紧张，唯恐许宣打他们钱袋的主意。

"三言"饮食场景写得很细致，其中可见人物神态以及丰富的经济细节。《宋四公大闹禁魂张》写吝啬的张富员外"白汤泡冷饭吃点心"，江湖大盗宋四公混迹市井之间，晚上"向金梁桥上，四文钱买两只焦酸馅"，白日"低着头只做买粥"，以及"宋四公便叫将店小二来说道：'店二哥，我如今要行。二百钱在这里，烦你买一百钱爊肉，多讨椒盐；买五十钱蒸饼。剩五十钱，与你买碗酒吃。'店小二谢了公公，便去谟县前买了爊肉和蒸饼"，买馒头时，"赵正道：'嫂嫂，买五个馒头来。'侯兴老婆道：'着！'楦个碟子，盛了五个馒头，就灶头合儿里多撮些物料在里面"。喝汤时，"宋四公劝了，将他两个去汤店里吃盏汤"。饮茶时，"那着紫衫的人，怀里取出一裹松子胡桃仁，倾在两盏茶里"。如此絮絮而言，在市井日常中，豪侠大盗智勇沉着的形象就这样被一样样的细物、一个个的细节烘托出来。

写佛门僧尼的荒淫，也必离不开酒肉筵席。同恣纵的情欲描写一样，腻肥的盛宴难以掩饰背后的匮乏，以及那些在饥饿中攫取的灼灼目光。

《郝大卿遗恨鸳鸯绦》里的尼姑空照买通庵里的香公，无非是"赏他三钱银子，买嘱他莫要泄漏。又将钱钞教去买办鱼、肉、酒果之类。那香公平昔间,捱着这几碗黄齑淡饭,没甚肥水到口,眼也是盲的,耳也是聋的,身子是软的,脚儿是慢的。此时得了这三钱银子,又见要买酒肉,便觉眼明手快,身子如虎一般健,走跳如飞,那消一个时辰,都已买完。安排起来,款待大卿"。

《醒世恒言》卷七《钱秀才错占凤凰俦》中,钱青冒名颜俊去高家相亲,高妈妈伏在遮堂背后张看。看见钱青一表人才,语言响亮,自家先中意,准备的筵席就分外整齐:五色果品,三汤十菜,添案小吃,顷刻间摆满了桌子。新女婿相得中意,临别时节,高氏备下"几色嗄程相送,无非是酒米鱼肉之类"。《拍案惊奇》卷八《乌将军一饭必酬,陈大郎三人重会》中,陈大郎请强盗头乌将军吃了一顿饭,就给他带来无穷好处。这顿饭的起因,是他在路上看见乌将军满面须毛,剩却眼睛外,把一个嘴脸遮得缝地也无,不知他吃饭时如何处置这些胡须,露得个口出来。陈大郎捣个鬼,假说乌将军骨格非凡,必是豪杰,要请他酒楼一叙。"便问酒保打了几角酒,回了一腿羊肉,又摆上些鸡鱼肉菜之类。陈大郎正要看他动口,就举杯来相劝。只见那人接了酒盏放在桌上,向衣袖取出一对小小的银扎钩来,挂在两耳,将须毛分开扎起,拔刀切肉,恣其饮啖。又嫌杯小,问酒保讨个大碗,连吃了几壶,然后讨饭。饭到,又吃了十来碗。陈大郎看得呆了。"陈大郎的家道不富不贫,在门前开小小的一爿杂货店铺。寒冬天里冒雪往苏州置货，当时正要找一个酒家沽酒暖寒。这次请客是小商贩在客中的无聊举动。

《二刻》卷十一《满少卿饥附饱飏，焦文姬生仇死报》里的满少卿困在旅店里饿了几日，乃效穷途之哭，引得焦大郎同情周济一顿饱饭，无过四碗糙饭，四碟小菜，一壶热酒送将来。满少卿感激之余，也就心生奢望，想着他或许家道富厚，希冀借点盘缠。穷途末路，焦大郎家的随常酒饭也就颇足贪恋，把找亲戚打抽丰的念头放下了。

《二刻》卷十四《赵县君乔送黄柑，吴宣教干偿白镪》里，吴宣教碰到"扎火囤"——就是使美人计诈骗钱财的"赵县君"，闻说"赵县君"的丈夫一去不回，县君没有盘缠，宣教垂涎她的美貌，道："既缺饮食，我寻些吃口物事送他，使得么？"就急走到街上茶食大店里，买了一包蒸酥饼，一包果馅饼，在店家讨了两个盒儿装好了，叫小童送去。"说道：'楼上官人闻知娘子不方便，特意送此点心。'妇人受了，千恩万谢。明日，妇人买了一壶酒，妆着四个菜碟，叫小童来答谢。官人也受了。自此一发注意不舍。隔两日，又买些物事相送，妇人也如前买酒来答。"有道是"柴米夫妻，酒肉朋友，盒儿亲戚"，礼尚往来，越走越亲近。几个点心盒儿、些许回送的酒菜，一来二去，少不更事的吴宣教也就掉到了火囤里当了回"冤大头"。

虐食者的罪与罚

《初刻拍案惊奇》的《屈突仲任酷杀众生，郓州司马冥全内侄》是一篇写虐食遭到报应的小说，立意是劝人不要杀生。主人公屈突仲任是一个耽于口腹嗜欲的青年。他吃野味的技巧和想象力令人咋舌：

> 仲任性又好杀，日里没事得做，所居堂中，弓箭、罗网、叉弹满屋，多是千方百计，思量杀生害命。出去走了一番，再没有空手回来的，不论獐鹿兽兔、鸟鸢鸟雀之类，但经目中一见，毕竟要算计弄来吃他。但是一番回来，肩担背负，手提足系，无非是些飞禽走兽，就堆了一堂屋角。两人又去舞弄摆布，思量巧样吃法。就是带活的，不肯便杀一刀、打一下死了罢，毕竟多设调和妙法。或生割其肝，或生抽其筋，或生断其舌，或生取其血，道是一死，便不脆嫩。假如取得生鳖，便将绳缚其四足，绷住，在烈日中晒着。鳖口中渴甚，即将盐

酒放在他头边,鳖只得吃了。然后将他烹起来。鳖是里边醉出来的,分外好吃。取驴缚于堂中,面前放下一缸灰水,驴四围多用火逼着。驴口干即饮灰水,须臾屎溺齐来,把他肠胃中污秽多荡尽了。然后取酒调了椒盐各味,再复与他。他火逼不过,见了只是吃。性命未绝,外边皮肉已熟,里头调和也有了。一日,拿得一刺猬,他浑身是硬刺,不便烹宰。仲任与莫贺咄商量道:"难道便是这样罢了不成?"想起一法来:把泥着些盐在内,跌成熟团,把刺猬团团泥裹起来,火里煨着。烧得熟透了,除去外边的泥,只见猬皮与刺,皆随泥脱了下来,剩的是一团熟肉,加了盐酱,且是好吃。凡所作为,多是如此。

故事立意不过是劝人不要杀生,但还有些想象力,读来很有喜剧色彩。到后来屈突仲任虐杀、虐食动物,"所作所为,越无人气",动物们到阴间告状,冥司捉他前去。于是,那些被他所杀的生命"闻召都来,一时填塞皆满"。但见:

牛马成群,鸡鹅作队。百般怪兽,尽皆舞爪张牙;千种奇禽,类各舒毛鼓翼。谁道赋灵独蠢,记冤仇且是分明……这些被害众生,如牛、马、驴、骡、猪、羊、獐、鹿、雉、兔以至刺猬、飞鸟之类,不可悉数。凡数万头……物类皆咆哮大怒,腾振蹴踏,大喊道:"逆贼,还我债来!还我债来!"这些物类忿怒起来,个个身体比常倍大,猪羊等马牛,马牛等犀象。……

幸好阴间的判官是屈突的姑父,一意偏袒内侄,许愿让那些被害生灵都托生做人,才保住他的性命。为平息众怒,用屈突的血喂动物,方法是把他的身子扎得如浇花的喷筒一般,身上的血簌簌出来,在袋孔中流下:

(狱卒)只提着袋,满庭前走转洒去。须臾血深至阶,可有三尺了。然后连袋投仲任在房中,又牢牢锁住了。复召诸畜等至,分付道:"已取出仲任生血,听汝辈食啖。"诸畜等皆作恼怒之状,身复长大数倍,骂道:"逆贼,你杀吾身,今吃你血!"于是竞来争食。飞的走的,乱嚷乱叫,一头吃,一头骂,只听得呼呼噙噙之声,三尺来血一霎时吃尽。

屈突还魂之后,因血被畜生吃过,"故此面色腊查也似黄了",从此刺血写经再不杀生。这篇故事题材来自《太平广记》卷一百《屈突仲任》。这种果报题材应是来自释门的故事。凌濛初在入话中为此篇主题所发"众生平等"的议论,很符合现代动物保护主义者的观点，颇见其幽默机智：

> 话说世间一切生命之物，总是天地所生，一样有声有气，有知有觉，但与人各自为类。其贪生畏死之心，总只一般；衔恩记仇之报，总只一理。只是人比他灵慧机巧些，便能以术相制，弄得驾牛络马，牵苍走黄，还道不足，为着一副口舌，不知伤残多少性命。这些众生，只为力不能抗拒，所以任凭刀俎。然到临死之时，也会乱飞乱叫，各处逃藏，岂是蠢蠢不知死活，任你食用的？乃世间贪嘴好杀之人，与迂儒小生之论，道："天生万物以养人，食之不为过。"这句说话，不知还是天帝亲口对他说的，还是自家说出来的？若但道是人能食物，便是天意养人，那虎豹能食人，难道也是天生人以养虎豹的不成？蚊虻能嘬人，难道也是天生人以养蚊虻不成？若是虎豹蚊虻也一般会说会话、会写会做，想来也要是这样讲了，不知人肯服不肯服。

《警世通言》卷二十《计押番金鳗产祸》里的计押番在金明池里钓鱼，钓到了一条会说话的金鳗，自称乃金明池掌，若放了他，教计安富贵不可尽言。若害它，教计安全家死于非命。计安的浑家吃掉了金鳗，金鳗就投生到计安家做女儿庆奴，轻薄成性，连累得计安夫妇和她遭际的几个男人一道死于非命。

　　后人评论此事,道计押番钓了金鳗,那时金鳗在竹篮中开口原说道:"汝若害我,教你合家人口,死于非命。"只合计押番夫妻偿命,如何又连累周三、张彬、戚青等许多人?想来这一班人也是一缘一会,该是一宗案上的鬼,只借金鳗作个引头。连这金鳗说话,金明池执掌,未知虚实,总是个凶妖之先兆。计安即知其异,便不该带回家中,以致害他性命。大凡物之异常者,便不可加害,有诗为证:

　　李救朱蛇得美姝,孙医龙子获奇书。
　　劝君莫害非常物,祸福冥中报不虚。

小市民难以承当的激情

《警世通言》中的《白娘子永镇雷峰塔》一篇，意味非常丰富，不同时代、不同立场的人给出了不同的阐释。越到后世，蛇精白娘子的痴情、不幸越受到人们的同情。故事的内涵也就越被简单化。邪恶的、封建势力的代表人物法海和尚、意志不坚定的许宣、爱憎分明侠义心肠的小青，这个故事里的每一个人物都有了鲜明的类属，简单明了，激起人们强烈的情感共鸣。不过历来爱憎分明的情感多是属于局外人的，陷在琐细纷乱的情感旋涡里的当事人的感受，那就复杂得多了。

许宣是生活在城市底层灰霭霭的人群中的一个小店员。紧紧巴巴的日子、举动受人管束的环境练就了他精细谨慎的自我保护意识。许宣自幼父母双亡，在表叔的药铺里做主管，居住则在姐姐、姐夫家里。那么一个二十二岁的青年，自幼寄居在亲戚家，他的生活经历从物质到精神上，都相当贫乏。

白娘子跟他提起婚事，并拿了五十两一锭的大银子给他，许宣将了些碎银子买了肥好烧鹅、鲜鱼精肉、嫩鸡果品和一樽酒，要请姐姐姐夫吃酒：

（姐夫）李募事却见许宣请他，到吃了一惊，道："今日做甚么子坏钞？日常不曾见酒盏儿面，今朝作怪！"三人依次坐定饮酒。酒至数杯，李募事道："尊舅，没事教你坏钞做甚？"许宣道："多谢姐夫，切莫笑话，轻微何足挂齿。感谢姐夫、姐姐管雇多时，一客不烦二主人，许宣如今年纪长成，恐虑后无人养育，不是了处。今有一头亲事在此说起，望姐夫、姐姐与许宣主张，结果了一生终身也好。"姐夫、姐姐听得说罢，肚内暗自寻思道："许宣日常一毛不拔，今日坏得些钱钞，便要我替他讨老小？"夫妻二人，你我相看，只不回话。吃酒了，许宣自做买卖。过了三两日，许宣寻思道："姐姐如何不说起？"忽一日，见姐姐问道："曾向姐夫商量也不曾？"姐姐道："不曾。"许宣道："如何不曾商量？"姐姐道："这个事不比别样的事，仓卒不得，又见姐夫这几日面色心焦，我怕他烦恼，不敢问他。"许宣道："姐姐你如何不上紧？这个有甚难处，你只怕我教姐夫出钱，故此不理。"许宣便起身到卧房中，开箱取出白娘子的银来，把与姐姐道："不必推故,只要姐夫做主。"姐姐道:"吾弟多时在叔叔家中做主管,积趱得这些私房。可知道要娶老婆!你且去,我安在此。"

许宣平日的俭省拮据,他同姐姐、姐夫之间在金钱上算计分明到要时时提防的关系,这里揭示得很清楚。小市民家庭里亲情被钱财所离间,几乎没有熙乐融合的状况,真可谓古今一律。

何满子先生在《中国爱情小说中的两性关系》一书中这样论述许宣与白娘子的故事:

> 悲剧的根源应该从人物的本身中去发现。须知,没有法海,这个由封建秩序的物质和精神文化塑造得如此安分和荏弱的市民许宣,对于白娘子的强烈爱情,也是受不了的。白娘子作为蛇精的可怖形象,无妨视为女性泼辣、强悍、刁蛮和妖媚的极度夸张的象征,正如妲己的被幻想为吃人的狐狸精一样。市民许宣既眷恋而又害怕这样一个比自己强得多的女人,社会也不能容忍她。

所言极是。《白娘子永镇雷峰塔》的故事来源较为古远,宋话本就有《西湖三塔记》《西山一窟鬼》一类烟粉灵怪小说。这类小说除了行文风格古朴、人物口角波俏之外,刻画市民生活和心理相当老辣、干净也是一个显著特色。比如许宣向店主人借伞一段，本是一段情节过渡，作者也不肯轻轻放过：

> 将仕见说叫道："老陈把伞来，与小乙官去。"不多时，老陈将一把雨伞撑开道："小乙官，这伞是清湖八字桥老实舒家做的。八十四骨，紫竹柄的好伞，不曾有一些儿破，将去休坏了！仔细，仔细！"许宣道："不必分付。"

批语把这段话称为"冷趣话"，也就是闲中着色，作者总是游刃有余地在行文中写出些意味、情趣的意思。不过这把伞还是意义重大。这把"八十四骨，紫竹柄的好伞，不曾有一些儿破"的伞，一会儿就又被白娘子借了去，许宣只得"沿人家屋檐下冒雨回来"。许宣的精细是作者着意表现过的：到寺里烧香，逢上下雨，"许宣见脚下湿，脱下了新鞋袜"。对鞋袜尚且那么仔细在意，一把"清湖八字桥老实舒家做的"伞，当然会三番五次去讨，白娘子也就以此为由头一步步地接近、挑逗他。终于到了谈婚论嫁。这伞若是白娘子从一位爽性的好汉手里借去的，怕再没有心心念念计较着去讨的后话了。

这么一个细心谨慎、没有什么背景的青年，在繁华的临安城一家药铺里混口饭吃,他很吝啬苛刻地积攒着金钱,向往有朝一日娶妻生子,将自以为体面而又庸碌拮据的生活平安过下去,这是他一眼可以望到尽头的前程。然而白蛇出现了。她用美貌诱惑他;用金钱、用体面的衣装饰物取悦他,这当然使本分老实的小店员喜出望外。许宣也是个"杭州风,一把葱,花簇簇,里头空",爱的是新鲜时样的衣装,人前卖俏。只可惜白娘子给的钱财行头都是偷来的,招摇的结果是免不了一场祸事。美貌是祸水,天下没有白捡便宜的好事,这些老辈人处世的金玉良言,恐怕已经积淀到许宣不太健旺的躯体和头脑里。

　　缺少温情、日日重复的单调生活,加上年轻,难免使他偶尔轻狂迷恋、忘乎所以,但现实的敲打对这个自幼胆小怕事的好市民似乎总是格外地惊心动魄。一锭五十两大银,让同样怕事的姐夫李募事顾不得亲眷,"宁可苦他,不要累我",拿着许宣打算娶亲的银子到官府出首。许宣的第二场官司还是因拿了白娘子的东西人前卖弄引起来的,可怜发配之中再发配,靠着姐夫的关系,到镇江的一家生药铺做主管,还受到同事的嫉妒倾陷,这个小人物淤积在心口的窝囊不平终于爆发出来:

　　　　许宣觉道有杯酒醉了,恐怕冲撞了人,从屋檐下回去。正走之间,只见一家楼上推开窗,将熨斗播灰下来，都倾在许宣头上。立住脚，便骂道："谁家泼男女，不生眼睛，好没道理！"只见一个妇人，慌忙走下来道："官人休要骂，是奴家不是，一时失误了，休怪！"许宣半醉，抬头一看，两眼相观，正是白娘子。许宣怒从心上起，恶向胆边生，无明火焰腾腾高起三千丈，掩纳不住，便骂道："你这贼贱妖精！连累得我好苦，吃了两场官事！"恨小非君子，无毒不丈夫。正是：踏破铁鞋无觅处，得来全不费工夫。许宣道："你如今又到这里，却不是妖怪？"赶将入去，把白娘子一把拿住，道："你要官休，私休？"白娘子陪着笑面，道："丈夫，一夜夫妻百夜恩，和你说来事长。你听我说：当初这衣服都是我先夫留下的，我与你恩爱深重，教你穿在身上。恩将仇报，反成吴越？"许宣道："那日我回来寻你，如何不见了？"

这一段颇像《水浒传》里潘金莲和西门庆相遇的"挑帘"一场。许宣本是怕冲撞了人，溜着边，从人家屋檐下走路，偏有熨斗灰撒了一头，这触霉头的光景很像他当下处境的隐喻，又带了酒，难怪出口便泼骂了起来。不过许宣毕竟老实，耳朵根儿软，"被白娘子一骗，回嗔作喜，沉吟了半晌，被色迷了心胆"，就在白娘子楼上歇了。

许宣的特点除了节俭、喜欢热闹时髦和好色之外，还有就是凡事隐忍退让，为了生计，能够委曲求全就决不轻举妄动。白娘子险被李员外调戏，许宣道："既不曾奸骗你，他是我主人家，出于无奈，只得忍了这遭，休去便了。"白娘子道："你不与我做主，还要做人？"许宣道："先前多承姐夫写书教我投奔他家，亏他不阻，收留在家做主管，如今教我怎的好？"白娘子道："男子汉，我被他这般欺负，你还去他家做主管？"许宣道："你教我何处去安身？做何生理？"

血性是没有多少，但本分不惹祸事却是立身的根本。这样一个安善良民，被蛇精样的白娘子痴缠上，三番五次撕扯不开，岂非晦气。白娘子式的爱的激情，在生命力并不旺盛的市民看来，就是可怖的淫滥。（日本的上田秋成把这篇小说译成《蛇性之淫》，倒是很准确地道出了人的恐惧心理。）他周围的李募事、李员外、道士、和尚一班人岂能看着许宣就此被邪恶的蛇性所吞噬？许宣在白蛇故事里的教训可以用《崔衙内白鹞招妖》里说书人的一首诗来概括：

色，色！难离，易惑。隐深闺，藏柳陌。长小人志，灭君子德。后主谩多才，纣王空有力。伤人不痛之刀，对面杀人之贼。方知双眼是横波，无限贤愚被沉溺。

白娘子的情与义

在小说里，白娘子的形象还带着早期灵怪故事里的可怕身影。那吊桶来粗大的身躯，一似灯盏般放出金光的蛇眼，时时现出本相来，惊得人晕倒。研究者认为《西湖三塔记》与《白娘子永镇雷峰塔》有一些渊源关系。《西湖三塔记》里的白蛇精叫作白衣娘子，"洞房夜夜换新郎"，摄来新人就挖旧人心肝来吃，是个无情的妖孽。其他宋元话本里的妖怪如《洛阳三怪记》里的唤作玉蕊娘娘的白猫精，也是把男子迷来一个吃掉一个，专取心肝下酒的。白娘子对许宣的情爱却是专一的，如蛇一样将人痴缠住不肯放松。数次因她偷盗来取悦许宣的财物，给许宣惹来官司，又数次寻上门来复合。她的显相似乎只在吓退捉蛇人、老色鬼。她那吓人的本相却不肯在许宣跟前显露。

　　禅师道："念你千年修炼，免你一死，可现本相！"
　　白娘子不肯。禅师勃然大怒，口中念念有词，大喝道：

"揭谛何在？快与我擒青鱼怪来，和白蛇现形，听吾发落！"须臾，庭前起一阵狂风，风过处，只闻得豁剌一声响，半空中坠下一个青鱼，有一丈多长，向地拨剌的连跳几跳，缩做尺余长一个小青鱼。看那白娘子时，也复了原形，变了三尺长一条白蛇，兀自昂头看着许宣。

白蛇精从一个以色迷人的恐怖的精怪，发展成让许宣那样的老百姓掬一捧同情之泪的白娘子，到后来的白素贞。这最后一刻尚"兀自昂头看着许宣"，便是人情、人性美生发的萌蘖处。鲁迅先生说蒲松龄的《聊斋志异》"独于详尽之外，示以平常，使花妖狐魅，多具人情，和易可亲，忘为异类，而又偶见鹘突，知复非人"。"具人情"更多的是一种人性的美和善。白娘子对法海说她虽因爱上许宣，冒犯天条，却不曾杀害性命，已是难得，更在危难之际为青鱼求情。小说的眉批道："难中尚照顾青青，白娘子真仁义之妖也。"所以后来才有那么多人对这篇小说起了改编的兴致。从许宣扯不脱的一条白蛇精，变成了弹词《义妖传》里为报恩而来，为救许宣盗仙草、斗法海、水漫金山的白素贞，后面还有儿子中状元、祭塔等光明的后续。通常这种向着人情化、向着大团圆迈进的努力，窒息了白蛇身上朴野强悍、令人畏惧的异类的"鹘突"之处，变成美、善、真的化身，就像数十年前拍京剧《白蛇传》，到端午现蛇本形一节，一

清　董邦达　《西湖十景图卷》局部

三言二拍：
宋明的烟火与风情

定要到马戏团找条漂亮的、三尺长的小白蛇来出镜，为的是怕吓到观众，破坏了白娘子在人们心中的美好形象。

那为什么一定还要用这个故事呢？另造一个不好吗？白蛇本是一个妖怪，是让许宣那样的男子迷恋、畏惧的妖怪，它是存乎每一个人心中的欲望和诱惑的隐喻。倘或依了除了甜腻之外再不知有别样滋味的好事者的口味改编下去，所有故事里的野性、棱角和粗粝浑朴之处一一摘除涂抹干净，是不是也算得对文化生态的破坏？狼，即使是有点人情味的，假如它知道知恩图报的话，人们也因为这点情义显现在狼身上，而带着畏惧去欣赏，你干脆把它说成是比驯化的犬更驯顺、更仁义，那就乏味得多。这算得上国人团圆癖之外的另一大嗜好，把一切关系都搞得熟软化、庸俗化，甜腻腻的唯恐对不住小市民们的口味。我以为白蛇在《白娘子永镇雷峰塔》里，要比后来善良得让人流泪的白素贞要刺激、有趣得多，而且这也不妨碍她的有情有义。

刘四妈的那张嘴

"三姑六婆"是元明以来对尼姑、道姑、卦姑、牙婆、媒婆、师婆、虔婆、药婆、稳婆的合称,前三者为三姑,后六者为六婆。"三姑六婆"原是对古代不同职业妇女的代称,但后来这一集合名词,经由历代文人笔下的着墨渲染,自元末明初后,便背负了淫盗之媒的恶名,她们的形象不离巧为辞说、贪财好利、媒介奸淫等。"三言"里有一段议论,说出媒婆的厉害:

天下只有三般口嘴,极是利害:秀才口,骂遍四方;和尚口,吃遍四方;媒婆口,传遍四方。且说媒婆口,怎地传遍四方?那做媒的有几句口号:东家走,西家走,两脚奔波气常吼。牵三带四有商量,走进人家不怕狗。前街某,后街某,家家户户皆朋友。相逢先把笑颜开,惯报新闻不待叩。说也有,话也有,指长话短舒开手。一家有事百家知,何曾留下隔宿口?要骗茶,要

吃酒，脸皮三寸三分厚。若还羡他说作高，拌干涎沫七八斗。(《李秀卿义结黄贞女》)

凌濛初也认为："话说三姑六婆，最是人家不可与他往来出入。盖是此辈功夫又闲，心计又巧，亦且走过千家万户，见识又多，路数又熟，不要说有些不正气的妇女，十个着了九个儿，就是一些针缝也没有的，他会千方百计弄出机关，智赛良、平，辩同何、贾，无事诱出有事来。"(《初刻拍案惊奇》卷六《酒下酒赵尼媪迷花，机中机贾秀才报怨》)

从《水浒传》里最有市井风味的一段挑帘、裁衣到《金瓶梅》里王婆、潘金莲、杨姑娘泼辣活泼的市井口声，是文学的极大进步。这样火候纯青的白话文字在"三言"保存的宋元话本里已是处处可见。如郑振铎所说，不但"当时社会的物态人情，一一跃然的如在纸上，即魔鬼妖神也似皆像活人般的在行动着。我们可以说，像那样的隽美而劲快的作风，在后来的模拟的诸著作里，便永远地消失了。"

论语言艺术的纯熟、生动，"三言"要胜过"二拍"许多。因为"三言"的篇目多是从民间流传的话本收集而来，而民间艺人和读者最熟悉的就是行走奔波在市井间的小人物。你看那已然做了鬼的媒婆说出话来，还是那么体贴人情，世故圆滑：

当日正在学堂里教书，只听得青布帘儿上铃声响，走将一个人入来。吴教授看那入来的人，不是别人，却是半年前搬去的邻舍王婆。元来那婆子是个撮合山，专靠做媒为生。吴教授相揖罢，道："多时不见，而今婆婆在那里住？"婆子道："只道教授忘了老媳妇，如今老媳妇在钱塘门里沿城住。"教授问："婆婆高寿？"婆子道："老媳妇犬马之年七十有五，教授青春多少？"教授道："小子二十有二。"婆子道："教授方才二十有二，却像三十以上人。想教授每日价费多少心神！据老媳妇愚见，也少不得一个小娘子相伴。"教授道："我这里也几次问人来，却没这般头脑。"婆子道："这个不是冤家不聚会。好教官人得知，却有一头好亲在这里。……（《一窟鬼癞道人除怪》）

《小夫人金钱赠年少》里在东京开封府界身子里开线铺的张员外年过六旬想要续弦，既要模样好，门当户对，还要有十万贯房奁的"来对付"他的万贯家财。张媒李媒"肚里暗笑，口中胡乱答应，路上商议道：'若说得这头亲事成，也有百十贯钱撰。只是员外说的话太不着人，有那三件事的他不去嫁个年少郎君，却肯随你这老头子？偏你这几根白胡须是沙糖拌的？'"

《卖油郎独占花魁》里除了卖油郎和莘瑶琴之外，还有一个能言善辩的刘四妈，数黑论黄、说长话短的本领，同书生引经据典式掉书袋又自不同。莘瑶琴被骗失身，十分不乐，老鸨请来干姊妹刘四妈劝说，那刘四妈夸下海口："老身是个女随何，雌陆贾，说得罗汉思情，嫦娥想嫁。这件事都在老身身上。"刘四妈赚得瑶琴开门之后，把一番赚银子、奔前程的为妓之道，指点得清楚明白：

刘四妈道："我们门户人家，吃着女儿，穿着女儿，用着女儿，侥幸讨得一个像样的，分明是大户人家置了一所良田美产。年纪幼小时，巴不得风吹得大。到得梳弄过后，便是田产成熟，日日指望花利到手受用。前门迎新，后门送旧，张郎送米，李郎送柴，往来热闹，才是个出名的姊妹行家。"美娘道："羞答答，我不做这样事！"刘四妈掩着口，格的笑了一声，道："不做这样事，可是繇得你的？一家之中，有妈妈做主。做小娘的若不依他教训，动不动一顿皮鞭，打得你不生不死。那时不怕你不走他的路儿。九阿姐一向不难为你，只可惜你聪明标致，从小娇养的，要惜你的廉耻，存你的体面。方才告诉我许多话，说你不识好歹，放着鹅毛不知轻，顶着磨子不知重，心下好生不悦。教老身来劝你。你若执意不从，惹他性起，一时翻过脸来，骂一顿，打一顿，你待走上天去！凡事只怕个起头。若打破了头时，朝一顿，暮一顿，那时熬这些痛苦不过，只得接客。却不把千金声价弄得低微了。还要被姊妹中笑话。依我说，吊桶已自落在他井里，挣不起了。不如千欢万喜，倒在娘的怀里，落得自己快活。"美娘道："奴是好人家儿女，误落风尘。倘得姨娘主张从良，胜造九级浮图。若要我倚门献笑，送旧迎新，宁甘一死，决不情愿。"刘四妈道："我儿，从良是个有志气的事，怎么说道不该！只是从良也有几等不同。"美娘道："从良有甚不同之处？"刘四妈道："有个真从良……你便要从良，也须拣个好主儿。这些臭嘴臭脸的，难道就跟他不成？你如今一个客也不接，晓得那个该从，那个不该从？……依着老身愚见，还是俯从人愿，凭着做娘的接客。似你恁般才貌，等闲的料也不敢相扳。无非是王孙公子，贵客豪门，也不辱莫了你。一来风花雪月，趁着年少受用；二来作成妈儿起个家事；三来使自己也积趱些私房，免得日后求人。过了十年五载，遇个知心着意的，说得来，话得着，那时老身与你做媒，好模好样的嫁去，做娘的也放得你下了。可不两得其便？"美娘听说，微笑而不言。刘四妈已知美娘心中活动了，便道："老身句句是好话。你依着老身的话时，后来还要感激我哩。"

莘瑶琴听了刘四妈一席话儿，"思之有理。以后有客求见，欣然相接"。从此成了青楼有名的花魁娘子。又听从了刘四妈的指点，积攒金银财宝，留心在嫖客中寻求良配，最终自赎身家，才有了"堪爱豪家多子弟，风流不及卖油人"的佳话。

刘四妈的职业属于虔婆，也就是妓院里的老鸨。这固然是一个巧辞狡黠、媒介奸淫以及贪财好利的婆娘。当年莘瑶琴被她哄得转了心思，落坑堕堑入了青楼，刘四妈得的报酬只是王九妈的"备饭相待，尽醉而别"；后来瑶琴拿了十两金子，请她说服老鸨许自己从良，刘四妈看见这金子，笑得眼儿没缝，便道："自家儿女，又是美事，如何要你的东西！这金子权时领下，只当与你收藏。此事都在老身身上。"刘四妈去劝王九妈放花魁从良，一套说辞也是入情入理：

"侄女只为声名大了，好似一块鲞鱼落地，马蚁儿都要钻他。虽然热闹，却也不得自在。说便许多一夜，也只是个虚名。那些王孙公子来一遍，动不动有几个帮闲，连宵达旦，好不费事。跟随的人又不少，个个要奉承得他好，一些不到之处，口里就出粗哩唯罗唯的骂人，还要弄损你家伙，又不好告诉得他家主，受了若干闷气。况且山人墨客，诗社棋社，少不得一月之内，

67

又有几时官身。这些富贵子弟，你争我夺，依了张家，违了李家，一边喜，少不得一边怪了。就是吴八公子这一个风波，吓杀人的，万一失差，却不连本送了？官宦人家，和他打官司不成，只索忍气吞声。今日还亏着你家时运高，太平没事，一个霹雳空中过去了。倘然山高水低，悔之无及。妹子闻得吴八公子不怀好意，还要和你家索闹。侄女的性气又不好，不肯奉承人，第一这一件，乃是个惹祸之本。"……

王九妈道："我如今与你商议，倘若有个肯出钱的，不如卖了他去，到得干净。省得终身担着鬼胎过日。"刘四妈道："此言甚妙！卖了他一个，就讨得五六个。若凑巧撞得着相应的，十来个也讨得的。这等便宜事，如何不做！"

一番说辞下来，王九妈反求她帮忙撺掇莘瑶琴从良。有道是财帛动人心。当王九妈看到莘瑶琴拿出的大包金银，想要反悔的时候：

刘四妈见九妈颜色不善，便猜着了，连忙道："九阿姐，你休得三心两意。这些东西，就是侄女自家积下的，也不是你本分之钱。他若肯花费时，也花费了。或是他不长进，把来津贴了得意的孤老，你也那里知道！

这还是他做家的好处。况且小娘自己手中没有钱钞,临到从良之际,难道赤身赶他出门?少不得头上脚下都要收拾得光鲜,等他好去别人家做人。如今他自家拿得出这些东西,料然一丝一线不费你的心。这一主银子,是你完完全全鳖在腰胯里的。他就赎身出去,怕不是你女儿。倘然他挣得好时,时朝月节,怕他不来孝顺你。就是嫁了人时,他又没有亲爹亲娘,你也还去做得着他的外婆,受用处正有哩!"只这一套话,说得王九妈心中爽然,当下应允。

《卖油郎独占花魁》是一篇非常繁详、细腻的小说。卖油郎秦重、花魁女莘瑶琴固然是这个市井婚姻中的新型男女主人公,一个小贩和一个青楼女子,而刘四妈也是这篇小说贡献的一位生动形象。没有这个人物,故事的起承转合缺少一个功能性的人物,她对莘瑶琴的指点和职业规划,她帮助主人公达成心愿,她的体贴周到、巧为辞说、家长里短、人面高低,处处体贴圆转,真是能将死人说得活转过来的俗口角。对妓女的生涯和宿命有着深刻的体察和同情,口角很俗,有兴趣的读者不妨取来一观。

墙头马上与合色鞋儿

——爱情小说场景的真实度

白居易有一首新乐府诗叫作《井底引银瓶》,讲的是一个小户人家的女孩同骑着白马的青年男子私奔,几年之后,被公婆嫌弃逐出家门,羞于回乡、处境尴尬的故事。白居易写诗的目的在于"寄言痴小人家女,慎勿将身轻许人"。白老夫子的初衷是劝女性不要轻易放弃婚姻的保障。所谓"聘则为妻奔是妾",女性虽是弱者,封建婚姻毕竟为正妻提供了相应的庇护。失去了制度的保障,靠爱情能走多远呢?这是一种人文关怀,起码是对弱者的善意,谈不上反对恋爱自由的封建主义。在现代的社会里,人们讲的也还是这个道理。

这首诗对后世的影响很大,其中有这样描写爱情的诗句:

妾弄青梅凭短墙,君骑白马傍垂杨。墙头马上遥相顾,一见知君即断肠。知君断肠共君语,君指南山松柏树。感君松柏化为心,暗合双鬟逐君去。

"墙头马上遥相顾",为后来爱情题材的作品开拓了新的模式和浪漫的想象,成为一种经典意境或者场景。

元代戏曲家白朴将这首诗扩展成一部杂剧,名字就叫《墙头马上》。明清传奇里的踵武之作甚多。文言小说中用得比较经典的是蒲松龄《聊斋志异》的《婴宁》里王子服坐在大石头上,见墙内的婴宁"执杏花一朵,俯首自簪。举头见生,遂不复簪,含笑撚花而入"。宋代无名氏的《点绛唇》就有少女在院内打罢了秋千,正"薄汗轻衣透"的时候,有客人进了院子,少女"袜划金钗溜,和羞走。倚门回首,却把青梅嗅。"蒲松龄笔下的婴宁和这位少女的神情相仿佛,或者也不是完全从墙头马上得来的灵感。

不过少年男女交往的空间阻隔在古代是一个非常现实的问题。所以才会有那么多的姑表姨表兄妹的恋情发生,大观园里虽然家长们离得较远,宝玉也只能在林妹妹、宝姐姐那里用情。因为那几乎是少年男女唯一可以接触到的异性了。除此之外,高墙就成了最常见的阻隔。陈太尉的小姐玉兰,听阮三郎吹箫,是"料得夜深,众人都睡了……直至大门边。听了一回,情不能已"。命丫鬟以戒指为信物请阮三入门一见,那阮三担心"他是个官宦人家,守阃耳目不少,

71

进去易，出来难"，两人最后是在尼姑庵里才得相会。(《闲云庵阮三偿冤债》)张浩家的花园和李莺莺家只有一墙之隔，千金小姐就顾不得矜持风度，翻墙前来相会了(《宿香亭张浩遇莺莺》)。潘寿儿住在杭州十官子巷一幢临街楼上，少年子弟张荩不时往来其下探听，以咳嗽为号，两人眉目传情，互掷红绫汗巾、合色鞋儿做信物，只因潘家门户谨慎，无门得到楼上，卖花粉的陆婆出主意让潘寿儿把几匹布接长，垂下楼来，待他从布上攀缘而上。(《陆五汉硬留合色鞋》)

苏轼《蝶恋花》(花褪残红青杏小)所谓：

墙里秋千墙外道，墙外行人，墙里佳人笑。笑渐不闻声渐悄，多情却被无情恼。

诗词可以将意境限制在"墙里秋千墙外道"这样神秘朦胧的美感上，从某种程度上说，这还是现实情境的真实的还原、抒发与升华。但小说不能停滞在诗意情感的咀味上，它是叙事的，就要有故事。怎么办呢？现实存在的阻隔在小说家写来就有了纰漏和疏忽。墙缺一角、楼高一截是爱情故事萌蘖最常见的契机。叙事文学是讲现实主义的，你总得给男女主人公一个交流、发展的场景吧：

一日清明节届，和曹姨及侍儿明霞后园打秋千耍子。正在闹热之际，忽见墙缺处有一美少年，紫衣唐巾，舒头观看，连声喝采。慌得娇鸾满脸通红，推着曹姨的背，急回香房。侍女也进去了。生见园中无人，逾墙而入，秋千架子尚在，余香仿佛，正在凝思。忽见草中一物，拾起看时，乃三尺线绣香罗帕也，生得此如获珍宝。闻有人声自内而来，复逾墙而出，仍立于墙缺边。(《王娇鸾百年长恨》)

《王娇鸾百年长恨》又见于冯梦龙编的《情史》，讲的是明代天顺年间，也就是明英宗时代的故事，当是一篇拟话本，作者似是一位急于卖弄学问的沾沾小儒，诗词多而且滥，叫"百年长恨"这个名字似乎是要仿效白居易、陈鸿的《长恨歌》和《长恨歌传》，但故事的重头戏王娇鸾所作的《长恨歌》实在不敢恭维。《情史》里就没有收录这首诗，可见是不入法眼。

王娇鸾的父亲是一武将，同周廷章的父亲同县为官，比邻而居。两人互相爱慕，但王父不欲女儿远嫁，不同意周家的提亲。两人只好对天盟誓，私结百年之好。后来周随父回乡，背弃誓言，另结姻好，娇鸾乃作《长恨歌》一首备道相交始末，并将两人合同婚书、所作绝命诗等放入父亲发往周廷章原籍的文书之中，而后自缢而死。监察樊公见物大怒，乱棒打死了薄幸的周廷章。故事的结局虽是悲剧,但没有用鬼魂报仇一类的老套,也聊快人心。这篇故事的场景比较有趣,前面的断墙是老套了,后面王周二人交往近两年,都是周夜半出入王娇鸾的闺房,饮酒联诗有如夫妇一样从容。一般来说,话本小说要比文言小说的描写更看重细节的真实性。看官们是市井中人,心明眼亮,于人情世故中最肯用心,有一点破绽也会被人看出假来。王娇鸾的父亲是一介武夫,粗豪大意也就罢了;她的生母也对女儿的事一无所知,就不太合情理。《情史》对这方面的描写就比较简单,没有更多的解释。"三言"则说王娇鸾的母亲是继母,人们就很能想象出她对女儿的漠不关心,理解了身边唯有一女的王父之所以几次不欲女儿出嫁的心境。虽只是闲闲的一笔改动,人情冷暖和炎凉也就在里面了。这是小说描写的曲尽人情处,也增加了爱情场景的真实性。

白居易《井底引银瓶》说的是小户人家的女孩儿,院垣低矮,庭院湫隘,凭墙可以向外张望行人,有情可原。到了白朴《墙头马上》写深宅大院里的相府李千金也凭着墙跟墙外的裴少俊眉目传情就有些勉为其难了。好在元人杂剧的关目大多比较幼稚,不能过分计较。《初刻拍案惊奇》的《宣徽院仕女秋千会,清安寺夫妇笑啼缘》里宣徽使孛罗"第宅宏丽,莫与为比",他的女眷在花园设秋千会,公子拜住骑马在花园墙外走过。只闻得墙内笑声,在马上欠身一望,就见到了满院佳丽。"勒住了马,潜身在柳阴中,恣意偷觑"。《二刻》卷三十五《错调情贾母詈女,误告状孙郎得妻》里姑嫂二人居住的环境更是成问题:

> 湖广又有承天府景陵县一个人家,有姑嫂两人。姑未嫁出,嫂也未成房,尚多是女子,共居一个小楼上。楼后有别家房屋一所,被火焚过,余下一块老大空地,积久为人堆聚粪秽之场。因此楼墙后窗,直见街道。二女闲空,就到窗边看街上行人往来光景。有邻家一个学生,朝夕在这街上经过,貌甚韶秀。二女年俱二八,情欲已动,见了多次,未免妄想起来。便两相私语道:"这个标致小官,不知是那一家的。若得与他同宿一晚,死也甘心。"正说话间,恰好有个卖糖的小厮,唤做四儿,敲着锣,在那里后头走来。姑嫂两人多是与他买糖厮熟的,楼窗内把手一招,四儿就挑着担,走转向前门来,叫道:"姑娘们买糖?"姑嫂多走下楼来,与他买了些糖,便对他道:"我问你一句说话,方才在你前头走的小官,是那一家的?"四儿道:"可是那生得齐整的么?"二女道:"正是。"四儿道:"这个是钱朝奉家哥子。"

两个少女想出的会情郎的主意是"叫他在后边粪场上走到

楼窗下来。我们在楼上窗里抛下一个布兜，兜他上来就是"。偏僻的小县城里这样的闺房环境实在称得上脏乱差，这样的情景展开的只能是一个混乱肮脏的故事。

市井婚恋的悲喜剧

《醒世恒言》第七卷《钱秀才错占凤凰俦》里写太湖洞庭东山、西山地方的人善于货殖，"八方四路，去为商为贾。所以江湖上有个口号，却做'钻天洞庭'"。商人高赞少年惯走湖广，贩卖粮食。后来家道殷实了，开起两个解库，托着四个伙计掌管，自己只在家中受用。高赞的女儿生得美貌，所以就生了攀高之意："不肯将他配个平等之人，定要拣个读书君子、才貌兼全的配他，聘礼厚薄到也不论。若对头好时，就赔些妆奁嫁去，也自情愿。"后来穷秀才钱青替表哥颜俊相亲、迎亲，阴错阳差起了官司。高赞情愿招白衣秀才到门，供给读书，后来钱青一举成名，夫妻偕老。这个喜剧故事当然是郎才女貌式的市民婚恋观的体现。其中有个典故。男主人公钱青姓钱名青，字万选，是喻其斯文满腹，才学出众之意。唐代的大文人张鷟，就是写传奇《游仙窟》的那位，时人以为他的文章"天下第一"，称"鷟文辞犹青铜钱，万选万中"，号称青钱学士。富商高赞情愿倒赔妆奁也要将女儿嫁一个才貌双全的秀才,正应了富而思贵、改换门庭的老话。商人倾慕斯文,是所谓"万般皆下品,唯有读书高"的较为正统普遍的门第观念。《张廷秀逃生救父》里的富豪王员外招木匠之子张廷秀为婿,看中的是这个小户人家的子弟肯读书做文字,"人人称赞,说他定有科甲之分"。读书是费钱的事,能不能金榜得中,将学成的文武艺卖给帝王家通常是个很渺茫的未知数。在发迹变泰之前,穷秀才要能通过婚姻找到生活的保障,有时是像钱青一样的幸运,多数情况岳家和女方就不那么体面。

《金玉奴棒打薄情郎》里乞丐头金老大的女儿金玉奴和穷秀才莫稽的婚姻,从一开始就埋下了悲剧的因子。团头儿金老大只有一女:"爱此女如同珍宝,从小教他读书识字,到十五六岁时,诗赋俱通,一写一作,信手而成。更兼女工精巧,亦能调筝弄管,事事伶俐。金老大倚着女儿才貌,立心要将他嫁个士人。论来就名门旧族中,急切要这一个女子也是少的,可恨生于团头之家,没人相求。若是平常经纪人家,没前程的,金老大又不肯扳他了。因此高低不就,把女儿直捱到一十八岁,尚未许人。"在金家看来,读书人的门第是婚姻中最重的砝码。穷书生莫稽答应入赘其家,只贪金玉奴的美貌和其家道的富足,心下想道:"我今衣食不周,无力婚娶,何不俯就他家,一举两得?也顾不得耻笑。"

金玉奴只恨自己门风不好，要挣个出头，乃劝丈夫刻苦读书。凡古今书籍，不惜价钱，买来与丈夫看；又不吝供给之费，请人会文会讲；又出资财，教丈夫结交延誉。莫稽由此才学日进，名誉日起。二十三岁发解连科及第。这日琼林宴罢，乌帽宫袍，马上迎归。将到丈人家里，只见街坊上一群小儿争先来看，指道："金团头家女婿做了官也。"莫稽在马上听得此言，又不好揽事，只得忍耐。见了丈人，虽然外面尽礼，却包着一肚子怨气，想道："早知有今日富贵，怕没王侯贵戚招赘成婚？却拜个团头做岳丈，可不是终身之玷！养出儿女来，还是团头的外孙，被人传作话柄。如今事已如此，妻又贤慧，不犯七出之条，不好决绝得。正是事不三思，终有后悔。"为此心中怏怏，只是不乐。玉奴几遍问而不答，正不知甚么意故。好笑那莫稽，只想着今日富贵，却忘了贫贱的时节，把老婆资助成名一段功劳，化为春水，这是他心术不端处。

同高家不一样的是，金家身为乞丐头的低贱声誉，注定了金氏父女高攀会以悲剧收场。金家的财产和金玉奴的美貌贤淑是易耗品，随着时间的流逝在贬值，而团头儿的名声却是洗刷不去的。这桩姻缘的脆弱平衡随着莫稽的发迹而被打破。其中有个人品质的问题，正常心地的人都做不出将贫贱之妻推坠到河里溺死的恶行。作者照顾明代市民们的团圆癖，让金玉奴被路过的官员所救，认为义女，这官员又恰好是莫稽的上司。据这位官员看，莫稽也是"可惜一表人才，干恁薄幸之事"。他假称把自己的女儿许配给"丧偶"的莫稽，新婚之夜金玉奴安排下仆妇手持木棒把莫稽痛打一顿，也就团圆了事。这个结局在今天看来当然是很别扭，想象一下，月白风清的夜晚金玉奴醒来，看着熟睡在自己身旁的"所天"（旧时，受支配的人称所依靠的人为"所天"，这里指丈夫），会不会常常感到毛骨悚然。作为今天的读者当然可以再安排一个能够在心理和情感上接受的结局：棒打之后坚决离弃这等凶徒。京剧《金玉奴》更把莫稽当初的处境写成了路边的饿殍，被金玉奴一碗豆汁救活了命，使其后来的负义行为俨然成了农夫与毒蛇的翻版。这种煽情化的处理似乎比小说的趣味更庸俗些。我们设想一下故事另外的结局。第一，金玉奴"不犯七出之条，不好决绝得"，莫稽要离婚似乎办不到，富贵易妻的离弃行为，并不比团头之婿更好听，那么只有无奈地维持现状。第二是金玉奴本人也未见得幸福得起来。在金玉奴是"只恨自己门风不好，要挣个出头"，但现实的结果是出了头只会使这耻辱的标记更加彰显，别人依然指点的是"团头家女婿做了官"。当初金癞子带一帮乞丐大闹金家时，一家人个个闷在心里不说出来的不快和阴影，只会越来越大，大到把婚姻内的情感和愉悦扼死，只维持着一个躯壳。金家买中了原始股，团头的女儿做了夫人，结局也只是如此。倒是小说的作者虽然趣味不高，但无意之中却也抓住了事情的要害，那就是门第和出身的问题。团头的女儿一旦成了官员的义女，梗在每个人心头的隐痛和鬼胎也就迎刃而解。至于是不是有莫稽推妻坠河的一段，对金玉奴来说结局都不会更好。对莫稽，则因为负疚和妻子身份的改变，而在这桩婚姻中找到了新的平衡点，有爱无爱都要团圆、都要维持，这是市井婚姻的底线。不管是金玉奴还是莫稽都不能要求得更多了。这就是市井凡人的情感宿命。在这一点上，这个有点庸俗老套的故事，倒是比哲人的眼光将问题的关键看得更老辣、更准确。只是被涂抹得很俗艳的喜剧里，也遮掩不住对两性婚姻的现实没有几分期待和热度的消极态度。

杜十娘和她的百宝箱

杜十娘的故事是"三言"里最有生命力的一种。前面说过,"三言""二拍"曾在国内失传,明清白话短篇小说的一脉,靠抱瓮老人的选本《今古奇观》在民间流传。《杜十娘怒沉百宝箱》一直传诵不绝,在民间的知名度非常高。清末民初一直到新中国成立前,京剧、评剧里的杜十娘都是在女性观众中极叫座的戏,捧红了不少名角儿。有趣的是戏曲对梳妆、投江几场的苦情化、怨情化的处理是其最受欢迎的地方。大段的表白和煽情很符合台下妇孺的胃口,只是为了迁就观众的审美习惯,杜十娘这个人物以及她同李甲的关系,被塑造成了依附于男性的良家妇女所可能遭遇被抛弃、被侮辱的情形。这种理解方式很质朴简单,也显得有些庸俗化。

清代梅窗主人作《百宝箱》,算得上庸俗化改编的代表。前面的情节不用讲了,后面是杜十娘投江后被人救起,栖身尼姑庵。柳遇春回乡途中遇到十娘,将她带回苏州。李甲在洞庭湖遭劫,只身流落苏州,在玄妙观卖字为生。柳遇春赠给他盘缠让他上京应试,并假言有一远房亲眷,欲许给李甲为妻。李甲高中状元,遣媒人到苏州求亲。入了洞房,才知新人是杜十娘,李甲又惊又喜。杜十娘命丫鬟暴打李甲,惩其薄幸,李甲苦求,二人和好如初。所有"三言"里有过的离合悲欢的情节,能用的都聚拢在这里了:《苏知县罗衫再合》里的遭劫、出家,《金玉奴棒打薄情郎》里的落水被救、重入洞房,连棒打的情节都拽了过来。可是添加在这里得到的效果都是负数,是恶俗。

之所以有那么多的人喜欢杜十娘,之所以代代有人为她的不幸遭遇掬几把同情之泪,一个重要原因是,她是一个完美、圣洁的存在于想象中的艺术形象。道德、才艺、容貌都好到没有瑕疵的地步。在与李甲的关系上也是完全无过错而受到伤害的一方。对这样的人物人们容易产生移情作用,也就是把自己设想成杜十娘那样完美、高尚的人物。在悲叹他人的不幸怨苦的时候,释放一下自己的琐细郁结的小小委屈不平。或者说是情感得到了升华。接受者对什么样艺术形象产生移情,也是门学问。一般说来这个人物真、善、美自然都要具备。你会想象自己是林妹妹、宝哥哥,却不大可能把自己设想成刘姥姥,虽然她是劳动人民;同样观众会觉得自己就是银幕上的爱斯梅拉达,没人觉得和钟楼怪人卡西莫多很相像,尽管他很善良。

"三言"里有不少成功的女性形象。比如王三巧、蔡瑞虹、花魁娘子、白娘子、玉堂春……但她们都不及杜十娘受欢迎,不及她的遭际那么震撼人心。

  在杜十娘的悲剧里,作者所寄托在这个女人身上的深沉的悼惜和悲愤,岂不是在人物身上也印上了作者的投影了吗?他把那个女人的心灵写得那样高贵,那样圣洁,那样执着地把自己的命运投在她的爱情上。

何满子先生这样评价话本小说作者在杜十娘这个人物身上的高度的移情。话本据明代宋懋澄的《负情侬传》改编而成。据宋懋澄讲,他听到杜十娘的故事后,认为她的贞烈超过了深闺里的大家闺秀,不忍湮没其事,乃援笔作传,写到"妆毕而天欲就曙矣"时,已至半夜,困怠就寝。梦到"被发而其音妇者"的女鬼杜十娘,声称"羞令人间知有此事",假如宋懋澄还要为她作传,就要宋"病作"。但宋病好之后,捉笔急作而成,并寄语女郎,小传写成,如继续作祟,渡江之后必当复作。结果没过几天,宋家的女奴露桃就坠河而死。

  研究者往往从文学的社会学角度出发,指出这篇以悲剧结尾的小说,比明清话本习见的带浪漫色彩的大团圆式小说,更真实和深刻地揭示了社会的本来面目,揭示了封建社会之中受压迫妇女真实的生存状况和地位。

从社会学角度讲,这种评判无可厚非,但它似乎无助于解释这部作品本身的艺术魅力。如从悲剧所表现的生存状态的真实这一点,来肯定艺术魅力的话,那么乔彦杰之娶周氏妾(《乔彦杰一妾破家》)、蔡瑞虹屡次被人易手(《蔡瑞虹忍辱报仇》),这样的底层妇女不能避免的厄运,为什么没有激起人们更强烈的情感反应呢?

再如,人们把塑造了杜十娘这一光彩照人的艺术形象,作为小说的主要艺术成就。但就小说的创作来说,人物即使是一个情操高洁、不随俗流的悲剧英雄,也不可能孤立地、悬浮地存在。杜十娘这一人物塑造的成功之处,正在于叙事者有意将其性格特质的表现同情节发展的过程同步合拍地融合起来。为取得这一效果,叙事主体使用了明代话本中较为少见的限制视角。这种限制叙事在以全知全能的白描、写实为艺术风格的作品中出现,是颇费匠心的安排。

小说对杜十娘与李甲关系的描写,一开始就用了时间跨度较大的概述,略去了两人如何相识相爱之类的场景或细节。叙事者突出了杜十娘"久有从良之志,又见李公子忠厚志诚甚有心向他"这一意愿,然后是她与鸨母吵架的场景。在这个场景中,人物性格基本是依赖对话来显现的,但叙事者唯恐读者不解鸨母何以只向李甲要三百两银子,便用了心理观察来表现她的狡诈。对于杜十娘的内心活动则保持缄默。

在其后的情节发展中，叙事者一直避免对杜十娘的心理活动做全知的观察。在赎身和南归的途中，叙事者的视角和感知范围是始终把这个人物的内心和打算等排除在外。有一点值得注意：在赎身过程中，李甲与杜十娘之间的主从关系的暗示。话本叙事者对原作的改动极小，因而些微的增删也就颇为引人注目。在插入十娘与鸨母争吵这一场景之前，传奇作者只是概述了两人的关系，而话本却说十娘久有从良之意，一直没有中意之人，这时李甲的出现使她"甚有心向他"，而"李公子惧怕老爷，不敢应承"。

在赎身之前加入这样一段心理描写，势必使读者产生这样的一些联想：也许杜十娘急于从良而择人不慎，李甲之奔走借银则是出于勉强。没有十娘的催促和鼓励，以李甲的软弱和窝囊是不会自动承担道义上的责任的。虽然叙事者没有用较多的心理观察和场景描写做铺垫，而是径直将人物置于戏剧化的高潮之中，使其性格在情节进展中得到表现。但是，人物性格同时也是推动情节向故事发展的内在依据。

杜十娘在赎身过程中，显得积极主动，她总是在李甲怯懦和困难的时候，给予精神上、物质上的帮助，使得李甲"频承不测"。这些行动表现了这一人物的果敢、精明。但叙事者在通过鸨母的退让，柳遇春为其真心感动而终肯为李甲奔走等周围人物与主人公关系的侧面描写等手法揭示其性格的同时，对这一人物的内心世界也不无保留。就像杜十娘对李甲隐瞒了她的百宝箱和她的处心积虑的计划一样，叙事者因回避对人物的内心观察所取得的限制性视角也向读者遮蔽了这一事实。

月朗道："十姊从郎君千里间关，囊中消索，吾等甚不能忘情。今合具薄赆，十姊可检收，或长途空乏，亦可少助。"说罢，命从人挈一描金文具至前，封锁甚固，正不知什么东西在里面。十娘也不开看，也不推辞，但殷勤作谢而已。

杜十娘向李甲隐瞒其财物是出于她的警觉和小心，就像赵春儿将财物埋在地下，打算着为曹可成谋得一顶乌纱那样（《赵春儿重旺曹家庄》），杜十娘一番苦心的表达方式在同类题材的作品中并不鲜见。但叙事者采取限制视角叙述并非是为了追求情节的戏剧性逆转。在情节达到戏剧性高潮之前，他已经对人物性格作了简洁的勾勒，而且隐约暗示了百宝箱的财物，这些含蓄的叙述、暗示是为了故事情节的逆转与人物情感的总爆发所做的铺垫和准备。在这里，限制性视角的应用，既是出于布局和讲述效果的需要，也是塑造人物的手段。

杜十娘在赎身过程中显示出的两个性格特点是自尊和自信，通过她与鸨母的争吵和她对李甲的控制与支配，读者对她的刚烈已有了充分的认识。所以当怯懦而自私的李甲真的为了惧怕父命和一点点金钱的诱惑而出卖了杜十娘（而不是谢小桃或周氏妾），人物刚烈和自尊的个性所受到的摧折，就远不只是她作为一个妓女的俯仰由人的共同命运所产生的那么大的悲剧感，而且是她的自尊、她的营谋以及她在同李甲关系中的自信和支配地位，轻易地被现实所粉碎和逆转的悲愤。

就是李甲这么一个窝囊怯懦的人，耳根一软就毁掉了她处心积虑地营谋了那么久的前途！所以当她听到李甲负心时，受伤害的自尊压抑了愤懑、悲哀，而其刚烈和崇高则通过大骂孙富，抱匣而沉这些激烈的举动表现出来。这一个场景既是情节发展的高潮，也是人物性格的最剧烈的外现。

"人物不是事件的决定因素又是什么呢？事件不是人物的解释又是什么呢？"情节的进展依仗人物性格的推动，而人物的塑造又是同情节的起伏密不可分。杜十娘的百宝箱，既是情节发展的一条伏线，也是其情感和人格的一部分。在情节发展的高潮场景中，它的出现，既是一种叙事结构上的"事实的发现导致命运的逆转"，也是对主人公人格的升华和完善。正是女主人公这种从性格产生的悲剧所具有的震撼力，成为作品艺术魅力所在。从这种意义上说，《杜十娘怒沉百宝箱》这篇话本的艺术成就，一方面得益于叙事者的讲述技巧和叙事结构（而这种技巧和结构更多的是承继了文言作品中所既有的方式,所以这篇作品从语言到叙事模式都类文言,同其他话本有一定区别);另一方面则是人物塑造的成功,使故事情节摆脱了同类题材所习见的平庸模式。从故事结构来说,其情节相当简单和普通:一个妓女渴望过正常人的生活,她通常所能寄予希望的是找一个人品不错的嫖客,但无论他们怎样两情合洽,这样的结合都是一种买卖关系。如果那个嫖客一时钱不凑手或心中后悔,就可以把他的买主地位出让给别人。如果让早期的、重视叙事价值而非人物价值的职业叙事者来讲述这个故事,女主人公就会成了周氏妾或不安分的小夫人(《志诚张主管》),那样的情节该是多么乏味!所以,如果没有杜十娘这一人物性格的成功塑造,也就没有这篇话本的独特的艺术成就。

但我们要指出的是,这篇小说的人物塑造并没有脱离于情节发展的主干。相反,由于叙事较少采用心理观察和琐细的描写,使得人物塑造同情节叙述密不可分地糅合在一起。杜十娘刚烈、自尊和自信的性格与李甲怯懦、自私的本性,决定了两者之间关系内在的紧张和不平衡。虽然在大部分情节中,人们都感到了杜十娘对李甲的支配和左右,但以现实的社会地位而言,即使李甲信誓旦旦、窝窝囊囊,即使没有孙富半路插了进来,十娘的自尊和权威地位也将被倾覆。譬如李甲的严父、他的妻子都可能将十娘重新置于商品的地位。所以人物既定的品质和社会地位,决定着情节向悲剧结局发展，而情节的发展、环境的转变，反过来影响和改变着人物的初衷。孙富的出现导致李甲的背叛，而李甲的背叛则使得女主人公所有的努力、所有的经营筹划都成为其情感爆发的突破口。一切都朝着题目所标明的结局、朝着一个表现高潮的场景行进。既有人物性格发展的内在真实性，又有情节发展的外在逻辑性，人物性格与情节发展这两个方面的真实性达到完美的统一。

名士与名妓的关系

前些年拍的电影《杜十娘》仍旧不脱苦情戏的煽情面目。杜十娘被塑造成高不可攀、凛然不可犯的女神，当然这个女神是正面意义上的女神，而不是传统小说常见的以"女神""神女"代指、暗示对方的妓妇身份，著名的像唐代张鷟的《游仙窟》。

要了解早期话本小说对妓妇祸害家庭的愚行小说同《杜十娘怒沉百宝箱》《卖油郎独占花魁》这些小说的区别，我们不妨先看一则逸事。明代李中馥的《原李耳载》记录了著名文人傅山傅青主的一则逸事：

> 妓有名秀云者，晋府乐长也，声容冠一时。工小楷，善画兰。操琴爱《汉宫秋》，称绝调；又能以琵琶弹《普庵咒》，与琴入化。……卒为轻薄子所绐，倾囊相委，久知其负己也，抑郁而逝。淹殡积岁，傅青主闻而怜之，言："名妓失路，与名士落魄、赍志没齿无异

也，吾何惜埋香一抔土乎？"于是设旛旐，陈冥器，张鼓乐，召僧尼，导引郊外，与所知词客数辈酹之酒而葬之。

秀云是位工书法、善画兰花，喜欢演奏《汉宫秋》的风雅妓女，喜欢上一个轻薄男子，把积蓄全部交给了他，被辜负后，抑郁而亡，死后也无人埋葬。傅山知道后，说出那句著名的"名妓失路，与名士落魄、赍志没齿无异也"的话，隆重安葬了秀云，并和文人词客数人一起酹酒祭奠。

冯梦龙生长在苏州，他自称少年时从狎邪游，"逍遥艳冶场，游戏烟花里"，得到青楼女子转赠的很多诗帨，结识了不少精于弹唱、能诗善画的青楼女子。他曾热恋着当时的名妓侯慧卿，侯慧卿移情别恋于袁小修后，冯曾作极为哀痛的《怨离词》，说到二人分手的原因：

〔太师引〕：她去时节也无牵挂，那其间酥麻我半截。自没个只字儿见伤犯，也何曾敢眼角差撒。

冯梦龙并没有任何得罪侯慧卿的地方，更不是因为经济困窘而遭嫌弃。据现代学者考证，侯慧卿爱上了当时鼎鼎大名的"公安三袁"中的袁中道，从而琵琶别抱。在这段感情里，冯梦龙是钟情被弃的那一个。

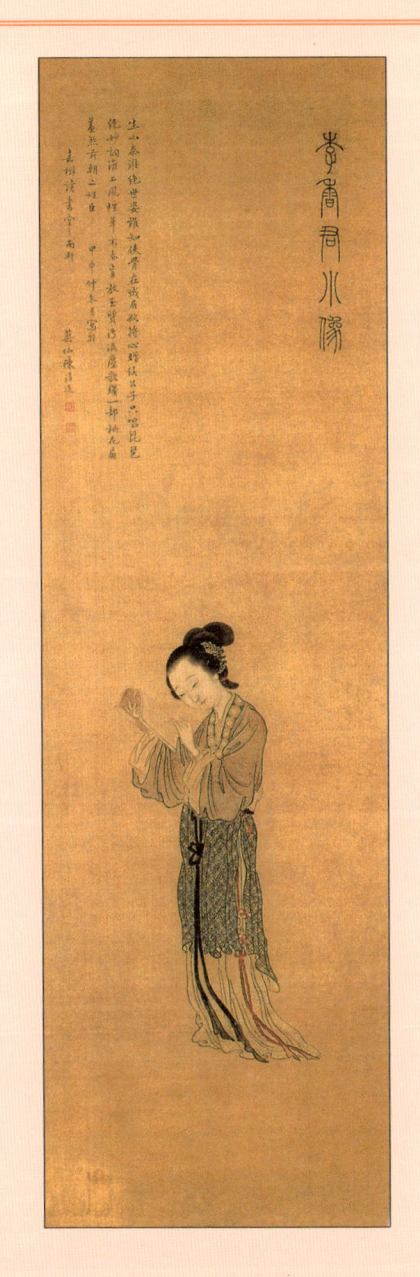

清　陈清远　《李香君小像》

三言二拍：
宋明的烟火与风情

他曾为此写下了《商调·黄莺儿·端二忆别》，序云："五月端二日，即去年失慧卿之日也。日远日疏，既欲如去年之别，亦不可得，伤心哉！……噫！年年有端二，岁岁无慧卿，何必人言愁，我始欲愁也。"从中可看出，冯梦龙对青楼名妓的痴情执着。

这段故事很曲折，后来侯慧卿从袁小修终不得，欲与冯梦龙重修旧好，冯梦龙痛定思痛，写下《誓妓》，发誓从此绝迹青楼。

〔簇御林〕：从今专，一笔勾；瑞香花，各有头。姻缘限满三合凑，便相见不似当初厚。免踌躇，随伊即溜，做不得满江愁。

〔尾声〕：热心肠，闲穷究。强姻亲到底是暂绸缪，拼个谢却青楼不去走。

侯慧卿死后，他还是念念不忘：

"生则愿同衾，死则愿同穴。"李十郎千古情语。余有忆侯慧卿诗三十首，末一章云："诗狂酒癖总休论，病里时时昼掩门；最是一生凄绝处，鸳鸯冢上欲招魂。"亦此意。

这是在他所编民歌《挂枝儿》中的一段文末缀语，但那已是侯慧卿病死以后的事了。他对青楼女子的爱慕和深情，也是令人感动的。

小说《杜十娘怒沉百宝箱》中，柳遇春看到杜十娘拿出一半的银两作赎身之资，慨然出面为李甲奔走借银，称："吾代为足下告债，非为足下，实怜杜十娘之情也。"把妓女比作红颜知己是文人的传统，但这里面一定有冯梦龙自己的影子。

不只是冯梦龙，自明末到晚清，名士与名妓成为一道文化风景。谢国桢的《明清之际党社运动考》中谈到晚明名士与名妓的交往：

> 侯朝宗的风流倜傥，侑酒必有红裙，冒辟疆的慷慨好士，桃叶渡大会诸孤，是何等的豪举。侯朝宗与李香君恋爱故事，冒辟疆和董小宛旖旎风光，孔尚任谱的《桃花扇》和冒辟疆自作的《影梅庵忆语》，这都是极脍炙人口的文章，早传遍于人寰了。还有那沈寿民、沈士柱、吴伟业一般名士和李香君、卞玉京、顾横波一般北里佳人，那是怎样使人留恋呢？

再如柳如是与陈子龙、钱谦益的故事。陈寅恪在《柳如是别传》中感叹："河东君及其同时名姝，主善吟咏，工书画，与吴越党社胜流交游，以男女之情兼师友之谊，记载流传，今古乐道。"这就是"三言"《众名姬春风吊柳七》《杜十娘怒沉百宝箱》《卖油郎独占花魁》《玉堂春落难逢夫》等青楼故事背后的名妓文化。自古名士如名妓，一个落拓不遇、无人赏识，一个遇人不淑、境遇堪怜，彼此睇视着对方，互相欣赏引为知己。

爱情加馅饼

张爱玲说:"盲婚的夫妇也有婚后发生爱情的,但是先有性再有爱,缺少紧张悬疑、憧憬与神秘感,就不是恋爱,虽然可能是最珍贵的感情。恋爱只能是早熟的表兄妹,一成年,就只有妓院这脏乱的角落里还许有机会。再就只有《聊斋》中狐鬼的狂想曲了。"(国语本《海上花》译后记)这段话基本概括了"三言""二拍"写的与爱情搭边的男女两性的三种情形;还有一种才子佳人式应该也算一种。再有就是混乱的偷情了。这些爱情故事中,女性的才干也是大家兴趣所在。

女性的才干

"三言"里对女子的评价也被赋予了近代的价值标准——尊重并重视女性的才干。对只知恪守妇道的女子很有些不以为然,如《杜子春三入长安》里杜子春将银子如土块一般挥霍，浑家韦氏是个掐得水出的女儿，只晓得穿好吃好，不管闲账。眼看着丈夫将家业败光，也无一句埋怨。《桂员外途穷忏悔》里施复的娘子严氏是个"贤德有余才干不足的，守着数岁的孤儿撑持不定，把田产逐渐弃了。不勾五六年，资财罄尽，不能度日，童仆俱已逃散"。相反，像《沈小霞相会出师表》里沈襄的妻子孟氏在丈夫一家遭大难的时候，只能当沈襄已死一般，回娘家守节度日。而沈襄的小妾闻氏则在沈襄被提去问罪时一路服侍，机智地帮沈襄逃走，反告公人谋害丈夫，使得两个想要加害丈夫的公差有口难辩。这样的泼辣、机警、口角厉害是书礼之家的小姐做不到的。闻氏后来又在尼庵产子，独自抚养长大，使沈氏子孙不绝。在闻氏身上有着属于社会下层的坚韧不屈的生命力和顽强的意志。这是传统的淑女所难以具备的品质，却是"三言""二拍"所歌颂赞美的。

《赵春儿重旺曹家庄》讲的是妓女赵春儿嫁给败家子曹可成之后，看着挥霍成性的曹可成一日日把家业败光，苦谏不听。后来可成悔悟，赵春儿从日日坐着绩麻的蒲团下，掘出埋下的银两助他谋官。曹可成有银子使用，就选了出来做官。初任是福建同安县二尹，就升了本省泉州府经历，都是老婆帮他做官，宦声大震。"这虽是曹可成改过之善，却都亏赵春儿赞助之力也。后人有诗赞云：破家只为貌如花，又仗红颜再起家。……"小说入话：

东邻昨夜报吴姬，一曲琵琶荡客思。
不是妇人偏可近，从来世上少男儿。

这四句诗是夸奖妇人的。自古道："有志妇人，胜如男子。"且如妇人中，只有娼流最贱，其中出色的尽多。有一个梁夫人，能于尘埃中识拔韩世忠。世忠自卒伍起为大将，与金兀术四太子，相持于江上，梁夫人脱簪珥犒军，亲自执桴，擂鼓助阵，大败金人。后世忠封蕲王，退居西湖，与梁夫人谐老百年。又有一个李亚仙，他是长安名妓，有郑元和公子嫖他，吊了梢，在悲田院做乞儿，大雪中唱《莲花落》。亚仙闻唱，知是郑郎之声，收留在家，绣繻裹体，剔目劝读，一举成名，中了状元。亚仙直封至一品夫人。这两个是红粉班头，青楼出色：若与寻常男子比，好将巾帼换衣冠。

如今说一个妓家故事，虽比不得李亚仙、梁夫人恁般大才，却也在千辛百苦中熬炼过来，助夫成家，有个小小结果，这也是千中选一。

《初刻》卷八《乌将军一饭必酬，陈大郎三人重会》头回里的商人的遗孀杨氏，把侄儿王生抚养长大，却不是让他在身边养尊处优，"你如今年纪长大，岂可坐吃箱空？我身边有的家资，并你父亲剩下的，尽勾营运。待我凑成千来两，你到江湖上做些买卖,也是正经",后来王生营运屡次被劫,杨氏没有一句埋怨,一次次鼓励安慰他,"大胆天下去得,小心寸步难行",那见识和魄力当令许多男子汉汗颜。

《初刻》卷十五《卫朝奉狠心盘贵产,陈秀才巧计赚原房》里陈秀才也是一个败家子,他的妻子马氏治家勤俭,极是贤德,见丈夫把偌大一个家业渐渐败光,苦劝不听,倒也看得透了,道"索性等他败完了,倒有个住场"。她看着丈夫陈秀才逐日呼朋引类,宿娼嫖妓,将一份大家私折腾得所剩无几,又欠下卫朝奉三百多两银的债务,利高无比。没过多久,本利共合银六百多两,将价值一千二三百银两的住房抵偿了卫朝奉的债务。到了这般地步,陈秀才悔恨不已,终日眉头不展。马氏见丈夫穷得走投无路,有了洗心革面之心、痛改前非之意,就拿出早已暗自积蓄的私房钱,"约有千余金之物",交给丈夫。陈秀才得到这笔钱不仅赎回住房,还"将余财十分作家,竟成富室"。这都是马氏精明能干,熬着清淡,坚强隐忍的结果。

《初刻》卷二十七《顾阿秀喜舍檀那物,崔俊臣巧会芙蓉屏》中的王氏,跟随丈夫崔俊臣赴任,途中遭恶船家顾阿秀兄弟的暗算,图财害命,崔俊臣被抛入水中,王氏被强盗逼做儿媳,逼她上岸成亲。王氏假意应承,趁十五中秋之夜,"船家会聚了合船亲属、水手人等","个个吃得酩酊大醉,东倒西歪。船家也在船里宿了"的时机,王氏只身跑到尼姑庵出家、躲避仇人、伺机报仇。一年后，恶船家顾阿秀兄弟施舍了一幅芙蓉图画给尼姑庵，被院主裱糊在屏风上。王氏见到芙蓉画，认出乃是丈夫笔墨，便提笔在上面题了一首右调《临江仙》：

> 少日风流张敞笔，写生不数今黄筌。芙蓉画出最鲜妍。岂知娇艳色，翻抱死生冤。　粉绘凄凉余幻质，只今流落有谁怜？素屏寂寞伴枯禅。今生缘已断，愿结再生缘。

词的文笔不错，从张敞画眉落笔写曾经的夫妻恩爱，由芙蓉画的娇艳衬托眼前死生契阔的凄凉，再从艳丽的旧日图画与而今的寂寞枯禅对比，寄托愿结来生缘的期待。可以看出，作者给王氏夫人的形象设定是一位才女。后来她的丈夫看到有妻子题词的芙蓉画，认出妻子笔迹和心声。"毕竟冤仇尽报，夫妇重完"。说书人借着下场诗，肯定了王氏的才干："王氏藏身有远图，间关到底得逢夫。""画笔词锋能巧合，相逢犹自墨痕香。"

《初刻》卷十九《李公佐巧解梦中言，谢小娥智擒船上盗》中的谢小娥，在十四岁时刚与段居贞完婚，就惨遭全家覆没的灭顶之灾，父、夫均被江洋大盗杀害，她自己也被抛入水中，后被渔夫救起，以梦中父、夫谜语为线索，根据李公佐分析出的强盗姓名，女扮男装，经过两年多的努力，终于手刃了仇人申兰，活捉了申春，为父、夫报了仇，也为百姓除了害。作者称赞她是一个"又能报仇、又能守志"的"绝奇"妇人。

《二刻》卷十七《同窗友认假作真，女秀才移花接木》里的闻蜚娥自幼女扮男装在学堂里读书，还考中了秀才，练得一身武艺。她在两位关系亲密男同窗前，感情举棋不定，就射箭卜终身。为了辩明父亲的冤枉，又只身千里到京师活动关节，在路上被店主人的女儿看中，用玉闹妆为好友定下亲事。到京城后同好友结成良缘，为父辩明了冤枉。回乡路上，闻小姐仍旧扮作男人骑马而行，她的丈夫倒坐着官轿。

行了几日，将过郑州，旷野之中，一枝响箭擦官轿射来。小姐晓得有歹人来了，吩咐轿上："你们只管前走，我在此对付他。"真是忙家不会，会家不忙。扯出囊弓，扣上弦，搭上箭。只见百步之外，一骑马飞也似的跑来。小姐掣开弓，喝声道："着！"那边人不防备的，早中了一箭，倒撞下马，在地下挣扎。小姐疾鞭着坐马，赶上前轿，高声道："贼人已了当了，放心前去。"一路的人，多称赞小舍人好箭，个个忌惮。子中轿里得意，自不必说。

101

不但是"有智妇人胜如男子",闻蜚蛾才学在丈夫之上不说,她的武艺和强健的体力也非男子所能比。

谈谈名妓的收入

中国妇女在古代的地位与财产的问题,近来有不少学者关注。女子在古代是属于婚姻家庭的,没有独立的地位,其财产是作为女儿、妻妾从男人那里继承来的。游离于家庭细胞之外的妓女,似乎是种例外。明代有这样一个故事:《名山藏·列女记》"戴纶妻"一则说,戴纶在京城同妓女邵金宝相好。戴纶被仇家陷害入狱后,只好把身边的三千两银子托给邵金宝掌管,让她供给自己每日所需,死后余金都归金宝。这个妓女很义气且有手腕。她用戴纶的钱,买少妓赚钱,买通权贵把戴纶救了出来。十余年后戴纶出狱,带她一起去做官,邵金宝还给戴纶的钱已达四千多两。戴纶的妻子从老家赶到官所,她对着这位风尘女子下拜,对丈夫说:"夫子陷于难,妾不能为夫子出力,出力乃在游娼。妾不能为夫子妻,妾归矣。……垂涕而别。"戴纶家底不薄,其妻应该是个体面的太太,丈夫的十几年牢狱之灾给她带来的苦痛和伤害是可以想见的。平时讲的德、容、工、箴是她的本分,但在丈夫的飞来横祸面前,这些美德都没有了意义。出入于难,她没有游娼的手段和魄力;经营银钱,她没有那个见识和本领，则落得垂泪归家，守着正妻的名分，继续当弃妇了。

所以在那个时代，妓女倒是比良家妇女有着相对独立的人格和财产的处置权的。在小市民眼里，如果没有百宝箱伴着一同入水，杜十娘的死也许就没有那么轰轰烈烈；王美娘如果没有带着上千两的私房嫁给秦重，花魁娘子的话题该减多少味道。

就《杜十娘怒沉百宝箱》这篇小说看，其后的改编者不约而同地把目光对准了杜十娘的百宝箱。除了梅窗主人的《百宝箱》之外，明代郭濬有《百宝箱》传奇，清复秉衡有《八宝箱》传奇，都是这个题材。可见百宝箱，也就是杜十娘的财宝，在这个故事中的意义至关重大。那么我们就说说杜十娘的财宝问题。话本的开头是这样讲到杜十娘的青楼经历的：

>……那杜十娘自十三岁破瓜，今一十九岁，七年之内，不知历过了多少公子王孙，一个个情迷意荡，破家荡产而不惜。院中传出四句口号来，道是：
>座中若有杜十娘，斗筲之量饮千觞。
>院中若识杜老媺，千家粉面都如鬼。

顺便插一句，称杜十娘为杜老媺，确是明代的习惯。茅元仪的《暇老斋杂记》对以老称妓，就百思不得其解：

> 近来士人称妓每曰老，如老一老二之类。老者吾辈所尊，而尤物所忌，似不通人情。

百宝箱的意义，首先就是证明了杜十娘确实有"千家粉面都如鬼"的个人魅力。话本写女子的美貌都是有程式的，什么"二八佳人体似酥，腰中仗剑斩愚夫""两脸如香饵，双眉似曲钩。吴王遭一钓，家国一齐休""想是嫦娥离月殿，犹如仙女下瑶台"等等。

比如写妓女玉堂春生得"肌凝瑞雪，脸衬朝霞"，"便数尽满院名姝，总输他十分春色"。这是每个故事必不可少的应有之义，不必拿它太当真。但有了百宝箱就不一样了。它是杜十娘姿色和个人魅力的物化表现；也是她的独立人格和生命尊严的基础。杜十娘赎身的三百两银子中有自己的一百五十两在内。她对自己和李甲的未来有周密的打算和切实的物质保障。这一点和身为雏妓毫无积蓄的玉堂春不同。

名妓的收入本来是个闲扯淡的话题。不同时期、不同地域、不同声价的人搁在一起也没有多少可比性。不过恰好"三言"里的三四位所谓"名属教坊第一部"的人物玉堂春、莘瑶琴、杜十娘等，都是以明代人的眼光写出来的。

玉堂春的故事是明代正德年间北京的故事。礼部尚书王琼被发回原籍,"有几两俸银,都借在他人名下,一时取讨不及",乃命三子留下讨债,多少呢,"不觉三月有余,三万两银帐,都收完了"。这当然是民间艺人想当然的夸张和想象。按小说的情节,这些银账都被王三公子花在了妓院里。公子哥"看那银子犹如粪土,凭老鸨说谎,欠下许多债负,都替他还。又打若干首饰酒器,做若干衣服,又许他改造房子。又造百花楼一座,与玉堂春做卧房。随其科派,件件许了"。一年光景,三万两银子散尽。玉堂春是个雏妓,全无攒钱的心机,两个人只能狼狈收场。所谓"黄金数万皆消费,红粉双眸枉泪流"。

莘瑶琴的积蓄使卖油郎当上了富翁。杜十娘呢,用她的百宝箱在船边岸上的看客眼中,证明了她的尊严和真诚。得到了社会舆论的同情和支持:

十娘叫公子抽第一层来看,只见翠羽明珰,瑶簪宝珥,充牣于中,约值数百金。十娘遽投之江中。李甲与孙富及两船之人,无不惊诧。又命公子再抽一箱,乃玉箫金管。又抽一箱,尽古玉紫金玩器,约值数千金。十娘尽投之于水,舟中岸上之人,观者如堵。齐声道:"可惜可惜!"正不知什么缘故。最后又抽一箱,箱中复有一匣。开匣视之,夜明之珠,约有盈把。其他祖母绿、猫儿眼,诸般异宝,目所未睹,莫能定其价之多少。众人齐声喝采，喧声如雷。十娘又欲投之于江。李甲不觉大悔，抱持十娘恸哭，那孙富也来劝解。十娘推开公子在一边，向孙富骂道："我与李郎备尝艰苦，不是容易到此。汝以奸淫之意，巧为谗说，一旦破人姻缘，断人恩爱，乃我之仇人。我死而有知，必当诉之神明，尚妄想枕席之欢乎！"又对李甲道："妾风尘数年，私有所积，本为终身之计。自遇郎君，山盟海誓，白首不渝。前出都之际，假托众姊妹相赠，箱中韫藏百宝，不下万金。将润色郎君之装，归见父母，或怜妾有心，收佐中馈，得终委托，生死无憾。谁知郎君相信不深，惑于浮议，中道见弃，负妾一片真心。今日当众目之前，开箱出视，使郎君知区区千金，未为难事。妾椟中有玉，恨郎眼内无珠。命之不辰，风尘困瘁，甫得脱离，又遭弃捐。今众人各有耳目，共作证明，妾不负郎君，郎君自负妾耳！"于是众人聚观者，无不流涕，都唾骂李公子负心薄幸。

杜十娘用她的百宝箱证明了她的魅力和价值，争取了舆论的公道。

"三言"中的很多场景，都是以外化的物质来衬托妓女的容貌、才能和行市。《众名姬春风吊柳七》中，名妓谢玉英的房间满是金钱堆积出来的清雅奢靡味道：

耆卿举目看时，果然摆设得精致。但见：明窗净几，竹榻茶垆。床间挂一张名琴，壁上悬一幅古画。香风不散，宝炉中常爇沉檀；清风逼人，花瓶内频添新水。万卷图书供玩览，一枰棋局佐欢娱。

这些雅致明媚的空间，在嗅觉、味觉、视觉上迎合着读者的感官。也是名妓之才学、魅力的物化。

成问题的审美观

不知列位看"三言""二拍"注意到这样一个现象没有？小说中的男子体貌女性化、性格软弱化为基本特征，并成为一些文人和读者的审美追求。爱情故事里的男主角几乎个个都是偏于女性化的小生模样。

从外表望去，"三言""二拍"对于男性主人公的相貌描写有两种。一是粗糙大汉、油滑无赖，或者面目模糊。如钱镠："婆留到十七八岁时，顶冠束发，长成一表人材；生得身长力大，腰阔膀开，十八般武艺，不学自高。"（《临安里钱婆留发迹》）赵太祖"生得面如噀血，目若曙星，力敌万人，气吞四海。专好结交天下豪杰，任侠任气"（《赵太祖千里送京娘》），对女子完全冷漠无情。另一种是面如傅粉、齿白唇红惹人眼目，令人心动的一类男子。不管是文人、雅士，或是官吏、商人、市民、僧道，只要充当了女性主人公的理想情人，诸如"面如冠玉，齿白唇红"的字眼总会自然而然地跑出来，这在"三言""二拍"中随手拈来：

《陈多寿生死夫妻》中的陈多寿：

> 学生怎生模样？面如傅粉，唇若涂朱，光着靛一般的青头，露着玉一样的嫩手，仪容清雅，步履端详：却疑天上仙童，不信人间小子。

《蒋兴哥重会珍珠衫》里的蒋兴哥：

> 这孩子虽则年小，生得眉清目秀，齿白唇红，行步端庄，言辞敏捷，聪明赛过读书家，伶俐不输长大汉；人人唤作粉孩儿，个人羡他无价宝。人称"粉孩儿"。

蒋兴哥的情敌陈商，也是"白净面皮，没有须，左手长指甲的"的阴柔样貌。

《张淑儿巧智脱杨生》中的杨延和是出名的美男子：

> 生得肌如雪晕，唇若朱涂；一个脸儿，恰像羊脂白玉碾成的。那里有什么裴楷，那里有什么王衍？这个杨元礼，便真正是神清气清第一品的人物。

再如乐小舍，也是"生得眉目清秀，伶俐乖巧。"（《乐小舍拚生觅偶》);王三公子"生得眉目清新,丰姿俊雅;读书一目十行,举笔即便成文,元是个风流才子"(《玉堂春落难逢夫》)。

《初刻》中《感神媒张德容遇虎,凑吉日裴越客乘龙》里的郑生:

> 面如傅粉,唇若涂朱,下颏上真个一根髭须也不曾生,且是标致。

《乔太守乱点鸳鸯谱》中孙寡妇的一双儿女珠姨和玉郎"都生得一般美貌,就如良玉碾成,白粉团就一般"。所以玉郎能够替珠姨扮作新娘出嫁,而小姑慧娘来给新娘子做伴,心中想的却是:"若我丈夫像得他这般美貌,便称我的生平了,只怕不能够哩。"小说人物似乎完全模糊了两性审美的界限,毫不以阳刚、雄健等"男子气概"为追求。

《庄子休鼓盆成大道》里引诱得誓不再嫁的田氏顿生怜爱之心的楚王孙"生得面如傅粉,唇若涂朱,俊俏无双,风流第一。穿扮的紫衣玄冠,绣带朱履"。斯文俊秀是这些男性人物的共同特点。

这种偏向儒雅秀美,或者说女性化的审美,并非只是"三言""二拍"的个例。而是明清时代对男性美的较为一致的认同。从中我们可以有一个十分清晰的发现:这些被认为是美的男性都带有或强或弱的阴柔倾向,因而具有女性化的明显特征。明代民歌中称男方经常用"俏冤家""俏郎君"这些字眼,"俏"是长得漂亮,惹人喜爱,可见美如冠玉、唇若涂朱一类偏于女性化的容貌当是受欢迎的一种男性美。〔挂枝儿〕(负心)之一:

> 俏冤家我待你是金与玉,你待我好似土和泥,到如今中了傍人意。痴心人是我,负心人是你。也有人说我也,也有人说着你。

这首民歌后有冯梦龙的评语:"痴心女子负心汉。"女孩儿称情郎是俏冤家,那是在心中将对方视为幼稚、可爱的口吻。

明末清初才子佳人小说中的书生也都是按照这样的审美来塑造。如《玉娇梨》中的苏友白是:"美如冠玉,润比明珠。山川秀气直萃其躬,锦绣文心,有如其面。宛卫玠之清瘦,俨潘安之妙丽。"对武将的样貌也有这样的审美偏向。《大宋中兴通俗演义》中岳飞的儿子岳云是一员猛将,但是他的容貌却是:

> 面如傅粉,唇若朱涂,手执八十斤铁锤,乃是岳飞长子岳云也。方一十二岁,勇冠诸军,军中呼为"赢

官人"。

《女仙外史》里的大将刘超也是"面如玉琢，唇若朱涂"。

荷兰的汉学家高罗佩(Van Gulik)注意到，古代社会的男性美之典范，在各个朝代不断变化。他将这种变化与身体活动重要性的起伏变迁联系起来。唐代男子"练就了刚健甚至勇武的外表。他们喜欢浓胡、髭须和长长的八字胡，崇尚身体力量。无论文官还是武将都练习射箭、骑马、剑术和拳术，技艺高超者获得高度赞美"(《中国古代房内考》)。通过对比各个时期的绘画、雕塑，高罗佩指出明清与唐宋时的男性美标准发生了变化。明清时大众偏爱的情人不再是唐宋时期留胡子的中年男子，而变成了没有络腮胡、八字胡或是髭须的年轻男子。在明朝，矫健的男子依然很受欢迎，年轻学子练习拳术、剑术和射术，而马术和狩猎则是人们最喜爱的娱乐消遣。因此，身体力量是那时公认的美男子的标准之一。美男子们身材修长、肩膀宽阔，春宫画中的裸体显示着他们结实的胸肌和肌肉发达的四肢……到了清代，满族入主中原，武术也由征服者们垄断。于是，作为回应，汉人——特别是文人阶层——开始以身体锻炼为粗鄙行为，认为运动竞技只适于"清夷"、汉人中的拳师和杂技演员。理想的爱人被塑造成一个风雅秀致、多愁善感、脸色苍白、身材瘦削的青年男子的形象。他终日在书本、花丛中流连幻想，稍遇挫折就生起病来。

在通俗小说对男性美的模式化表达背后，是父权社会中对青年男子的成长视角。父权制度的核心是父子关系，要求的是忠孝和从属。在这个视角中，男子都是未曾长大成人的孩子，需要束缚、规劝和原谅，女子则是外来的危险和诱惑。所以烟粉灵怪故事的本质是男子的冒险经历和最终的浪子回头。这就决定了男主人公的特质是童稚化、缺乏自主性，如小衙内（《崔衙内白鹞招妖》）、吴清（《金明池吴清逢爱爱》）、许宣（《白娘子永镇雷峰塔》）等。所以在外貌上必然呈现出可爱、顺从、没有叛逆性等女性化的特征。这些男性丧失了自己应有的阳刚之美，丧失了男人所应有的勇敢、主动、主见、责任心，因而他们共同的特点是被动、无主见、没有担当。

《崔待诏生死冤家》中的男主人公崔宁就是一个典型的例子。他在整个故事里都是一个被人牵着鼻子走的角色。被郡王安排婚姻、被秀秀逼迫做夫妻、被同僚出卖、被拖着做鬼，都是如此。当秀秀趁失火之机从郡王府逃出来找他，要求先做夫妻，崔宁说："岂敢。"秀秀威胁他要喊叫出来，他只好同意。从潭州被捉回后，崔宁在临安府一一从头供说，将责任完全推到秀秀身上，看不出有任何的担当。秀秀被打死后，鬼魂追上了崔宁，他知道妻子是鬼之后，只有感到害怕,道:"告姐姐,饶我性命!"实在缺乏男子汉气概,更不具备男人的胆识与忠诚。

《大姊魂游完宿愿,小姨病起续前缘》中,庆娘主动自荐枕席:

> 崔生见他言词娇媚,美艳非常,心里也禁不住动火。只是想着防御相待之厚,不敢造次,好像个小儿放纸炮,真个又爱又怕。却待依从,转了一念,又摇头道:"做不得!做不得!"只得向女子哀求道:"娘子看令姊兴娘之面,保全小生行止吧!"女子见他再三不肯,自觉羞惭,忽然变了颜色,勃然大怒道:"吾父以子侄之礼待你,留置书房,你乃敢于深夜诱我至此,将欲何为?我声张起来,去告诉了父亲,当官告你。看你如何折辨?不到得轻易饶你!"声色俱厉。崔生见他反跌一着,放刁起来,心里好生惧怕。想道:"果是老大的利害!如今既见在我房中了,清浊难分。万一声张,被他一口咬定,从何分剖?不若且依从了他,倒还未见得即时败露,慢慢图个自全之策罢了。"正是:羝羊触藩,进退两难。只得陪着笑,对女子道:"娘子休要声高!既承娘子美意,小生但凭娘子做主便了。"女子见他依从,回嗔作喜道:"元来郎君恁地胆小的。"

岂止是胆小,还没有主意,反过来问女孩儿:"而今事已到此,还是怎的好?"最后还是庆娘提出"先自双双逃去"。无怪说书人声称,这些男子"说处裙钗添喜色,话时男子减精神",实在是"没阳道的假男子,带头巾的真女人"(《喻世明言》卷二十八《李秀卿义结黄贞女》)。并在《赵春儿重旺曹家庄》(《警世通言》卷三十一)卷首开宗明义云:"自古道:'有志妇人,胜如男子!'"这或许就是作者的真实感受和思想基础吧。

话本里的"女扮男装"

在"三言""二拍"里,《李秀卿义结黄贞女》中的黄善聪、《刘小官雌雄兄弟》中的刘方、《李公佐巧解梦中言,谢小娥智擒船上盗》中的谢小娥、《同窗友认假作真,女秀才移花接木》中的闻蜚娥都是女扮男装的主角。

《李秀卿义结黄贞女》的入话诗说:

> 暇日攀今吊古,从来几个男儿,履危临难有神机,不被他人算计? 男子尽多慌错,妇人反有权奇。若还智量胜蛾眉,便带头巾何愧?

感慨那些所谓的大丈夫处事应变,反不如女子有神机、智量。冯梦龙写道:"常言有智妇人,赛过男子。古来妇人赛男子的也尽多。"然后他列举了卫庄姜、曹令女、曹大家、班婕妤、苏若兰、沈满愿、李清照、朱淑真、锦车夫人冯氏、浣花夫人任氏、锦缬夫人沈氏等一连串女性名单,分别称她们为有"大贤德、大贞烈""大学问、大才华""大智谋、大勇略"的人。接下来他说还有一班"可钦可爱、可歌可笑"的女子。他先举出花木兰、祝英台和黄崇嘏三位前朝女子,然后引入正话故事的人物,本朝弘治年间,贩香为业的小贩之女黄善聪。

这几个人物的共同特点是都曾女扮男装。花木兰的故事大家都熟悉,北朝的民歌《木兰辞》是这样写花木兰替父从军的英武的:

> 万里赴戎机,关山度若飞。朔气传金柝,寒光照铁衣。将军百战死,壮士十年归。

接下来冯梦龙讲述的祝英台的故事,是一个非常接近现代版的故事,美丽而感伤,可以成为梁祝故事历史的一座里程碑。抄录于此:

> 又有个女子,叫做祝英台,常州义兴人氏,自小通书好学。闻余杭文风最盛,欲往游学。其哥嫂止之曰:"古者男女七岁不同席,不共食,你今一十六岁,却出外游学,男女不分,岂不笑话!"英台道:"奴家自有良策。"乃裹巾束带,扮作男子模样,走到哥嫂面前,哥嫂亦不能辨认。英台临行时,正是夏初天气,榴花盛

开,乃手摘一枝,插于花台之上,对天祷告道:"奴家祝英台出外游学,若完名全节,此枝生根长叶,年年花发;若有不肖之事,玷辱门风,此枝枯萎。"祷毕出门,自称祝九舍人。遇个朋友,是个苏州人氏,叫做梁山伯,与他同馆读书,甚相爱重,结为兄弟。日则同食,夜则同卧,如此三年,英台衣不解带,山伯屡次疑惑盘问,都被英台将言语支吾过了。读了三年书,学问成就,相别回家,约梁山伯二个月内,可来见访。英台归时,仍是初夏,那花台上所插榴枝,花叶并茂,哥嫂方信了。同乡三十里外,有个安乐村,那村中有个马氏,大富之家。闻得祝九娘贤慧,寻媒与他哥哥议亲。哥哥一口许下,纳彩问名都过了,约定来年二月娶亲。原来英台有心于山伯,要等他来访时,露其机括;谁知山伯有事,稽迟在家。英台只恐哥嫂疑心,不敢推阻。山伯直到十月,方才动身,过了六个月了。到得祝家庄,问祝九舍人时,庄客说道:"本庄只有祝九娘,并没有祝九舍人。"山伯心疑,传了名刺进去。只见丫鬟出来,请梁兄到中堂相见。山伯走进中堂,那祝英台红妆翠袖,别是一般妆束了。山伯大惊,方知假扮男子,自愧愚鲁,不能辨识。寒温已罢,便谈及婚姻之事。英台将哥嫂做主,已许马氏为辞。山伯自恨来迟,懊悔不迭。分别回去,遂成相思之病,奄奄不起,至岁底身亡。嘱付父母："可葬我于安乐村路口。"父母依言葬之。明年，英台出嫁马家，行至安乐村路口，忽见狂风四起，天昏地暗，舆人都不能行。英台举眼观看，但见梁山伯飘然而来，说道："吾为思贤妹，一病而亡，今葬于此地。贤妹不忘旧谊，可出轿一顾。"英台果然走出轿来。忽然一声响亮，地下裂开丈余，英台从缝中跳下。众人扯其衣服，如蝉脱一般，其衣片片而飞。倾刻天清地明，那地裂处，只作一线之细。歇轿处，正是梁山伯坟墓。乃知生为兄弟，死作夫妻。再看那飞的衣服碎片，变成两般花蝴蝶，传说是二人精灵所化，红者为梁山伯，黑者为祝英台。其种到处有之，至今犹呼其名为梁山伯、祝英台也。后人有诗赞云："三载书帏共起眠，活姻缘作死姻缘。非关山伯无分晓，还是英台志节坚。"

这个故事是在平凡日常的叙事中，发展出的奇迹时刻。祝英台和梁山伯的感情是潜生暗长，起初都不十分确定。祝英台暗示过梁山伯，等不到他也没有拒绝马家的求婚，任由兄嫂安排婚嫁；梁山伯是个比较鲁钝拖沓的书呆子，"自恨来迟，懊悔不迭"，也没有想再争取一下，就回到家里相思而亡。

到这里，两个人就是平凡懦弱的一对小儿女，阴差阳错，再也无缘。然而，奇迹出现了，在祝英台出嫁的路上，狂风四起，天昏地暗，梁山伯的魂灵从墓中出来，邀请英台到墓中一顾。大地裂开，英台投身而入，被扯下的衣服如蝉蜕般片片飞舞，化作蝴蝶。这个场景，是干宝《搜神记》中韩凭妻跳下高台殉情时，腐坏的衣袂化成蝴蝶的那个神异时刻的回光。因为前面故事叙事的平和节制，这一刻被烘托得格外浪漫，是属于无数普通的、温和内敛的众生的情爱的升华和具象。在每一个庸常、沉默的大众心里面，都有属于他们各自的化蝶一样美好而执着的情感。

正话故事中的李秀卿和黄善聪是一对商人版的梁祝情缘。黄善聪自幼女扮男装随父亲贩香在外，父亲去世后，她和李秀卿结为兄弟，一起经商五六年，同吃同卧，秀卿不知身边兄弟是个女子，直到黄善聪归家，以女装与他相见。和梁山伯不同的是，身为小贩的李秀卿机敏主动，当场求婚，遭到拒绝后：

> 秀卿被发作一场，好生没趣。回到家中，如痴如醉，颠倒割舍不下起来，乃央媒妪去张家求亲说合。张二哥夫妇，到也欣然。无奈善聪立意不肯，道："嫌疑之际，不可不谨。今日若与配合，无私有私，把七年贞节，一旦付之东流，岂不惹人嘲笑？"媒妪与姐姐两口交攻，只是不允。那边李秀卿执意定要娶善聪为妻，每

日缠着媒妪，要他奔走传话。

黄善聪女扮男装的奇特经历和李秀卿的执着多情，被媒妪们"走一遍，说一遍，一传十，十传百，霎时间满京城通知道了。人人夸美，个个称奇"，人人要玉成其美。在一位好事太监的帮助下，两人顺利成婚，"夫妻相爱，连育二子，后来读书显达"。

李秀卿和梁山伯在类似的情景中，形成了性格与行动力的对比。读书人的懦弱、散漫、被动和商人的机敏进取，造成了两个爱情故事悲喜悬隔的结局。虽然悲剧具有更持久的感染力和浪漫色彩，但是追求个人幸福的行动力、直下担当、认清本心的能力，无疑更值得推重。

《蒋兴哥重会珍珠衫》中，蒋兴哥外出经商、继承家业，与夫妻相守的情感需求产生矛盾的时候，虽然不舍但还是毅然离开安乐窝；当他经商回家而得知妻子王三巧红杏出墙时，对自己"重利轻离别"感到自责："当初夫妻何等恩爱，只为我贪着蝇头微利，撇他少年守寡，弄出这场丑来，如今悔之何及！"他头脑中也没有被贞节道德一类"大义"扭曲得冷漠绝情，而是顾及妻子颜面，温和婉转地休妻，保留了夫妻的恩义，为后来的重聚留下了转圜的余地。这就是新兴商人成熟的处事手腕和有担当的人格。

《卖油郎独占花魁》中的秦重也是如此。他虽是干着贩油的小本买卖，但却是独立谋生的个体，不是谁家撒漫使钱的衙内、不成熟的小舍人一类人物。当他对花魁娘子产生了欲望，他会冷静地计算家底、谋划挣钱的门路。和莘瑶琴的交往中，他会体贴地站在对方立场算计得失。所以这些年轻的商人有成熟的人格、积极进取的行动力，并不是许宣、崔衙内、吴清等那种脱离了家长的管教，遇到危险、走了弯路、得到训诫的子弟。

贞节观念

人们对古人的贞节观念历来有误解，以为古人代代如此。其实迂腐野蛮，毫无人道的贞节观成为一块厚重千斤的幕布，覆压在国人的心理和颜面上的时间是在南宋以后开始的。鼓吹妇女对他的所有者以外的男子严防，发展到神经质的、不可思议的程度是有的。但这种病态却被虚伪的道德家拿来放大拔高，作为榜样给弱者学习。比如被男子不小心碰到了手臂，则自己宝贵的躯体连洗干净保留的价值都不存在了，必要砍下去完事；如果不幸被人奸污，那是更没有选择生存的权利的。"三言"中的苏知县被强盗扔下江水，强盗徐能逼他的妻子嫁给自己，劝嫁的朱婆就很以她不能当即随夫寻死为憾，倒是其妻说出怀胎九月分娩在即，怕给丈夫绝后，方才是活下去的一篇堂堂正正的大道理。（《苏知县罗衫再合》）有趣的是在小说的材料来源——《太平广记》的《崔尉子》里这位夫人是失身从贼十几年的。拟话本的作者为了大团圆的结局而不能让她死去，为了保全贞节安排了朱婆助她逃跑。逃到尼姑庵里产子，把孩子放到街头又被强盗徐能捡去认为义子。一个即将分娩的孕妇哪能有那么灵便敏捷的腿脚，一口气跑了三十余里地的路程不免让人心生疑问，一个强盗窝里的朱婆不但帮助郑夫人逃跑，为了不泄露郑夫人的消息，居然投井而死，可能作者受了侠客义士故事的影响，随手用在了这里，同市井化的氛围很不搭调。在小说家看来受辱后能忍耻苟活，寻到杀人凶手报复，然后从容死去就是难得的奇女子了。(《蔡瑞虹忍辱报仇》)她自己生命价值则除了报仇、报恩而外，是可以忽略不计的。

以时代论，在程朱理学还没有完全钳制住人的本性的南宋末年以前，女性的贞节与否跟社会道德状况、人心古与不古，乃至国家的亡与不亡，都还扯不上关系。宋代名臣范仲淹的母亲曾带着他改嫁；王安石劝守寡的儿媳妇改嫁；女词人李清照再嫁非类，"猥以桑榆之晚景，配兹驵侩之下材"，请求官断离异，这也是光明正大的事，反是怀揣了"短见识"的后人在那里遮遮掩掩，曲为回护，说是"千古厚诬"。

单符郎娶娼的义气

《喻世明言》中的《单符郎全州佳偶》中的男主人公单飞英，小名符郎，自幼与表妹邢春娘定亲，后来春娘家遭不

明　仇英（款）《西厢记图册》

三言二拍：
宋明的烟火与风情

幸,流落在全州为娼,改名杨玉。恰好单飞英到全州做官,喜欢上了身为官妓的杨玉,乃修书给父母表示:"情愿复联旧约,不以良贱为嫌。"得到父母允许,同僚和上司皆以他"甘娶风尘之女,不以存亡易心",是古人高义,一律尽意成全。"上司官每闻飞英娶娼之事,皆以为有义气,互相传说,无不加意钦敬"。

单符郎的娶娼在此是一个特例,一层是有婚约,另一层他们是姨表亲眷,所以在社会和家庭两方面没有什么阻碍。人们称赞他的不是娶娼本身,而是他能信守旧约的义气。所以当符郎应春娘要求,娶了风尘姐妹李英为妾之后,单符郎的父亲大怒:"吾至亲骨肉流落失所,理当收拾,此乃万不得已之事。又旁及外人,是何道理?"

这篇小说是根据宋人王明清的《摭青杂说》改编的,其中情节一仍其旧,所以读来同明清腐臭的节夫烈女故事绝不相同。无怪批语在官场争夸单飞英义气之后评曰:"近来世风恶薄,倘有此事,翻作罪案矣。"

杨玉随丈夫离任之前想要告别风尘旧伴,那位单司户说:"汝之事,合州莫不闻之,何可隐讳?便治酒话别,何碍大体?"眉批赞曰:"自是豪侠举动,若腐儒鲜不以为蛇足矣。"据王明清的小说,单飞英能力平平,但"每有不了办公事,上司督责,闻有此事,以为知义,往往多得解释"。罢官之后带着一妻一妾,"每对士大夫具言其事,无有隐讳，人皆义之"。

到底明人的见识浅短一些，以为道德好、有义气的人必得仕途上飞黄腾达方才称心如意，所以让单飞英"累荐至太常卿"。还有个无聊的胜乐道人作《长命缕》传奇，把春娘的流落娼家为妓，改作《怀贞》一出，以为非如此就算不得劝善，维持不了风俗。

鲁迅先生感叹吴敬梓的寂寞，说伟大也要有人懂。其实对除了一副形骸尚具七窍之外、其余一孔不通的人，让他接受人之常情，平心静气地看待事情也是困难的，尤其是对待别人的时候，清高矫情得不得了。鲁迅先生说国人还有"水浒气""三国气"，其实伪道学贱视他人生命，指女人的裙带为关系天下存亡之大计的人，如今也还大有人在。比如前一阵有不甘卖身的打工妹跳墙瘫痪，就又有"烈女"的称谓见于报端，让人脊背发凉。以道德激励、劝诱别人做烈女的人，缺少对生命价值的敬畏，他自己是不会做"贞夫"的，所以才能在一个生命的牺牲中喜动颜色，手舞足蹈。

明末清初的兵燹杀伐，弱女子是首当其冲的受害者。顾炎武《秋山》诗写八旗兵劫掠江南女子的惨况："北去三百舸，舸舸好红颜。"当然就有不甘受辱的女子以死相拼。于是就有不少剃了发、已成清朝顺民的文人，出来题诗作赋，权作块遮羞布舞弄一番。清初大批的拟话本，就把各种节妇烈女刳腹出肠、自涂肝脑的惨烈酷虐，作不近人情的夸张，流于恶薄。

"三言"《杨谦之客舫遇侠僧》里侠僧的侄女李氏原是有丈夫的,为保护杨谦之到蛮夷之地为官,两人权做了三年多的夫妻,任满之后两人不忍分离,侠僧道:"我原许还他丈夫,出家人不说谎。"眉批道:"此丈夫又是何人,能使长老不失信。"

同入洞房或者同归于尽

以性别论,贞节似乎专对女性而设。唐代传奇《会真记》的作者,就是那个悼亡诗写得非常感人,让人觉得是天生情种的诗人元稹。他的那首"曾经沧海难为水,除却巫山不是云。取次花丛懒回顾,半缘修道半缘君"(《离思五首》其四),大家想来不陌生。但他的小说里张生对莺莺始乱终弃,是理直气壮、振振有词的。当时的人,据说也以为张生"善于补过"。张生虽然有点狠毒的大丈夫气,但彼时的舆论和社会道德毕竟对女性压迫不深。被弃的莺莺尽可以另择夫婿。明清两代道德的极端主义盛行,使有婚前性行为的女性如被抛弃,就只有死路一条。所以敫桂英索命,王娇鸾百年长恨,不是同入洞房,就必要拖了负心人同归于尽。如此说来"孝""烈"这类道德,也就从"一味收拾幼者弱者的方法"(鲁迅语),从对女性的严酷苛责转而促成两性关系的紧张。男性也成了受害者。

《宿香亭张浩遇莺莺》讲的是富家子张浩与邻女李莺莺的才子佳人故事。不脱花园邂逅，赠诗达情、私订终身的老套。有趣的是这篇小说的立意在于要同《西厢记》一比高下："当年崔氏赖张生，今日张生仗李莺。"有点对着干的意思。《西厢记》里有莺莺给张生的《明月三五夜》，所谓："待月西厢下，迎风户半开。拂墙花影动，疑是玉人来。"引得张生梯其树而逾其墙，受了莺莺一顿抢白。话本小说里则是莺莺跳墙来会，"粉面新妆，半出短墙之上"，果真翻案甚奇。同《西厢记》不同，张浩喜出望外："不谓丽人果肯来此！"恋爱嘛，有些反复、犹豫，甚至"爱而不见"，让对方"搔首踟蹰"，都很正常，但这个莺莺不屑为此小儿女态。她言出必行，目光长远、行动坚决："妾之此身，异时欲作闺门之事，今日宁肯涎语！"才子佳人相会，联诗题句已是俗套，一般是轮到才子带着夙愿得偿的得意逗逗才情，佳人在这整个过程中，都是娇羞而被动的一方。这篇小说却不然。不但是莺莺主动跳墙欢会，之后还是她主动索诗：

"去岁偶然相遇，犹作新诗相赠；今夕得侍枕席，何故无一言见惠？岂猥贱之躯，不足当君佳句？"

莺莺可不是因为崇拜情郎的才情来凑趣捧场，她得到赠诗后，对张浩说："妾之此身，今已为君所有，幸终始成之。"成就姻缘是她翻墙而来的目的，"此身为君所有"则是手段。

这一点小说没有明确说，我们可以从行文里体会到莺莺对这段婚姻的处心积虑。从才子佳人的第一次见面说起，这不是一次邂逅相逢，而是莺莺的安排。张浩自幼清秀异众，才摘蜀锦，貌莹寒冰，家藏镪数万，以财豪称于乡里，媒妁提亲者日日有之，可算"钻石王老五"。莺莺是他家的东邻，两人幼年的时候曾共扶栏之戏，算是青梅竹马。以张浩的俊秀、儒雅、豪富，他的选择机会很多，而且已年过二十，虽然因为眼界太高尚未纳室，可婚事是时时都有成就的可能的。莺莺虽然貌美也属意张浩，但两人成年之后各不相知，张浩似乎也忘记了这位"东墙处子"。在这个背景下，就有了张浩在宿香亭畔初见莺莺的"惊艳"。莺莺一开始就告诉张浩她所以趁家人不在来到张家花园，是为了见到张生"略诉此情"。什么情呢？因为她是第一次出场，我们不知道，张生也是愿闻其详：

女曰："妾自幼年慕君清德，缘家有严亲，礼法所拘，无因与君聚会。今君犹未娶，妾亦垂髫，若不以丑陋见疏，为通媒妁，使妾异日奉箕帚之末，立祭祀之列，奉侍翁姑，和睦亲族，成两姓之好，无七出之玷，此妾之素心也。不知君心还肯从否？"浩闻此言，喜出望外，告女曰："若得与丽人偕老，平生之乐事足矣。但未知缘分何如耳？"女曰："两心既坚，缘分自定。君果见许，愿求一物为定，使妾藏之异时，表今日相见之情。"浩仓卒中无物表意，遂取系腰紫罗绣带，谓女曰："取此以待定议。"女亦取拥项香罗，谓浩曰："请君作诗一篇，亲笔题于罗上，庶几他时可以取信。"浩心转喜，呼童取笔砚，指栏中未开牡丹为题，赋诗一绝于香罗之上，诗曰："沉香亭畔露凝枝，敛艳含娇未放时；自是名花待名手，风流学士独题诗。"

女见诗大喜，取香罗在手，谓浩曰："君诗句清妙，中有深意，真才子也。此事切宜缄口，勿使人知，无忘今日之言，必遂他时之乐。父母恐回，妾且归去。"道罢，莲步却转，与青衣缓缓而去。

这场后花园私订终身的戏，张浩真正是个喜出望外、不知所措的"傻角儿"，等他按照莺莺的吩咐前去提亲，没有得到李家的同意，有了这样的耽搁，莺莺怕亲事告吹，才亲自翻墙来会。这个"反西厢"的局面，正显出莺莺的巾帼本色。不可以小儿女的情态视之。在莺莺的深谋远虑和坚定意志之下，张浩这个才子简直不足数，他畏惧叔父，连抗争一下的勇气都没有。靠着莺莺禀明父母、当官告状，一个弱女子来"自成其事"。性格即命运,这话一点不错。这个故事里主角是李莺莺,才子是张浩或者别的什么人都不重要。作者用不怎么有力的笔墨写出了闺中女子为不失佳偶而作的追求。不同于一般的才子佳人小说,这回被追逐、挑选的对象不是佳人而是才子。李莺莺算得个"忍小耻而就大计",免得委身庸俗男子的女中丈夫了。

张生补的什么过

当今的读者读过元稹《会真记》的大概不会太多。除了语言障碍(文言)之外,原因还有两个:一是悲剧结局,张生最后抛弃了莺莺,两人各自嫁娶,有大团圆情结的国人接受不了;二是张生这个人物不可爱,残忍阴鸷而又虚伪,在背弃莺莺之后,把这段感情、崔氏的贞操和书信像猎获物似的逢人就展示、卖弄一番。他好像事后才发现崔氏美得过了头,那种曾经令他疯狂的美貌,如果不给男人带来祸患,也会给莺莺自己带来灾难,所以他忍心抛弃了她,并在小说里借别人之口原谅甚至称赞自己:"时人以张生善补过矣。"张生或者元稹的逻辑,现代的读者可能一时想不明白。他并不是说对莺莺的始乱终弃是一种"过",他说的"过"是指他曾经把他自己那宝贵的生命,置于随时可能被莺莺这个"尤物"、这个红颜祸水——用现在的话说就是"美女蛇"

危害到的境地。他离弃了莺莺，就是让自己受之于父母的身体发肤安全了，这就是"德"，是"补过"。他如果兑现诺言，留在莺莺身边，会不会被尤物"妖"害我们不知道，但他的另一半预言倒是完全应验了。莺莺因为自己的美貌招来了这位伪君子的追求，便是妖其自身。

同上层人物相比，下层百姓更看重情义，他们喜欢用鲜明的是非判断来看待所有问题。说好听一点，有些时候可以叫积极浪漫主义。凡是生活中有缺欠的、不完满的东西，到了作品里就越要成全，变得十全十美。就像越是生活单调灰暗的地方，民间的审美越是喜欢妖红粉绿的生鲜；物质生活越是困窘贫乏，礼庆的筵席越要饾饤靡费。艺术要高于生活嘛！总要给灰暗的人生添些幻想的亮色。较起真来，也可以说是有瞒和骗的成分在内。这得看你从哪个方面理解。总之，后世的读者听众很难接受《会真记》这篇唐传奇的结局。通俗文学一旦采纳这个题材，必要改造它的人物和结局。从《西厢记诸宫调》到杂剧《西厢记》就是这样一个过程。换句话说，文言笔记的读者是"小众"，戏曲和白话小说的接受者是大众，大众的道德、审美就是一种力量。必须是乐观向上、皆大欢喜才能调和众口。不管是特立独行，还是虚伪矫情、自私自利，都别想从老百姓的眼里混过去。小民的社会讲究的是有情有义、在互助中求生存。所以"三言""二拍"中才有那么多古道热肠的人物和故事；有那么多讲朋友情谊、好人好报、为恶遭诛的故事。有人讲这是明末社会价值观念改变，道德沦落、礼崩乐坏、浊流横肆促使小说家力图用小说教化社会。这个说法很有道理，但还不是事情的全部。不但是在那个时期，在任何朝代小民百姓都是反感政治家或知识阶层所醉心的权术和欺诈的。我们讲晚明的思想解放、冯梦龙的情教，说到底也就是对人性的尊重。因为这种观念同近现代的思想有共同之处，所以我们看《蒋兴哥重会珍珠衫》《王娇鸾百年长恨》都会感到亲切，当时的读者也会有所共鸣。

冯梦龙在评价《会真记》时就说过："时人以张生善补过，夫此何过也？而如是之补乎？如是为善补过者，即天下负心、薄幸，食言背盟之徒，皆云善补过矣。""三言""二拍"的可贵之处是其中的许多爱情悲剧，把谴责的矛头对准的是负心、薄幸、食言背盟行为，而不是恋爱本身是否合乎道德规范。像王娇鸾的殉情在周围人群激起的愤怒，针对的是周廷章的负义、薄幸；韩思厚在郑义娘死后另娶寡妇刘金坛本无可厚非，但郑义娘为他自杀身亡，在将骨灰从燕京迁到金陵时，他曾发重誓不再婚娶，这个故事就变成了负义背盟，而不是鳏夫寡妇能否再婚的问题。所以张生式的伪饰在市井世界里就行不通。他或者变成一个张浩那样懦弱文雅的情种；或者作为一个负心汉被冥报神诛，不得好死，这就是市井文学的情感逻辑。

贞节敌不过孔方兄

市井的世界穿衣吃饭、饮食男女就是最大的人伦物理。它的逻辑就比圣人之徒要直接干脆，也近乎人情。冯梦龙讲少男少女情色相当，凌濛初说：

> 天下事有好些不平的所在。假如男人死了，女人再嫁，便道是失了节、玷了名，污了身子，是个行不得的事，万口訾议。及至男人家丧了妻子，却又凭他续弦再娶，置妾买婢，做出若干的勾当，把死的丢在脑后，不提起了，并没人道他薄幸负心，做一场说话。就是生前房室之中，女人少有外情，便是老大的丑事，人世羞言。及至男人家撇了妻子，贪淫好色，宿娼养妓，无所不为，总有议论不是的，不为十分大害。所以女子愈加可怜，男人愈加放肆，这些也是伏不得女娘们心里的所在。不知冥冥之中，原有分晓。若是男子风月场中略行着脚，此是寻常勾当，难道就比了女人失节一般？但是果然负心之极，忘了旧时恩义，失了初时信行，以至误人终身，害人性命的，也没一个不到底报应的事。从来说王魁负桂英，毕竟桂英索了王魁命去，此便是一个男负女的榜样。（《二刻拍案惊奇》卷十一《满少卿饥附饱

飐，焦文姬生仇死报》)

贞节观念特为明代的通俗文学所重视。在含有大量色情描写的同时，为了迎合市民阶层的审美口味，很多故事里为了保全女主角宝贵的贞节是不惜斫伤故事的生命力和真实性的。像《玉堂春落难逢夫》《苏知县罗衫再合》《白玉娘忍苦成夫》，你可以看出作者一支笔左支右绌，极力弥缝着情节的漏洞，仍不免有捏造的痕迹。但在一些不太注重情节的传奇性，而以表现人物情感见长的小说，像《蒋兴哥重会珍珠衫》里人物对于情感本身的关注和尊重则超过了所谓的贞节、妇道。虽然王三巧最后同蒋兴哥复合，遭到说书人"妻还作妾亦堪羞"的奚落，但作品的真正感人之处还是夫妻二人凡俗而真挚的情感。

在《二刻》的《赵五虎合计挑家衅，莫大郎立地散神奸》《程朝奉单遇无头妇，王通判双雪不明冤》中，会看到这种秩序混乱、道德龃龉的必然性。《二刻》卷二十八《程朝奉单遇无头妇，王通判双雪不明冤》中，那对开酒店的小夫妇的价值观念，在"二拍"里很有代表性。好色的程朝奉看上了酒店娘子，等他拿出白花花的银子，要"现钱买现货"，小店主李方哥夫妇就心动起来：

"我想，我与你在此苦挣一年，挣不出几两银子来。他的意思，倒肯在你身上舍主大钱，我每不如将计就计哄他，与了他些甜头，便起他一主大银子也不难了，也强如一盏半盏的与别人论价钱。"李方哥说罢，就将出这锭银子放在桌上，陈氏拿到手来看一看，道："你男子汉，见了这个东西，就舍得老婆养汉了？"李方哥道："不是舍得。难得财主家倒了运，来想我们。我们拚忍着一时羞耻，一生受用不尽了。而今总是混帐的世界，我们又不是甚么阀阅人家，就守着清白也没人来替你造牌坊，落得和同了些。"陈氏道："是倒也是。……"

《二刻》卷十《赵五虎合计挑家衅，莫大郎立地散神奸》里，卖汤粉的朱三是经济行中人，虽娶了莫家怀孕的丫鬟为妻，听说能得些周济，也就"只要些小便宜，那里还管青黄皂白"。

还有张溜儿那样用妻子来扎火囤的无耻之徒（《初刻》卷十六《张溜儿熟布迷魂局，陆蕙娘立决到头缘》）。正所谓贞节敌不过孔方兄。

还有《初刻》卷六《酒下酒赵尼媪迷花，机中机贾秀才报怨》中，贾秀才的妻子被人奸污，羞愤欲死，贾秀才知道后劝解她："不要短见！此非娘子自肯失身。这是所遭不幸，娘子立志自明。今若轻身一死，有许多不便。"贾秀才比奸徒更为"识见高强",当夜就闯入尼庵,杀了恶尼和无辜小尼,嫁祸于仇人,"既得报了仇恨,亦且全了声名"。报仇雪耻,不露风声,从此夫妻更加恩爱。贾秀才滥杀无辜的阴狠残鸷且不论,他的一番见识也算得上通达之见。

文士与文章

文人的发迹变泰

发迹变泰故事本是宋元话本里讲草根阶层的好汉风云际会、博取富贵的专称。到了明代,渴望发迹变泰的队伍里又出现了一班鬓发花白的青襟人物。

关于科举题材在"三言"中的出现,大概是宋元话本中"发迹变泰"一门的变种。事实上,这在作品题目上也能表现出来,如《钝秀才一朝交泰》《老门生三世报恩》《赵伯升茶肆遇仁宗》《俞仲举题诗遇上皇》等,已经在字面上显示了文人的身份、际遇等题材与主题方面的信息。这类故事的主旨不过是为落魄文人加油打气,让"各人回去硬挺着头颈过日,以待时来,不要先坠了志气"(《钝秀才一朝交泰》)。

"三言"中文人士子的悲欢,大多围绕着科举。从说书人的角度看,科举不关"修身、齐家、治国、平天下"那样的宏大抱负,而是富贵金钱、世俗欲望的满足。《俞仲举题诗遇上皇》中,穷秀才俞良在从成都到临安的路上,身边钱物使尽,只得将驴儿卖了做盘缠。又怕误了科场日期,只得买双草鞋穿了,自背书囊而行。不数日,脚都打破了,鲜血淋漓,于路苦楚。心中想道:"几时得到杭州!"看着那双脚,作一词以述怀抱,名《瑞鹤仙》:

> 春闱期近也,望帝京迢递,犹在天际。懊恨这双脚底,不惯行程,如今怎免得拖泥带水。痛难禁,芒鞋五耳倦行时,着意温存,笑语甜言安慰。　　争气扶持我去,选得官来,那时赏你穿对朝靴,安排在轿儿里。抬来抬去,饱餐羊肉滋味,重教细腻。更寻对小小脚儿,夜间伴你。

这般低俗的"怀抱",就是整个科举社会的本质。上位者以"书中自有黄金屋,书中自有颜如玉",引诱着举子们冻齑冷饭、案冷砚冰地苦读,不惧路远迢迢地奔赴,却一次次金榜无名、指望落空。科举的失意成为读书人最大的焦虑与困惑:"大丈夫不能掇巍科,登上第,致身青云。"(《吴保安弃家赎友》)"李元拜于地曰:'臣所欲称心者,但得一举登科,以称此心,岂敢望天女为配偶耶?'"(《李公子救蛇获称心》)胡母迪问冥王:"仆尚有所疑,求神君剖示。仆自小苦志读书,并无大过,何一生无科第之分?岂非前生有罪业乎?"冥王道:"方今胡元世界,天地反覆。子秉性刚直,命中无夷狄之缘,不应为其臣子。"(《游酆都胡母迪吟诗》)。其言辞之恳切、无奈与失落,在在皆是。

《钝秀才一朝交泰》中的马德称,是一位少年神通,被视为科举的潜在胜利者,自幼受到周围人的热捧。但是他屡试不第,家财散尽,流落异乡,遭尽世人的白眼。因为总是倒霉,人道他是个不吉利的秀才,起个外号叫"钝秀才","凡钝秀才街上过去,家家闭户,处处关门","把他做妖物相看"。后来时来运转,金榜题名、夫妻团圆到老。正应了算命先生口批的八字,正是"十年落魄少知音,一日风云得称心"。

唐代诗人孟郊有一首《登科后》脍炙人口:"昔日龌龊不足夸,今朝放荡思无涯。春风得意马蹄疾,一日看尽长安花。"文人发迹变泰的故事,就是以繁详的情节和生动的人物将孟郊的诗意具体化、情节化。与孟郊在登科后写作的狂喜、兴奋之情不同,这类小说大多为落魄的文人所作。《钝秀才一朝交泰》这篇小说以明代的"土木堡之变"为背景,乃是一篇近代的故事,研究者认为是冯梦龙的个人创作。所以小说写沦落不遇、龌龊难看的境遇更为拿手,有很多自嘲和心酸在内。

《老门生三世报恩》里的鲜于同少有大才,却时运不济,蹉跎到鬓发苍苍,依然挤在秀才堆里谈文论艺,娓娓不倦。若非一个有私心的试官几次看走了眼,错抬举了他,这位老秀才大概就穷困以终了。那位蒯试官认为"取个少年门生，他后路悠远，官也多做几年，房师也靠得着他，那些老师宿儒，取之无益"，却偏偏三次抬举了鲜于同这个鬓发苍苍的老秀才，为了不取老秀才这一类"夙学之士"做门生，蒯房师阅卷时，"只拣嫩嫩的口气，乱乱的文法，歪歪的四六，怯怯的策论，愦愦的判语"大圈大点。老秀才身体不适，草草完篇，"自谓万无中式之理"，却歪打正着，占了个高魁。发迹变泰后的老秀才果然知恩图报，比少年后进更晓得感恩戴德。对蒯房师父子、儿孙三代的报恩，证明了自己这把老骨头的用处。这篇小说是"三言"中唯一确知为冯梦龙创作的作品。鲜于同身上有着冯梦龙的影子和痴想。胡士莹先生称："篇中述明季科场积弊，非亲历者不知。冯氏盖深有所慨而作也。"

　　本篇入话论功名迟速问题，说这就"如农家，也有早谷，也有晚稻，正不知那一种收成得好"。前半部鲜于同挣扎于科场的情节来得生动细致。篇幅上也占用了比后半部更多的比例。作者借鲜于同之口，猛烈鞭挞了科举制的黑暗不公：

　　　　如今是个科目的世界，假如孔夫子不得科第，谁说他胸中才学？若是三家村一个小孩子，粗粗里记得几篇烂旧时文，遇了个盲试官，乱圈乱点，睡梦里偷得个进士到手,一般有人拜门生,称老师……

冯梦龙对这位"鬓发都苍然了,兀自挤在后生家队里,谈文讲艺,娓娓不倦"的可怜可悲又煞是令人可笑的老秀才是充满着嘉许同情的。老秀才的偶然成功,或许有冯氏自期自慰的因素。同时,冯梦龙讲述这一个苦熬四十年,终而功成名就的老儒的故事,其本意是针对"爱少贱老"的社会心理,反驳"老去文章不值钱"的负气之作。结尾说:"至今浙江人肯读书,不到六七十岁还不丢手,往往有晚达者。"明显是为自己打气加油。这样的小说多半因为作者太投入,往往不太好看,只当是穷秀才们在痴人说梦吧。

靠文章发迹的书生

《俞仲举题诗遇上皇》写文人的发迹变泰故事。头回写司马相如本是成都府一个穷儒，因为给汉武帝献了《上林赋》一篇文字，投合圣意，一朝发迹的故事。正话写同为贫士的南宋朝文人俞良（字仲举），从成都到杭州科考，等待发榜期间，因为身无分文，流落在杭州街头，靠着耍赖和吃霸王餐，一日日厮混。这一天，在酒楼骗了一顿吃食，想跳下西湖做个饱鬼，就在墙壁上写下一首《鹊桥仙》道：

"来时秋暮，到时春暮，归去又还秋暮。丰乐楼上望西川，动不动八千里路。　　青山无数，白云无数，绿水又还无数。人生七十古来稀，算恁地光阴能来得几度！"

题毕，去后面写道："锦里秀才俞良作。"放下笔，不觉眼中流泪。自思量道："活他做甚，不如寻个死处，免受穷苦！"

他题了词后要自尽,不想却被酒保救下,赖了店家五两银子的饭钱,重回贡院桥孙婆客店,被孙婆大骂一顿。正是:"人无气势精神减,囊少金钱应对难。"

却说这个时期,正是南宋高宗皇帝做了太上皇,在西湖四处微服游玩的时候。高宗夜里做了一个梦,梦到西湖上毫光万道,中有两条黑气。算命先生告诉高宗这个梦预示着有一位贤人流落此地,口吐怨气冲天,托梦于上皇,必主朝廷得一贤人。本就闲无聊赖的太上皇马上换了衣装,出城来寻。高宗看到俞仲举在酒楼留下的《鹊桥仙》,识得词中的怨望之意,认定酒保口中的撒赖秀才,就是应梦贤士。高宗下旨命地方官到孙婆店里去寻,地方官到孙婆店时,俞仲举已经被孙婆的儿子强送回乡,地方官追到的时候,俞秀才正坐在北关门汤团铺的灶边吃汤团。一脸蒙的主人公被簇拥上马到了兴奋的高宗面前,又当场作了一首词,名《过龙门令》:

冒险过秦关,跋涉长江,崎岖万里到钱塘。举不成名归计拙,趁食街坊。　　命蹇苦难当,空有词章,片言争敢动吾皇。敕赐紫袍归故里,衣锦还乡。

太上皇龙颜大喜,对俞良道:"卿要衣锦还乡,朕当遂卿之志。"当下御笔亲书六句:"锦里俞良,妙有词章。高才不遇,落魄堪伤。敕赐高官,衣锦还乡。"吩咐内侍官,将这道旨意,送与皇帝,就引俞良去见驾。孝宗不敢不从,授俞良成都府太守,荣归故里。

据说,因为俞良的关系,高宗下旨,以后秀才应举,须要乡试得中,才能赴京殿试。"今时乡试之例,皆因此起,流传至今,永远为例矣。"这就使俞仲举的故事有类于民间传说,它解释了乡试的起源。科举制度发源于隋唐,但州试、省试和殿试的三级科举考试制度却肇始于两宋,到明代正式将科举考试分为乡试、会试、殿试三级。乡试是由南、北直隶和各布政使司举行的地方考试。各地秀才通过了本省学政巡回举行的科考,成绩优良者才能选送参加乡试。乡试考中了以后就称为举人,举人实际上已是候补官员,有资格做官了。所以才有《儒林外史》里,范进中举发狂的故事。

乡试的设立,自然是科举制度的完善措施。不然像俞仲举这样的秀才就要不远千里从成都赶到杭州考试,路费盘缠耗费巨大。小说的主要篇幅是写穷秀才奔波应举的苦处。俞仲举自叹"千乡万里,来到此间,身边囊箧消然,如何勾得回乡?"不免流落杭州。他每日在街上游逛,见有秀才上店吃酒,就进入去投谒,蹭两碗饿酒,烂醉了归店中安歇。以免被店主孙婆催要房钱。小说详细地叙述了他不顾斯文体面,赖茶钱、赖店钱,诈钱撒泼的一个个场景，可以见出叙事者得自观察和体验的同情与自嘲。在宋明时代，这类故事应是司空见惯。俞仲举的好运并非他才学出众或者善心得报，而是太上皇无聊赖的"市恩"之举。在此之前，太上皇还降旨为一个因赃污狼藉被废为庶人的贪官复其原官，声称就是大逆谋反，也须放他。可见他之赏识俞仲举，其实只是退休老皇帝的权力欲在作祟。

这个故事的原型来自周密的《武林旧事》。《武林旧事》是在南宋灭亡之后，周密追忆南宋都城临安城市风貌的著作，写了南宋初期杭州的繁华，君民同乐的情形。所谓"那时南宋承平之际，无意中受了朝廷恩泽的不知多少"，是带着对故国的眷恋和追忆写成的故事。故对茶坊酒肆的故事和生活习俗描写甚详，使故事颇富于真实感，也就是经济与生活的细节。如俞仲举身边只有两贯钱，打算待买些酒食吃饱了，跳下西湖，且做个饱鬼。"当下一径走出涌金门外西湖边，见座高楼，上面一面大牌，朱红大书：'丰乐楼'。"不但"笙簧缭绕，鼓乐喧天"，那酒保拿出的"酒缸、酒提、匙、箸、盏、碟"也尽是银器。俞仲举口中不道，心中自言："好富贵去处！我却这般生受！"酒保只当是个好客，不管什么新鲜果品、可口肴馔、海鲜、案酒之类，铺排面前，般般都有。然后俞仲举又题诗污了墙壁，问他要钱，他就要投湖自杀。酒保没了"一日日事钱"，也就是一天的工资，还要忍气送他回孙婆店。

俞仲举的几次借酒撒疯，也写得很是详细。小说塑造了和传统儒生形象大相径庭的读书人，富于市井的巧诈机智，显示出新的庶民的气息，连他的怨愤不平也带着某种喜剧色彩。终于靠着那"茶盏来大小字写了一壁"的歪词博得富贵。用《赵伯升茶肆遇仁宗》的开场诗来说，这类文人富贵际遇，仗的是"三寸舌为安国剑，五言诗作上天梯"。"三言""二拍"中类似这样的文人发迹变泰故事还有不少，如《钝秀才一朝交泰》《穷马周遭际卖䭔媪》《老门生三世报恩》《钱秀才错占凤凰俦》等等。

文人逸事露才情

说话要靠露才情

杏花过雨,渐残红零落胭脂颜色。流水飘香,人渐远,难托春心脉脉,恨别王孙,墙阴目断,谁把青梅摘?金鞍何处?绿扬依旧南陌。 消散云雨须臾,多情因甚有轻离轻拆。燕语千般,争解说些子伊家消息。厚约深盟,除非重见,见了方端的。而今无奈,寸肠千恨堆积。

这只词名唤做《念奴娇》,是一个赴省士人,姓沈名文述所作。元来皆是集古人词章之句。如何见得?从头与各位说开:第一句道:"杏花过雨。"陈子高曾有《寒食词》,寄《谒金门》:……第二句道:"渐残红零落胭脂颜色。"李易安曾有《暮春词》,寄《品令》……

这是《一窟鬼癞道人除怪》的开头。从篇首诗中，说话人共抽绎出十四首名家词作。这一内容上没有多少联系的词所组成的诗串，除了卖弄说书人的学识而外，还有拖延时间的作用。说书人在从篇首诗拈出这一堆辞藻华丽的韵语后，开始讲述一个令人毛骨悚然的鬼怪故事。

列位不要小瞧说话艺人的本领和作用。咱们前文说到过说话艺人的能耐。不但是"虽炎蒸烁石，而使人人忘倦，绝无挥汗者"，像明末清初著名的说书艺人柳敬亭那样神乎其技者，更能"言未发而哀乐具乎其前，使人之性情不能自主"。据黄宗羲的《柳敬亭传》讲，明末大将左良玉不识字，不喜欢儒生们咬文嚼字，援古证今地写出的军中文书，而柳敬亭目剽口熟，从委巷话套里出来的语言最能投合左大帅的心思。

以上的一大串入话诗就属于委巷话套的一种。像"春为花博士，酒是色媒人""祸出师人口，休贪不义财""吃食少添盐醋，不是去处休去"之类都是。再如描写老妪，说书人在"只见"如何，"有诗为证"之后，指示给听众的总是一位"眉分两道雪，鬓挽一窝丝。眼昏一似秋水微浑，发白不若楚山云淡"的老妇人。在形容女子的美貌时，总是那些"想是嫦娥离月殿，犹如仙女下瑶台"之类的泛泛之论。有时说书人在形容人物时配合主题加入道德评论，则另当别论。如《错认尸》《曹伯明错勘赃记》都是突出由女人引来灾祸的主题，因而说书人在向听众介绍人物相貌时，附带了他个人的评价，同时也是对情节的暗示："两脸如香饵，双眉似曲钩。吴王遭一钓，家国一齐休。"

今天的读者可能对这些"话套儿"不以为意，但长久以来它却是社会底层人群主要文化滋养的来源。你看赵树理笔下的李有才们，出口成章、头头是道，跟宋元话本里唠唠叨叨、振振有词的"快嘴李翠莲"有很浓的血缘关系。李有才的启蒙老师，应该就是那些"烟粉奇传，素蕴胸次之间；风月须知，只是唇吻之上"的说书艺人了。

"三言""二拍"还喜欢摘取古人感慨说理的诗词佳作入小说。据研究者统计，"三言""二拍"所包含的182首词中，共用词调58个。排名第一的词牌是《西江月》，有43首，其次是《鹧鸪天》11首。用于卷首卷尾敷演大义或描写中"有词为证"的60首词，《西江月》就占了30首。

如"三言"的第一篇小说《蒋兴哥重会珍珠衫》，入话诗就是一首《西江月》：

仕至千钟非贵，年过七十常稀，浮名身后有谁知？万事空花游戏。　休逞少年狂荡，莫贪花酒便宜。脱离烦恼是和非，随分安闲得意。

这首词名为《西江月》，是劝人安分守己，随缘作乐，莫为"酒""色""财""气"四字，损却精神，亏了行止。求快活时非快活，得便宜处失便宜。

"二拍"的第一篇《转运汉遇巧洞庭红，波斯胡指破鼍龙壳》入话也是一首《西江月》：

词云：
日日深杯酒满，朝朝小圃花开。自歌自舞自开怀，且喜无拘无碍。　青史几番春梦，红尘多少奇材？不须计较与安排，领取而今见在。
　　这首词乃宋朱希真所作，词寄《西江月》。单道着人生功名富贵，总有天数，不如图一个见的快活。

吴世昌先生《词林新话》评曰："如此等词，今日看来不奇，则因后世类此仿作太多（话本小说中尤甚），在当时却是独得新意。"在宋代词人手中，《西江月》已形成了表达世俗化的人生哲理的创作范式。在话本韵散结合的说书情景中，那种六六七六的句组形式，骈散交错、单双音节交错的节奏类型，既与散体叙事构成对比，又不像齐言之诗那么远离口语化。

话套般的诗词，增加了叙事的权威性，起到总结主题的作用。如《蒋兴哥重会珍珠衫》的结尾：

有诗为证：

恩爱夫妻虽到头，妻还作妾亦堪羞。殃祥果报无虚谬，咫尺青天莫远求。

当话本小说中有作者难以启齿、不便直述的色情场面时，也会采用"有词为证"的手法，借典故意象与词格韵律的遮蔽效果，冲淡情色意味。如《闲云庵阮三偿冤债》中，小姐与阮三在闲云庵里相会，说书人就以一首《西江月》为证带过：

一个想着吹箫风韵，一个想着戒指恩情。相思半载欠安宁，此际相逢侥幸。　一个难辞病体，一个敢惜童身？枕边吁喘不停声，还嫌道欢娱俄顷。

所以话本小说中的韵语话套，亦时有摹淫写亵之篇。

一般来说，文人笔记是书会才人取材的府库。他们自"幼习《太平广记》，长攻历代史书"，"《夷坚志》无有不览，《琇莹集》所载皆通。动哨、中哨，莫非《东山笑林》；引倬、底倬，须还《绿窗新话》"（罗烨《醉翁谈录·小说开辟》）。《太平广记》《夷坚志》《绿窗新话》都是大型的笔记小说总集，现在见到的话本小说有很多取材于彼。仅凌濛初的"二拍"就有取自《夷坚志》的故事三十余种。《琇莹集》和

《东山笑林》现在已经见不到了。"哨"疑为"俏",动哨、中哨也就是话本开头和中间讲一些插科打诨的俏皮话。《东山笑林》估计为《笑林》一类的笑话故事,说话艺人于中取材。"倬"疑为"掉"字,"引倬、底倬"大概就是得胜头回和正文里的故事。有了这样的根底,说书人才能把"世间多少无穷事,历历从头说细微"。

文人面目的改换

文人事迹在文言小说中比较多见,像唐传奇《霍小玉》中的李益、《柳氏传》中的韩翃。唐薛用弱《集异记》中有名的《王维》《王涣之》,更使旗亭画壁的典故为人所艳传。还有历来的纪事、本事、诗话一类作品,有很多的文人风雅事体供赏叹清玩,是颊齿留香、风雅到骨子里的话题。

只是市井艺人对文人精神人格很是隔膜,对人物的理解比较鄙薄粗率,写起来别是一路。宋代话本《柳耆卿诗酒玩江楼记》,把个风流倜傥的柳三变写成了恶霸淫棍,冯梦龙说它鄙俚浅薄,齿牙弗馨。

《柳耆卿诗酒玩江楼记》叙词人柳永为县令期间,用卑劣的计谋占有一歌伎事。这种恶霸式的人物显然与人们心目中风流文士所距甚远。是以下层市民的角度来写上层文士的一桩风流罪过,而主人公之所以要用柳永,大概是说书人要

宋　王安石《楞严经旨要卷》

三言二拍：
宋明的烟火与风情

借他的"名人效应"招揽听众。同为文人的冯梦龙,当然不能同意这种把被统治集团排挤的才子等同于昏官恶霸的故事。

《喻世明言》将话本的题目改为《众名姬春风吊柳七》。与月仙相恋的是贫穷的黄秀才,计赚月仙的人成了为富不仁的刘二员外,而柳永则扮演抑强扶弱的侠义角色,他出钱为月仙脱了乐籍,使她和黄秀才终成眷属。经过拟话本的改动,这一崭新的情节成为人物风流品质的一个表现侧面,柳永这个不遇于时的名士才人同秦楼楚馆中的红粉知己的交往才是故事的主干。风尘女子对才子的爱慕与达官显贵对柳耆卿的排挤憎恶相形,揭示出现实世界的荒唐。所谓"可笑纷纷缙绅辈,伶才不及众红裙",这句篇尾诗,乃是出自一个文人作者对世事的理解和感叹。既有文人传统的审美理想,也有对文人生存状态的揭示。总之,必要回到才子佳人、红颜知己的路子上,方觉雅相。

所以在正话之前,又加入了孟浩然的失意故事做头回。孟浩然是一个闲云野鹤式的林下高士,同风流放诞的柳永属于两种类型的诗人。但他们不遇于时的悲剧命运却是共同的。从某种意义上说,这种怀才不遇,因被"明主"所弃,不得已而向松间林下、平康巷里耗散其才华和生命的悲剧,是大多数文人的共同宿命。

《警世通言》中演文人逸事者较多,有演苏轼、王安石故事的《拗相公饮恨半山堂》《王安石三难苏学士》，还有演李白、唐寅故事的《李谪仙醉草吓蛮书》《唐解元一笑姻缘》。《醒世恒言》中有演王勃故事的《马当神风送滕王阁》、演秦少游故事的《苏小妹三难新郎》。

"二拍"几乎没有这方面的小说。在情趣上，"三言"还是离文人的世界更近一些，而"二拍"的市井噪杂之声更热烈。

王安石的两副面孔

"三言"写历史人物（包括文人）的小说大约有二十篇，占全部篇目的六分之一。徐朔方先生总结其共同特点，是往往不以历史记载为依据，而是从传说出发；不写或少写这些人物的所谓立身大节，而写其私生活。总之无意还原为历史小说。"戏说"这种创作方式，并非今天搞电视剧的发明专利，指出古已有之，或许会让痛斥文艺作品创作态度不严谨的老前辈消消气。娱乐嘛，不必太认真。还有声称要气死历史学家的电影编剧，也是以己度人，太把自己当回事。从宋代开始，话本小说的创作者就懂得自己的位置和分工。他们把讲述历史和人物功绩的宏大叙事看作讲史艺人的领地。自己的职责是"捏合"故事。像《王安石三难苏学士》《赵太祖千里送京娘》《唐解元一笑姻缘》这些小说，把主角的名字换一下,对故事也无甚妨害。至多反映了当时人的一种看法或意见而已,原不必深究。比如像讽刺王安石新政之害国殃民的《拗相公饮恨半山堂》就是如此。

这篇小说同《喻世明言》里的《沈小霞相会出师表》算得上"三言"里少有的政治小说了。后者因为是写明代当时的忠奸政治斗争的时事小说,很受现代人的喜爱。而本篇小说因攻击宋代伟大的政治改革家,一直被视为有反动的历史观,较少被提起。郑振铎认为这篇破口恶骂的政治小说,大约出自受到王安石新党的虐政之苦的人士之手,所以臭鸡蛋、半截砖都投到了政治家王安石身上。郑先生的另一层意思是说这是一篇成于南北宋之交的宋代小说。

王安石解职归金陵,为了不惊动地方、骚扰居民,一路微服而行。不料一路行来,茶坊道院,以至村镇人家,处处有诗讥诮。又见市井萧条,生民困弊,乡间翁媪有呼鸡豕为王安石、拗相公者。王安石感到怨词詈语遍于人间,羞入江宁,卜居钟山之半,名半山堂,忧愤而终。小说的布局有其独特之处,讽诗凡一见、二见乃至七见,层云叠嶂,又似一气呵成,轻快明了,较有诗的味道,又是小说的布局。或者这些优点都忽略了,也可以看作一种历史情绪和意见的文学化表现。虽然在唐传奇时代就有用小说攻讦、诬陷政敌的手段,如唐代无名氏的《补江总白猿传》,攻击欧阳询长得像猿猴,乃是他母亲被白猿掳去生的他;托名牛僧孺的《周秦行纪》以自叙的口吻说牛僧孺误入薄太后庙，见到杨贵妃，指唐德宗是"沈婆儿"，试图将大不敬的罪名加到牛僧孺身上。专用通俗小说褒贬历史人物，表达历史观点，这篇小说倒是值得注意。

我们前面说过"三言"是部宋元明话本小说集，不同时期、不同作者的作品被搜集起来结集出版。历史人物也多是借重他们的"名人效应"来捏合故事。这样就出现了一个有趣的现象。在《警世通言》里，一个祸国殃民、骂名满天下的拗相公王安石，一个从容温厚的学者、师长的王安石，一同出现在读者面前(《王安石三难苏学士》)。这倒不是冯梦龙要表现人格的多侧面、人性的复杂，实是先有了那么两篇小说，冯梦龙拿来编辑一下、对仗好了题目搁在了一起。就像先有了文人笔记里的许多逸事谈片，小说作者拿来捏合在大文人身上一样。尽信书不如无书，小说家言，姑妄听之，万不要坐实到历史人物身上。

《王安石三难苏学士》的好处在于它借助佛教问难的形式，构架了师生间的问难。一边是作为老师的王安石，博学宽厚、循循善诱，一派长者之风；一边是门生苏轼，喜欢露才扬己、恃才傲物，每每在事实面前碰壁，两个人物有戏剧化的冲突，也有学者坦荡真诚的人格魅力。

第一次是苏轼在王安石书房里见到了他所作的"西风昨夜过园林，吹落黄花满地金"诗句，认为菊花不会落瓣，提笔讥讽:"秋花不比春花落,说与诗人仔细吟。"苏轼因此被老师贬到黄州做官,在那里亲眼见到了秋天落瓣的菊花,"目瞪口呆"。第二次是王安石嘱咐苏轼路过三峡时,在中峡取一瓮水烹茶治病,苏轼以为三峡相连,一般样水,就取了下峡的水,结果被王觉出茶味薄淡,必是下峡之水。第三次,比试学问,苏对不上王出的三副对子,只得谢罪而出。

苏东坡与王安石之间,三次问难,即智慧与学识的交锋皆有所本。东坡戏王安石《字说》事见《高斋漫录》;续诗事则取自《类说》卷五十七所载欧阳修与王安石辩菊花事;三峡取水的故事原型见《太平广记》李季卿与陆羽故事,及李德裕命亲知取水事。至于王安石对东坡叙"如意君"事则有些掉书袋的嫌疑。总之,安排在情节线索之上的故事乃是捏合在两个主人公身上的几桩文人逸事。这种构撰方式在早期小说中多见于头回部分。如《简帖和尚》中那个似诗串的雅致故事,结构比较松散。本篇则因为有了清晰的结构、递进的层次,有机地形成了故事冲突,并在这种冲突中勾画了主人公鲜明的个性。这是小说显得轻灵浑然而不像其他逸事小说那样拖拖拉拉的原因。

何满子先生将这样的小说称为"故事新编",小说中人物的性格和历史上的两位名人完全是两码事,整个故事都是艺术虚构。虽然在内容和文笔看来,作者应是个文人,他兴师动众地搬出两位鼎鼎大名的文豪,所要表述的不外是奉劝世人虚己下人、不要自满的"金玉之言",还真有点小题大做的意思。不过话本小说嘛,最拿手的就是从"小"出。

在明代拟话本当中,类似捏合逸事以及合并几桩故事于一位主人公的创作方式比较普遍。如"三言"之中的《李谪仙醉草吓蛮书》《俞伯牙摔琴谢知音》《庄子休鼓盆成大道》等作品的正话故事,均系杂采典籍以及民间传说缘饰而成。同那些修饰性的雅致诗串或头回故事不同,后期小说中情节的贯穿与糅合,不单需要串接故事的人物和显露创作者才识的资料堆垛,它还需要一条明确的意义线索,一个论述的主题。

这样,情节的选择安排不仅是说书人才识的展示和对听众讲述一连串逸闻的量的积累,而且是符合人物心理及叙述者预设主题的情节发展和验证。正话部分的素材整合,既要体现主题的内涵:学问无边、为人要谦虚之类的作者诠释,又要符合两个主人公的身份和性格。因为作品的特定主题毕竟建立在文人特有的性格与才学的内在碰撞之上。故事的情节表面并没有大起大落的戏剧性突转和严谨的内在联系,所以人物性格所具有的内在张力与连贯性,就在推动情节发展、体现主题价值方面具有了特别重要的意义。

创作者将三个事件的安排与人物间对峙、交锋等内在的心理流程结合起来。苏轼公开嘲笑王安石是苏王结怨的开始,这个矛盾较为外化的激烈开端,是这篇小说中最接近人物真实关系与原始材料的地方。题菊花诗与东坡之被贬黄州很轻巧而诗意化地联系起来,自然是小说家的天真。但这一情节的引入,却很自然地将开端所构筑的人物矛盾单纯化、文人化了。

作者确定了故事的主题是"满招损,谦受益",又借助了苏王这两位文学巨匠复杂矛盾的关系来阐释、注解他在入话提出的论题,虚构和移植的情节——题菊花诗、取水以及背书问典这些风雅有趣的故事就一一归于两位主人公名下。

友谊的主题

　　笃于友谊的故事是"三言"所独有的,"二拍"就不怎么讲古道热肠的友情故事。就是"三言"的《羊角哀舍命全交》《吴保安弃家赎友》《范巨卿鸡黍死生交》《晏平仲二桃杀三士》《俞伯牙摔琴谢知音》也都是古已有之的故事改编。可见世风日替,斯人不再。冯梦龙收集这些故事也是砥砺世人节操,为世风之一助的意思。缪咏禾《"三言"二题》提出"三言"全书的思想价值是用不平常的突出事件来说明高度的道德伦理。这一点是开启"三言"思想内容的钥匙。他的《中世纪的文坛巨星冯梦龙》一文提出冯梦龙所致力的是通过动人听闻的非常事件去阐扬六经国史中的伦理观念。其中有两个互为表里的要点:一是高度的道德行为,二是曲折的故事情节。

　　写友谊的小说以演述旧作居多。写出了朋友之间讲信义、重然诺、死生不渝的情谊。胡适《论短篇小说》认为像《吴保安弃家赎友》一篇,全是演唐人的《吴保安传》,不过添了一些琐屑节目罢了。但是这些琐屑节目，便是文学的进步。

书生鬼战荆轲

《羊角哀舍命全交》是《清平山堂话本》中就有的话本，名《羊角哀死战荆轲》。说的是春秋时儒士左伯桃闻听楚王招贤，乃跋涉而来。途中遇雨，借宿在寒士羊角哀家，两人都耽书成癖，遂结成兄弟，一起前往楚国。途中大雪连日，荒野无人衣食不继。左伯桃为保羊角哀活命，脱下衣服冻饿而死。羊角哀在楚国受到任用，回来埋葬义兄。左伯桃阴魂出现，说坟近荆轲之墓，受到荆轲和高渐离两个恶鬼的欺负。羊角哀是人，帮不了鬼的忙，立即自杀身亡到阴间助阵。"是夜二更，风雨大作，雷电交加，喊杀之声闻数十里。清晓视之，荆轲墓上，震裂如发，白骨散于墓前，墓边松柏，和根拔起。庙中忽然起火，烧做白地。"楚王感其忠义，为其立祠树碑，后来香火不断，"荆轲之灵，自此绝矣"。

您看出点问题没有？荆轲、高渐离可是战国时的侠士，比着羊角哀两人晚了好几百年呢。这就是"文人假设，变化不拘"了。就像《金瓶梅》中的潘金莲的话："南京沈万三，北京枯树湾"，明朝的人名、地名不也从刁钻刻薄的宋代妇人口中溜了出来？时代错乱的情况古今都有，像纪晓岚抽旱烟袋划洋火，韩复榘的老爹要看"关公战秦琼"，也不一定都是无知颟顸才做得出来，饱学之士的辞赋文章也偶尔犯犯迷糊。有兴趣的读者可以找来钱锺书先生的《管锥编》第四册《全宋文》卷三十四来读一读，那样可能您再看"戏说""外传"一类的历史剧的时候，耐力和脾气就会见好，配合着弱智一回。据小说的眉批看来，冯梦龙认为这里的明知故犯，是以文游戏："《传》但云角哀至楚为上大夫，以卿礼葬伯桃，角哀自杀以殉，未闻有战荆轲之事；且角哀死在荆轲、高渐离之前。作者盖愤荆轲误太子丹事，而借角哀以愧之。"就是羊角哀到荆轲庙里指着神像大骂的话："汝乃燕邦一匹夫，受燕太子奉养，名姬重宝，尽汝受用。不思良策以副重托，入秦行事，丧身误国。却来此处惊惑乡民，而求祭祀！吾兄左伯桃，当代名儒，仁义廉洁之士，汝安敢逼之？再如此，吾当毁其庙，而发其冢，永绝汝之根本！"摇曳若多笔墨，把荆轲、高渐离早几百年就塞进坟墓里，为的就是发表一下对荆轲这个人物与众不同的看法。这是小说家的特权。要不他在哪儿找两个恶鬼不成呢？还有就是读书人对粗豪的刺客、侠士的鄙视。自负孔武有力的侠客们从来瞧不起文弱书生，岂止是欺之于泉壤？羊角哀舍命助友战此强魂，不肯向恶鬼低头，是一腔子书生正气为仁义所激励。

《吴保安弃家赎友》是唐代的真人实事，小说基本就是把《太平广记》的《吴保安》翻译成白话。郭仲翔的叔父是唐朝宰相，他把侄儿交给边防将领，带着去前线镀镀金，不想被南蛮俘虏了去，要千匹绢才能赎回。吴保安只是郭仲翔的同乡，在异乡做着一任卑微的小官，任期将满，他连这样的小官也没得做了，就冒昧地写信请郭仲翔代谋一个职位。这对郭仲翔这样的贵介子弟不是难事，吴保安前去赴任的时候，郭仲翔已经被俘，吴保安收到求救的信之后，赶到京师，郭的叔父已经身亡，家属也回乡了。对吴保安这个穷极潦倒的下层官吏来说，千匹绢是一笔破家难筹的巨资。但他已经是郭仲翔能够生还的唯一希望了。于是他"倾家所有，估计来止直得绢二百匹。遂撇了妻儿，欲出外为商。又怕蛮中不时有信寄来，只在姚州左近营运。朝驰暮走，东趁西奔；身穿破衣，口吃粗粝。虽一钱一粟，不敢妄费，都积来为买绢之用。得一望十，得十望百；满了百匹，就寄放姚州府库。眠里梦里只想着'郭仲翔'三字，连妻子都忘记了。整整的在外过了十个年头，刚刚的凑得七百匹绢，还未足千匹之数"。后来妻子儿子难以活命，在寻保安的路上遇到了继任的都督杨安居，杨为保安补足了千匹之数，赎回了郭仲翔。此时郭已在蛮洞待了十年，逃跑了两次，换了几个主人。后来吴保安在外地做官，任满家穷，无力回京，夫妇双双死在任上，只留下一子。郭仲翔千里来寻，闻说保安夫妇的死讯：

悲啼不已。因制缞麻之服，腰绖执杖，步至黄龙寺内，向冢号泣，具礼祭奠。奠毕，寻吴天祐相见，即将自己衣服，脱与他穿了，呼之为弟，商议归葬一事。乃为文以告于保安之灵，发开土堆，止存枯骨二具。仲翔痛哭不已，旁观之人，莫不堕泪。仲翔预制下练囊二个，装保安夫妇骸骨。又恐失了次第，殓葬时一时难认，逐节用墨记下，装入练囊，总贮一竹笼之内，亲自背负而行。吴天祐道是他父母的骸骨，理合他驮，来夺那竹笼。仲翔那肯放下，哭曰："永固为我奔走十年，今我暂时为之负骨，少尽我心而已。"一路且行且哭，每到旅店，必置竹笼于上坐，将酒饭浇奠过了，然后与天祐同食。夜间亦安置竹笼停当，方敢就寝。自嘉州到魏郡，凡数千里，都是步行。他两脚曾经钉板，虽然好了，终是血脉受伤。一连走了几日，脚面都紫肿起来，内中作痛。看看行走不动，又立心不要别人替力，勉强捱去。

这确实是一件旷古少有的奇事。吴保安弃家十年，为的是赎一个未识面的朋友。这已经不是对郭仲翔提携之恩的回报。保安摇首曰："吾向者偶寄尺书，即蒙郭君垂情荐拔；今彼在死生之际，以性命托我，我何忍负之？不得郭回，誓不独生也。"贵介子弟对人偶一援手,其实算不得什么。批语里也说:"保安所施之恩,是从来未有之恩;仲翔所以报恩者,亦从来未有之报。"只是吴保安为朋友身家可弃,郭仲翔后来肯把官职让给吴天祐来做就不足道了。毕竟能做到郭仲翔那个地步也还容易,像吴保安那样为朋友"经营百端,撇家数载,形容憔悴,妻子饥寒"就难了。吴保安的热肠高义太稀奇,有人说他"未免贤智之过",也就是好得过了头,眉批:"虞仲翔有言:'士有一人知己,死可无恨。'"吴保安是以知己之恩来死报郭仲翔的。不过这又应了《聊斋志异》中《田七郎》篇田七郎母亲的话:"受人知者分人忧,受人恩者急人难。富人报人以财,贫人报人以义。"到底是小人物身无长物,能够拿来报答知己的只有身家性命了。

一顿鸡黍饭

《范巨卿鸡黍死生交》算得上耸动听闻的朋友之伦理的极致了。张劭在上京应举的途中遇到病卧旅店里的范巨卿,他为照料范,放弃了考功名。两人结为金兰之好,并约定明年重阳节范巨卿到张劭家去拜望其母。张劭设鸡黍相待。至期张劭一早就杀鸡炊饭以待。其母说:"山阳至此,迢递千里,恐巨卿未必应期而至。"张劭认为:"巨卿信士也,必然今日至矣,安肯误鸡黍之约?"是日天晴日朗,万里无云。劭整其衣冠,独立庄门望之。看看近午,不见到来。听得前村犬吠,又往望之,如此六七遭。因看红日西沉,现出半轮新月。

　　候至更深,各自歇息。劭倚门如醉如痴,风吹草木之声,莫是范来,皆自惊讶。看见银河耿耿,玉宇澄澄,渐至三更时分,月光都没了,隐隐见黑影中一人随风而至。劭视之,乃巨卿也。再拜踊跃而大喜曰:"小弟自早直候至今,知兄非爽信也,兄果至矣。旧岁所约鸡黍之物,备之已久。路远风尘,别不曾有人同来?"便请至草堂,与老母相见。范式并不答话,径入草堂。张劭指座榻曰:"特设此位,专待兄来,兄当高座。"张劭笑容满面,再拜于地曰:"兄既远来,路途劳困,且未可与老母相见。杜酿鸡黍,聊且充饥。"言讫又拜。范式僵立不语,但以衫袖反掩其面。劭乃自奔入厨下,取鸡黍并酒,列于面前,再拜以进曰:"酒肴虽微,劭之心也,幸兄勿责。"但见范于影中以手绰其气而不食。劭曰:"兄意莫不怪老母并弟不曾远接,不肯食之?容请母出与同伏罪。"范摇手止之。劭曰:"唤舍弟拜兄,若何?"范亦摇手而止之。劭曰:"兄食鸡黍后进酒,若何?"范蹙其眉,似教张退后之意。劭曰:"鸡黍不足以奉长者,乃劭当日之约,幸勿见嫌。"范曰:"弟稍退后,吾当尽情诉之。吾非阳世之人,乃阴魂也。"劭大惊曰:"兄何故出此言?"范曰:"自与兄弟相别之后,回家为妻子口腹之累,溺身商贾中。尘世滚滚,岁月匆匆,不觉又是一年。向日鸡黍之约,非不挂心,近被蝇利所牵,忘其日期。今早邻右送茱萸酒至,方知是重阳。忽记贤弟之约,此心如醉。山阳至此,千里之隔,非一日可到。若不如期,贤弟以我为何物?鸡黍之约,尚自爽信,何况大事乎?寻思无计,常闻古人有云:'人不能行千里,魂能日行千里。'遂嘱咐妻子曰:'吾死之后,且勿下葬,待吾弟张元伯至,方可入土。'嘱罢,自刎而死。魂架阴风,特来赴鸡黍之约。万望贤弟怜悯愚兄,恕其轻忽之过,鉴其凶暴之诚,不以千里之程,肯为辞亲到山阳一见吾尸,死亦瞑目无憾矣。"言讫,泪如迸泉,急离坐榻,下阶砌。劭乃趋步逐之,不觉忽踏了苍苔,颠倒于地。阴风拂面,不知巨卿所在。有诗为证:风吹落月夜三更,千里幽魂叙旧盟。只恨世人多负约,故将一死见平生。

张劭倚门而望的细节摹写真切感人,文辞优美,这就是胡适所说"文学由略而详,由粗枝大叶而琐屑细节的进步"。但小说家的发挥往往过了头,似乎必要有人伦的惨变、性命的代价才足以配得上二人的"高义"。不单是范巨卿为践鸡黍之约而死，张劭舍弃高堂老母千里奔丧，哭祭而后自刎身亡。一顿鸡黍之约使两人死于非命。真应了刘孝标《广绝交论》里"约同要离焚妻子，誓殉荆卿湛七族"的话。不过春秋时要离为吴王去谋刺公子庆忌，让吴王砍断其右手，烧死其妻子以取得庆忌的信任，乃是不得已的苦肉计。这里则纯粹为追求情节的耸动和夸张。范张两人号为死生之交，在晋干宝《搜神记》、南朝宋范晔的《后汉书》里都有记载。鸡黍之约以范巨卿至期果到，尽欢而别告终。二人两年之别，千里结言，各不相负，算得朋友结交的佳话。张劭临死以未见"死友"为憾，称"山阳范巨卿，所谓死友也"。死后托梦范巨卿，下葬之时，柩不肯进，"其母抚之曰：'元伯，岂有望耶？'遂停柩。移时，乃见素车白马，号哭而来。其母望之曰：'是必范巨卿也。'既至，叩丧言曰：'行矣元伯！死生异路，永从此辞。'会葬者千人，咸为挥涕"。范巨卿为张劭"执绋而引，柩于是乃前"。范巨卿留止于张劭冢旁，"为修坟树，然后乃去"。（《后汉书·范式传》）死生交乃相知之言，友情的深厚令人企羡，范张"款款于下泉"，是君子之交的清灵隽永。《窦娥冤》里就有"要什么素车白马，断送出古陌荒阡"，素车白马从此留下一段典故。范张之间的交情算得上"素交"，纯洁真朴，看似素淡却有超越生死的厚谊，所以张劭称范巨卿为"死友"。但

宋　刘松年（传）《摔琴谢知音》

三言二拍：
宋明的烟火与风情

这种不着色相的情谊能够感动文人，却不被小说家看好。没有歃血为盟、"不愿同年同月生，但愿同年同月死"一类的结义来得鲜明爽快，所以死生交，就坐实为一顿鸡黍饭害了书生两条命，有类《晏平仲二桃杀三士》，却找不到凶手。也有研究者像日本的小野平四认为，这篇以生命恪守信义的故事，友情的激荡和无比的紧张一起打动了读者。范、张原本不是读书人，而是想在贫困中靠学问立身的君子，范巨卿为了赴约而自杀为灵魂，历尽艰辛按期到达张劭的家，是写出了虽极为困苦但严格砥砺节义的书生的典型。

这应该是一个元代的文人拟话本。元人宫天挺有《范张鸡黍》杂剧，还基本写出了文士生死之交的情致。范巨卿履践了鸡黍之约，张劭死后，范为之移柩、筑坟树柏。增加了小人拨乱的一些情节。曲文尤其感人："兄弟也，不争你在黄泉埋没，却教我在红尘奔走。想着那世人几个能全德，更几人全寿？可惜你腹中大才、胸中清气，都做了江山之秀。"是"元曲中有数的杰作"。

高山流水

"三言"中写得不让元曲笔墨的是《俞伯牙摔琴谢知音》。这个故事的来源只有《吕氏春秋》的《本味篇》里伯牙鼓琴、钟子期听音一段几百字的文字。伯牙鼓琴志在太山，钟子期说:"善哉乎鼓琴,巍巍乎若太山。"志在流水,钟子期又说"善哉乎鼓琴,汤汤乎若流水。"钟子期死后,"伯牙破琴绝弦,终身不复鼓琴,以为世无足复为鼓琴者"。"伯"是姓,"牙"是名,或者也写作"雅";"钟"是姓,"期"是名,"子"是通用的敬称。所以主人公的名字就是伯牙、钟期,而非俞伯牙、钟子期。小说就根据这个弹琴听音的片段,弯弯曲曲写来,把伯牙写作一位出使的高官,子期是山间的樵夫,两人地位、身份的差异就为听音这个场景带来了许多的曲折和张力:

> 伯牙在船舱中,独坐无聊,命童子焚香炉内:"待我抚琴一操,以遣情怀。"童子焚香罢,捧琴囊置于案间。伯牙开囊取琴,调弦转轸,弹出一曲。曲犹未终,指下"刮喇"的一声响,琴弦绝了一根。伯牙大惊……正欲搭跳上崖,忽听岸上有人答应道:"舟中大人,不必见疑。小子并非奸盗之流,乃樵夫也。因打柴归晚,值骤雨狂风,雨具不能遮蔽,潜身岩畔。闻君雅操,少住听琴。"伯牙大笑道:"山中打柴之人,也敢称'听琴'二字!此言未知真伪,我也不计较了。左右的,叫他去罢。"那人不去,在崖上高声说道:"大人出言谬矣!岂不闻:'十室之邑,必有忠信。''门内有君子,门外君子至。'大人若欺负山野中没有听琴之

人,这夜静更深,荒崖下也不该有抚琴之客了。"伯牙见他出言不俗,或者真是个听琴的,亦未可知。……左右掌跳,此人上船,果然是个樵夫。头戴箬笠,身披蓑衣,手持尖担,腰插板斧,脚踏芒鞋。……俞伯牙是晋国大臣,眼界中那有两接的布衣,下来还礼,恐失了官体,既请下船,又不好叱他回去。伯牙没奈何,微微举手道:"贤友免礼罢。"叫童子看坐的。童子取一张杌坐儿置于下席。伯牙全无客礼,把嘴向樵夫一努,道:"你且坐了。"你我之称,怠慢可知。那樵夫亦不谦让,俨然坐下。伯牙见他不告而坐,微有嗔怪之意,因此不问姓名,亦不呼手下人看茶。

凭空设定的新的人物关系,既增强了故事的趣味性也丰富了它的社会含义。俞伯牙看不起山野樵夫,两截穿衣的布衣,他的倨傲则来自尊卑上下的等级观念,这为后文戏剧化的转变做足了铺垫,"始而慢,继而疑,继而爱,而终以不舍"次第写来,遂使文情摇曳。这从弹琴听音之外生发出这许多文字就是小说家的本领了。

  伯牙将断弦重整,沉思半晌,其意在于高山,抚琴一弄。樵夫赞道:"美哉洋洋乎,大人之意,在高山也!"伯牙不答。又凝神一会,将琴再鼓,其意在于流水。樵夫又赞道："美哉汤汤乎，志在流水！"只两句，道着了伯牙的心事。伯牙大惊，推琴而起，与子期施宾主之礼，连呼："失敬失敬！石中有美玉之藏，若以衣貌取人，岂不误了天下贤士！先生高名雅姓？"樵夫欠身而答："小子姓钟，名徽，贱字子期。"

这篇小说的出色之处是写了钟子期这么一个清新健康的平民形象，反映了平民意识的抬头。一个士大夫和一个乡野才俊之间的友情从不平等的开始到结成金兰之好，是文人谈片中最拿手的。比如寺中僧人对香客，"茶"→"敬茶"→"敬香茶"、"坐"→"请坐"→"请上坐"的故事，小说一旦选出这样一个前倨后恭、不打不相识的模式，自然就有了戏剧性、人情味。钟子期沉稳恬淡、宠辱无惊的形象，"气象何等从容"，这样一个人物在知音故事里的出现，表现出近代市民阶层同传统士大夫交往时的平等的自信心，他们对高雅文化的向往。这是对古老故事的新的看法和讲说方式，所以俞伯牙、钟子期的故事就远比前面几个"述旧之作"清新生动。

钟公策杖引路，伯牙随后，小童跟定，复进谷口。果见一丘新土，在于路左。伯牙整衣下拜："贤弟，在世为人聪明，死后为神灵应。愚兄此一拜，诚永别矣!"拜罢,放声又哭。惊动山前山后、山左山右,黎民百姓,不问行的住的,远的近的,闻得朝中大臣来祭钟子期,回绕坟前,争先观看。伯牙却不曾摆得祭礼,无以为情,命童子把瑶琴取出囊来,放于祭石台上,盘膝坐于坟前,挥泪两行,抚琴一操。那些看者,闻琴韵铿锵,鼓掌大笑而散。伯牙问:"老伯,下官抚琴,吊令郎贤弟,悲不能已,众人为何而笑?"钟公道:"乡野之人,不知音律,闻琴声以为取乐之具,故此长笑。"伯牙道:"原来如此。"

然而这篇小说也还脱不了把友情作了毒药的老套:"老者闻言,放声大哭道:'子期钟徽,乃吾儿也。去年八月十五采樵归晚,遇晋国上大夫俞伯牙先生。讲论之间,意气相投。临行赠黄金二笏,吾儿买书攻读,老拙无才,不曾禁止。旦则采樵负重,暮则诵读辛勤,心力耗废,染成怯疾,数月之间,已亡故了。'"钟子期若非遇到知音的伯牙大夫,尽可以在青山绿水之间采樵行歌,奉亲隐遁。偏被伯牙大夫的两笏黄金害得心力耗费,丧了性命。知音难觅,岂非偶然?

西方传教士利玛窦于万历间所著的《交友论》,在当时"士大夫"和"士"中产生了极大影响,其关键在于他所提倡的交友原则既同于传统观念,又不尽同于传统观念,因此

177

既为人所乐于接受，又不乏新鲜之感觉。陈继儒作序，解释这种现象：

> 伸者为神，屈者为鬼。君臣父子夫妇兄弟者，庄事者也。人之精神，屈于君臣、父子、夫妇、兄弟，而伸于朋友。

这也是《三国演义》《水浒传》里，大讲兄弟之情的一个时代背景。

话本小说中的文字崇拜

古代有仓颉造字的神话，据说黄帝的臣子仓颉根据鸟兽足迹，发明了汉字。在人类的每一种文明当中，文字的发明都具有划时代的意义。文字一直在塑造和影响地球上大部分人的生活，它连接着过去、现在和未来，使得人类不再是其所在时空中的孤儿。明朝的何良俊在《四友斋丛说》中说："仓颉造字，而天雨粟、鬼神泣，则以其泄天地之秘也。然使当时无文字，则后世无六经矣，其所系不甚大哉。"如果没有文字，人类累积知识经验和智慧的能力将大打折扣。如《文字的力量》的作者马丁·普克纳所说，没有文字的世界可以说是无法想象的。我们的历史观念，我们对帝国和民族的浮浮沉沉的理解，将会截然不同。大部分的哲学和政治思想将根本不会来到这个世界，因为不会有促使它们诞生的作品。几乎所有的宗教信仰都将连同它们赖以表达的经文手稿一同消失。

在科举制度的影响下，"不识字，无以立""万般皆下品,唯有读书高"的观念深入人心,对入仕、对文化、对"斯文"的崇拜演变成了对汉字的崇拜。

话说文人的运气

明代的儿童启蒙书《增广贤文》中有两句话:"时来风送滕王阁,运去雷轰荐福碑。"这句话说书艺人也常说。"时来风送滕王阁"是说,初唐四杰之首的王勃,在获知聚会滕王阁的邀约时,还在远距南昌近八百里路之外的安徽,而时间只剩一天,在交通极为不便的古代,普通人日行八百里无异于天方夜谭,但是人逢好运,连老天爷也帮忙,当天坐船,正好赶上顺风,一夜行程八百里硬是准时赴约,最终写就了流芳百世的《滕王阁序》。"运去雷轰荐福碑"是说,北宋名臣范仲淹在江西任地方官时,得知一名叫张镐的书生穷困潦倒,见他字写得不错,便有意要帮助他,想第二天拓印大书法家欧阳询的《荐福碑》送他临摹,以改善生计,不料当晚风雷大作,一个霹雳将碑打得粉碎。元代的马致远将这个故事写了一本名为《半夜雷轰荐福碑》的杂剧,是他的代表作。张镐传写贫穷儒生的唱词可谓脍炙人口:"我本是那一介寒儒,半生埋没红尘路。则我这七尺身躯,可怎生无一个安身处?"因为穷,他对"书中自有黄金屋"的说法产生了怀疑:"我去这六经中枉下了死工夫。冻杀我也《论语》

篇、《孟子》解、《毛诗》注,饿杀我也《尚书》云、《周易》传、《春秋》疏。"他那句"这壁拦住贤路,那壁又挡住仕途。如今这越聪明越受聪明苦,越痴呆越享痴呆福,越糊突越有了糊突富!"的感叹表达了多少穷困潦倒的读书人的愤懑。科举制度的全面实行,使其成为儒生获取功名富贵的唯一出路,则"五言诗作上天梯"一类的文字崇拜被不断强化。当录取名额有限,读书人越来越多,就发生了内卷、阻塞,也让人们产生了困惑。这类故事大多分为发迹前和发迹后两个部分,发迹前的落魄、愤懑、不平,大概是因为各个都出自真情实感,大都写得入骨三分,字字血泪,格外精彩。

在"三言""二拍"中,主人公命运的转机往往由于天命而非人力。《俞仲举题诗遇上皇》《赵伯升茶肆遇仁宗》《转运汉遇巧洞庭红,波斯胡指破鼍龙壳》等,都强调梦兆神启、预言谶应等等。求而不得、不求而得的对立,使人物命运的转折变得被动、喜剧、幽默之外,也让人感到困惑。《转运汉遇巧洞庭红,波斯胡指破鼍龙壳》就有一段长篇大论:

词云:

日日深杯酒满,朝朝小圃花开。自歌自舞自开怀,且喜无拘无碍。　青史几番春梦,红尘多少奇才。不须计较与安排，领取而今见在。

这首词乃宋朱希真所作，词寄《西江月》，单道着人生功名富贵，总有天数，不如图一个见前快活。试看往古来今，一部十七史中，多少英雄豪杰，该富的不得富，该贵的不得贵。能文的倚马千言，用不着时，几张纸盖不完酱瓿；能武的穿杨百步，用不着时，几竿箭煮不熟饭锅。极至那痴呆懵董、生来有福分的，随他文学低浅，也会发科发甲；随他武艺庸常，也会大请大受。真所谓时也，运也，命也！俗语有两句道得好："命若穷，掘得黄金化作铜；命若富，拾着白纸变成布。"总来只听掌命司颠之倒之。所以吴彦高又有词云："造化小儿无定据。翻来覆去，倒横直竖，眼见都如许。"僧晦庵亦有词云："谁不愿，黄金屋？谁不愿，千钟粟？算五行不是，这般题目。枉使心机闲计较，儿孙自有儿孙福。"苏东坡亦有词云："蜗角虚名，蝇头微利，算来着甚干忙？事皆前定，谁弱又谁强？"这几位名人，说来说去，都是一个意思，总不如古语云："万事分已定，浮生空自忙。"

说话的，依你说来，不须能文善武，懒惰的也只消天掉下前程；不须经商立业，败坏的也只消天挣与家缘。却不把人间向上的心都冷了？看官有所不知，假如人家出了懒惰的人，也就是命中该贱；出了败坏的人，也就是命中该穷：此是常理。却又自有转眼贫富，出人意外，把眼前事分毫算不得准的哩！

梁启超曾说："科举取士，在国家为求人才，而在个人为求入仕。"可见，科举制度与现代教育制度是大相径庭的，自始其目标便是为朝廷应试取士，绝非是通过学习掌握知识、促进个体的发展。封建朝廷则以这一方式选拔录用人才，同时也显示其为社会成员提供了"平等、公正竞争"的机会，使下层人士有流动、上升的机会。"功名富贵无凭据"，是明清小说中涉及科举题材的主流表述。核心的问题就是文章与科名不符。这段话可以视为平民社会对于命运公平性问题的"天问"。凌濛初搬出朱希真、十七史、晦庵、苏东坡等等，或者豁达或者悲愤的判断，不过是为了"万事分已定，浮生空自忙"做了注脚。"三言"中的《老门生三世报恩》，若非考官蒯遇时私心作祟，欲取青年人做门生，鲜于同本无中进士可能。但机缘巧合之下，偏偏数次取中了年老的鲜于同，直至鲜于同中了进士。在《华阴道独逢异客，江陵郡三拆仙书》中，作者说："人生凡事有前期，尤是功名难强为。多少英雄埋没杀，只因莫与指途迷。"凌濛初列举了一系列中进士与否由天来定的现象："有个该中了，撞着人来帮衬的"；"有个该中了，撞着鬼来帮衬的"；"有个该中了，撞着神借人来帮衬的"；"有个该中了，自己

183

精灵出现帮衬的";"有个该中了,人与鬼两相凑巧帮衬的";"有一个不该中,鬼神反来耍他的";"有一个不该中强中了,鬼神来摆布他的"。

在古代社会,"士"的数量虽然只占社会总人口的百分之一二,但他们拥有的社会资源或未来可能增加的社会资源却很多。宋代人说:"状元登第,虽将兵数十万,恢复幽、蓟,逐强蕃于穷漠,凯歌劳还,献捷太庙,其荣亦不可及也。"宫崎市定在《科举:中国的考试地狱》一书说:"从科举创始的6—7世纪到之后的数百年间,做官吏之外的生财之道很少。至于明代,虽然从这时开始社会发生了变化,只要一心一意做买卖,也能够舒适地生活,但作为商人是脸上无光的。而且,如果想做大生意的话,就无论如何都要卑躬屈膝地和官场方面保持联系,否则很不方便。所以与其为了赚钱而忍受屈辱,不如自己成为官吏,光明正大地抓住好运,这才是最为聪明的做法。"

世人争相拥向科举之门,宽阔的大门也逐渐变得狭窄。从这些文人发迹变泰的科举故事中,可以看到科举考试的竞争是那样的残酷。科举"束缚天下英俊,使归于一途,非工时文,无以发身而行志"。也就是说,科举制度使得宋、元、明、清以来的时代成为只剩一条出路的社会。读书人习时文,取科名,然后入官治民,虽然让书生们一生"皇皇焉","不识高明之境",但却心甘情愿,白首不悔。因举国沉溺于八股时文、科名举业，每一个士子和他的家人似乎都没有退路，就不得不一次次吞咽败绩的苦果，内心早已被噬咬得遍布伤痕和毒素。在绝大概率失败的竞争面前，个人的能力、决策，在其中扮演的角色很难被正确认识，从而整个社会就陷入一种"宿命论"的悲观论调。任何向上的社会流动，都会被视为偶然和幸运。这样就使士子乃至整个社会盛行着"功名前定""积德行善"一类的归因心理。

"三言""二拍"一类的文学作品，试图将这种宿命论和新的商业伦理结合起来。《乔兑换胡子宣淫，显报施卧师入定》入话中的刘尧举，本是个状元的命，却因为做了欺心事——勾引良家女子，被生生压了一科。《裴晋公义还原配》入话中的裴度，"有人相他纵理入口，法当饿死"。后来他捡了一条宝带归还失主做了善事，居然进士及第，位至宰相。因为积德行善而逆天改命，由无缘科举而高中进士。还有《李克让竟达空函，刘元普双生贵子》中，刘元普因为积德行善老来得子，后来二子一起中了进士。通俗小说通过这些行善者会逆天改命中进士、行恶者则会受到惩罚的因果逻辑，建构其"社会伦理"的核心价值。冯梦龙在《警世通言》叙中说："说孝而孝，说忠而忠，说节义而节义。触性性通，导情情出。"这句话道出了"积德行善者中进士"的真谛——劝世人行善。

185

文章与楼阁

《马当神风送滕王阁》这篇小说是"时来风送滕王阁"故事的演绎。王勃的《滕王阁序》被称为骈体文的绝唱。滕王阁与黄鹤楼、岳阳楼并称江南三大名楼,这三座建筑的得名,在景观之外,更多的是来自文字的力量。

崔颢的《黄鹤楼》:

> 昔人已乘黄鹤去,此地空余黄鹤楼。黄鹤一去不复返,白云千载空悠悠。晴川历历汉阳树,芳草萋萋鹦鹉洲。日暮乡关何处是?烟波江上使人愁。

受后世无数诗家赞誉,被推崇为"唐人七言律诗第一"。就连李白看到了崔颢的这首诗,也连连叹道:"眼前有景道不得,崔颢题诗在上头!"

岳阳楼的出名,前有唐代诗圣杜甫的《登岳阳楼》诗句:"昔闻洞庭水,今上岳阳楼。吴楚东南坼,乾坤日夜浮。"后有宋代范仲淹的《岳阳楼记》,他的"先天下之忧而忧,后天下之乐而乐",是无数仁人志士的座右铭。"乾坤日夜浮古今,忧乐长怀天下心"说的就是这一诗一文所镌刻出的民族精神历史中的岳阳楼。

因为范仲淹的《岳阳楼记》被收入中学语文课本,几乎每位国人都能背诵"予观夫巴陵胜状,在洞庭一湖。衔远山,吞长江,浩浩汤汤,横无际涯;朝晖夕阴,气象万千。此则岳阳楼之大观也";"至若春和景明,波澜不惊,上下天光,一碧万顷;沙鸥翔集,锦鳞游泳;岸芷汀兰,郁郁青青。而或长烟一空,皓月千里,浮光跃金,静影沉璧,渔歌互答,此乐何极!登斯楼也,则有心旷神怡,宠辱偕忘,把酒临风,其喜洋洋者矣。……"真是人不分老幼、地不论南北,在每一位中国人心中都有一座矗立千年的"岳阳楼"。范仲淹《岳阳楼记》一出,岳阳楼的景观为之增价,获得了文化的地标。"迥出湖山外,岂止一丘一壑、一水一石云乎哉?"(高封《游岳阳洞庭记》)

在《马当神风送滕王阁》这篇小说中,冯梦龙汇集了历代小说如《唐摭言》《太平广记》《类说》等书中的传说。把王勃写《滕王阁序》的过程,描绘得惊心动魄、神乎其神。

大家知道,王勃是在二十七岁死于溺水。《旧唐书》说他"渡南海,堕水而卒"。《新唐书》的说法是"度海溺水,痨而卒"。小说中,王勃一出场就与水难相关。13岁的王勃欲从金陵往九江,路过马当山下,忽然江流翻滚,船只马上要倾覆。满船的人都恐惧地乞求江神保佑,只有王勃毫无惧色,称:"我命在天,岂在龙神!"说罢,取纸笔,吟诗一首,投入江中。他的诗是这样的:

唐圣非狂楚，江渊异汩罗。平生仗忠节，今日任风波。

意思是说他自信平生行忠孝节义之事，问心无愧，不惧风涛。一纸入江，须臾风浪俱息。满船人庆贺，王勃的才学感动了江神。让一个13岁的孩子说出"平生仗忠节"的话，这首诗写得并不符合王勃的年龄和才学，但这个开头却显示出一种对文字力量的巫术般的崇拜。二十个汉字组合起来，就达到了人神的沟通，其后的情节也是沿着这条文字沟通人神的线索展开的。

舟行靠岸，王勃来到一座题为"敕赐中源水府行宫"的古庙前，祷告已毕，在江边遇到了貌若神仙的老叟，老叟告诉王勃他是中源水神，明日是重阳节，七百里外的洪都府君，要重金邀人做《滕王阁记》，他愿助清风一帆，帮王勃博得这个垂名后世的机会。果然，王勃登上小船，"帆开若翅展，舟去似星飞。回头已失却千山，眨眼如趋百里"。顷刻天明，船头一望，果然已到洪都（南昌）。王勃来到太守府，文会尚未开始。洪都府君本想借此机会让自己女婿扬名，一班文士正在推让谦虚之际，被少年王勃接下了纸笔。他更不推辞，慨然受之。众人大惊，太守阁公让人将王勃所作文字，一句句传报进来：

良久，一吏报道："南昌故郡，洪都新府。"阎公道："此乃老生常谈，谁人不会！"一吏又报道："星分翼轸，地接衡庐。"阎公道："此故事也。"又一吏报道："襟三江而带五湖，控蛮荆而引瓯越。"阎公不语。又一吏报道："物华天宝，龙光射斗牛之墟；人杰地灵，徐孺下陈蕃之榻。"阎公道："此子意欲与吾相见也。"又一吏报道："雄州雾列，俊彩星驰。台隍枕夷夏之邦，宾主接东南之美。"阎公心中微动，想道："此子之才，信亦可人！"数吏分驰报句，阎公暗暗称奇。又一吏报道："落霞与孤鹜齐飞，秋水共长天一色。"阎公听罢，不觉以手拍几道："此子落笔若有神助，真天才也！"……须臾成文……遍示诸儒。一个个面如土色，莫不惊伏，不敢拟议一字。其全篇刻在古文中，至今为人称诵。

这一段把王勃作此名篇的场面戏剧化了。一句句文字奇崛动人的力量，通过太守阎公的心理活动，递进地展露，又以在场诸儒"面如土色，莫不惊伏"作结。这个戏剧化的场面最早出现在五代王定保的《唐摭言》当中。以文人的击节赞赏，形象化地点评文字，话本小说则延长了这个赏析文字的过程，以传话的场景细细描摹出王勃文章一句句递进的感染力。杜甫赞李白"笔落惊风雨,诗成泣鬼神",大概就是这个意思。

王勃写《滕王阁序》的时候,正是此阁初成,和中华历史上无数的亭台楼阁一样,它只是矗立在江边的一座砖瓦木石的建筑,等待它的是无数的游人,还有未来岁月中不可避免的兵燹雷火之灾,以及坍塌湮灭的命运。但是王勃惊才绝艳的《滕王阁序》(全称为《秋日登洪府滕王阁饯别序》)出现了。它使唐高祖李渊第22子李元婴在公元653年(唐高宗永徽四年)在南昌始建的一座临江高阁穿越历史时空而名满天下。阁以文传,自唐至今,滕王阁经历了29次重建,每次重建,《滕王阁序》都成为人们瞩目的中心。这是文字的力量,文字使山川建筑神圣化了。清代人曾经说过"山川得名,多因人杰"。没有苏东坡的赤壁之游,赤壁不过是江边的一块顽石。苏公既游之,虽荒台残树,赤壁也是一座名山,一座矗立在精神坐标上的文化名山。所以,南昌太守看到这篇序文,就知道:"从此洪都风月,江山无价,皆子之力也!"唐末诗人罗隐称:"不是明灵祐祠客,洪都佳景绝无声!"

以诗文出名的楼阁,还有湖北当阳因王粲《登楼赋》闻名的"仲宣楼"、山东济宁因李白题诗闻名的"太白楼"等等。一座楼能成为名楼而历千年岁月,屡废屡修,除了它的形制、地理位置外,更与附着于楼阁的文化内涵息息相关。

明代人的《类编岳阳楼诗集序》就说道:"予唯山川名胜,自开辟以来即有之,然必因人而后有闻于天下……然所谓人者,非功业则辞章。功业足以为名胜增重,而辞章实腾扬而光之大。斯二者,固山川之所恃以有闻也。"山川名胜一定是因为那些建功立业或者擅于辞章的人而闻名。所谓人文景观,是需要文学来参与塑造的。《马当神风送滕王阁》就讲述了这样一个故事。

"仙人好楼居"

汉代道学家公孙卿说过"仙人好楼居"。楼阁与神仙是受人喜爱的故事题材。仙字的本意是山中之人,可以生出羽翼或者骑鹤飞翔,所以楼阁高处也是接近神仙的地方。古人认为仙人都是住在高楼之上,所谓"玉楼十二""天上琼楼玉宇"之类的神仙居所,都是"或结气为楼阁堂殿,或聚云成台榭宫房"的华丽高台建筑。苏轼的词句"我欲乘风归去,惟恐琼楼玉宇,高处不胜寒",就是以"琼楼玉宇"代指神仙所居。人间道教宫观中的"楼""台"类建筑,也是羡慕模仿神仙世界而设。《述异记》中的荀瑰,就是在黄鹤楼中修炼而等到了神仙。

滕王阁与黄鹤楼、岳阳楼这三大著名楼阁都和道教有关。黄鹤楼不用说了,道教的"仙学"中,黄鹤本就是神仙的坐骑。"昔人已乘黄鹤去，白云千载空悠悠"吟咏的就是荀瑰的故事。荀瑰在黄鹤楼上"潜栖却粒"，也就是隐居辟谷以求仙的意思。一天，他"望西南有物，飘然降自霄汉，俄顷已至"。原来是羽衣虹裳的仙人乘黄鹤到楼中，与他对坐欢谈，然后"跨鹤腾空，眇然而灭"。

宋代吕洞宾与岳阳楼的故事广为传播，吕祖画像被供奉在岳阳楼中。《全唐诗》里收录着道教神仙吕洞宾"三入岳阳人不识，朗吟飞过洞庭湖"的诗句。马致远的杂剧《吕洞宾三醉岳阳楼》里，吕洞宾在蟠桃会上，见到下方一道青气，上彻云霄，必有神仙出现。乃扮作卖墨先生，来到洞庭湖畔，百尺楼旁。见好一座高楼。"端的是凭凌云汉，映带潇湘。蹑飞梯，凝望眼，离人间似有三千丈。"吕洞宾在此引度柳树精成仙。正所谓"我向岳阳楼来往经三度，指引你双归紫府。方才识仙家的日月长，再不受人间的斧斤苦"。

在《马当神风送滕王阁》这篇小说中，王勃因为马当神的帮助，得以夜行七百里赶到南昌，因写下《滕王阁序》而扬名天下。当他回到马当的水神庙中，王勃题诗感谢："深感神功知夙契，来生愿得伴清幽。"应他的请求，马当水神根据他的相貌预言："子之躯，神强而骨弱，气清而体羸，况子脑骨亏陷，目睛不全。子虽有子建之才，高士之俊，终不能贵矣！"说他几年之后就能达成与水神"伴清幽"的愿望。

王勃是怀才不遇的典型。他的《采莲赋序》自言:"永洁己于丘壑,长寄心于君王。"有着自己克服不了的人格冲突,注定命运多舛。他三次做官,两次获罪,罪已当死,最终死于非命;不长的人生道路上遭逢免官、死罪、早逝,令人同情悲叹。他的《送杜少府之任蜀州》:

城阙辅三秦,风烟望五津。与君离别意,同是宦游人。海内存知己,天涯若比邻。无为在歧路,儿女共沾巾!

那种气魄、胸襟,洒脱豪迈,昂扬的气概至今令人逢境吟咏,在数千年诗歌史上还是无可替代。但在精英阶层看来,这样一位诗人是有性格缺陷的人。《旧唐书》说王勃"浮躁浅露",《新唐书》说他"恃才傲物"。民间更推重的是他以文学滋养民族精神的成就。明代曹宗璠在《麈余》中说他:"吟落霞之句,皆英俊绝群,赍志长没,金石不毁,音响如存。"如此英俊竟在二十七八岁,就"渡南海,堕水而卒"(《旧唐书》),怎不令人扼腕浩叹。这种惋惜同情之意,在民间发酵酝酿,就有了王勃在海上成仙的传说。

道教中神仙的潇洒自由,历来都是失意文人无拘无束自由天性向往的目标。"只有道教,学成长生不死,变化无端,最为洒落"(《张道陵七试赵升》),作者在人生如梦的感触中，借助道教度脱故事，将自己的落魄境遇、刺世心态依附在道教哲理和道教教义中传达出来。道教人物故事既是对现实生活的解构，也是对现实生活的补偿。王勃的故事就是如此。在这篇小说中，王勃生命的终结，不再是"度海溺水，瘁而卒"（《新唐书》），而是因为"掌天下水籍文簿、上仙高贵玉女"吴彩鸾，听说王勃"文章贯古今"，特来请他"同往蓬莱方丈，作词文记，以表蓬莱之佳景"。王勃听说马当水神也在蓬莱仙会上等他，就欣然前往，忘了船外深渊，意为平地，向水面攀鞍上马。但见"乌云惨惨，黑雾漫漫，云霄隐隐"，满船之人，无不惊骇，回视王勃，不知所在，想是做神仙去矣。

唐代诗人中有好几个被传死后升仙者。张读《宣室志》中，李贺死后，他的母亲思念不已，梦到李贺来见，说自己不是死了，而是上帝迁都，建了新的宫殿叫"白瑶"，召李贺和几个文人作《新宫记》，又建筑了凝虚殿，使他们创作乐章。"今为神仙中人，甚乐。愿夫人无以为念。"梦醒之后，李贺的母亲"自是哀少解"。这是一个丧子母亲的愿望和慰藉。自此，李贺死后成仙的故事流传开来。

李白在采石矶醉后落水，也被传说为成仙。《李谪仙醉草吓蛮书》中写道：

> 白叹宦海沉迷，不得逍遥自在，辞而不受。别了郭

子仪,遂泛舟游洞庭岳阳,再过金陵,泊舟于采石江边。是夜,月明如昼。李白在江头畅饮,忽闻天际乐声嘹亮,渐近舟次,舟人都不闻,只有李白听得。忽然江中风浪大作,有鲸鱼数丈,奋鬣而起,仙童二人,手持旌节,到李白面前,口称:"上帝奉迎星主还位。"舟人都惊倒。须臾苏醒,只见李学士坐于鲸背,音乐前导,腾空而去。

这样的传说在宋代十分流行。苏轼赞美李白的诗"晓披云梦泽,笠钓青茫茫""暮骑紫云去,海气侵肌凉",说这样的诗句"非李太白不能道也"。又作赞云:"天人几何同一沤,谪仙非谪乃其游。"(惠洪《冷斋夜话》)这样伟大的诗人就是闪耀在人群中的璀璨星辰,何其珍贵可敬。

这类传说,是民间赠给伟大诗人的桂冠。"从来才子是神仙","快乐逍遥似神仙"。神仙标格是对一个人的形貌风姿、才学人品最高的褒奖和祝愿了。让伟大的诗人在天上永存,永远地被后世子孙仰望。不正是对诗人的桂冠与文字的崇拜吗!

通晓蛮语的谪仙人

《李谪仙醉草吓蛮书》是一篇文人依靠才学发迹的故事。

为此作者不惜把李白写成了一位科举不第的秀才，让他和千千万万的书生一样，饱受试官的羞辱，然后扬眉吐气，一雪前耻。

这篇小说虽以李白写"吓蛮书"为回目，其实是一篇唐宋以来有关李白传说故事的集成之作。从李白的母亲梦到长庚入怀而生李白，因长庚星又名太白星，所以李白名白字太白，说他是神仙降生，以此又呼为李谪仙。小说写他遨游四海，看尽天下名山，尝遍天下美酒的壮游经历；讲述他入长安，得识贺知章，每日谈诗饮酒，宾主甚是相得。李白参加科举的时候遇到了杨国忠和高力士做考官，受到刁难：

> 杨国忠见卷子上有李白名字，也不看文字，乱笔涂抹道："这样书生，只好与我磨墨。"高力士道："磨墨也不中，只好与我着袜脱靴。"喝令将李白推抢出去。

李白怨气冲天，立誓："久后吾若得志，定教杨国忠磨墨，高力士与我脱靴，方才满愿。"

一天，有外国使臣来到大唐，带来了国书。因是外国文字，唐天子宣问满朝文武，没有一人知道国书上说的是什么。这是很丢大唐面子的事，更主要的是无法回信，就没有办法把大唐凛然上国的霸气回怼给番邦。这时，贺知章就保荐了李白，说他文章盖世，学问惊人，可以担此大任。在众

清　苏六朋　《太白醉酒图》

三言二拍：
宋明的烟火与风情

人悬望之际，李白来到朝堂，将国书看了一遍，微微冷笑，对御座前将唐音译出，宣读如流。番书云：

"渤海国大可毒书达唐朝官家。自你占了高丽，与俺国逼近，边兵屡屡侵犯吾界，想出自官家之意。俺如今不可耐者，差官来讲和，可将高丽一百七十六城，让与俺国，俺有好物事相送：太白山之菟，南海之昆布，栅城之鼓，扶余之鹿，颉颃之豕，率宾之马，沃州之绵，湄沱河之鲫，九都之李，乐游之梨；你官家都有分。若还不肯，俺起兵来厮杀，且看那家胜败！"

这封国书有一定的历史依据。渤海国（698年—926年）是中国古代历史上一个以靺鞨族为主体的政权，其范围相当于今中国东北地区、朝鲜半岛东北及俄罗斯远东地区的一部分。698年，粟末靺鞨首领大祚荣在东牟山（今吉林敦化西南城子山山城，又说在今吉林延吉东南城子山山城或和龙西古城），称"震国王"（"震"一作"振"），建立政权。713年，唐玄宗册封大祚荣为"渤海郡王"，并加授忽汗州都督，始以"渤海"为号。762年，唐朝诏令将渤海升格为国。一直以来，渤海国就与高句丽政权因争夺土地而产生冲突，史书谓其"每寇高丽"。这封国书说的就是渤海国来讨要高丽。这等挑衅，让朝廷君臣很是愤怒。李白告诉天子不必惊慌，他能当面用番国的文字回答番书，羞辱番家，必要番国的国王拱手来降。玄宗大喜，拜李白为翰林学士，在金銮殿为李白设宴。第二天，李白醉酒未醒，乃要求让杨国忠为他捧砚磨墨，高力士为他脱靴结袜，他方能意气酣畅，举笔草诏，口代天言。天子应允。李白"向五花笺上，手不停挥，须臾，草就吓蛮书"。果然声韵铿锵，气势逼人，番国使臣"不敢则声，面如土色，不免山呼拜舞辞朝"。"吓蛮书"是这样写的：

"大唐开元皇帝诏谕渤海可毒：自昔石卵不敌，蛇龙不斗。本朝应运开天，抚有四海，将勇卒精，甲坚兵锐。颉利背盟而被擒，弄赞铸鹅而纳誓。新罗奏织锦之颂，天竺致能言之鸟，波斯献捕鼠之蛇，拂菻进曳马之狗；白鹦鹉来自诃陵，夜光珠贡于林邑；骨利干有名马之纳，泥婆罗有良酢之献。无非畏威怀德，买静求安。高丽拒命，天讨再加，传世九百，一朝殄灭，岂非逆天之咎徵，衡大之明鉴与！况尔海外小邦，高丽附国，比之中国，不过一郡，士马刍粮，万分不及。若螳怒是逞，鹅骄不逊，天兵一下，千里流血，君同颉利之俘，国为高丽之续。方今圣度汪洋，恕尔狂悖，急宜悔祸，勤修岁事，毋取诛僇，为四夷笑。尔其三思哉！故谕。"

这封信的大意是说，渤海国与大唐的国力相较，比如以卵击石。唐朝上应天意，下有强兵。各国朝贡珍稀特产以示臣服。如新罗织锦、天竺的"能言之鸟"，波斯的"捕鼠之蛇"，以及夜光珠、名马、良酢等等。这一段在古代小说中叫"殊方异物"，由各国各地进奉而来，物质化地象征了中央帝国之抚有四海、怀柔远人的强盛。在《山海经》《博物志》《西京杂记》《拾遗记》中，都有专门的记载。在英国人马戛尔尼所作的《乾隆英史觐见记》中，也多次写到他作为英国使节觐见乾隆皇帝的过程中，不断被问及英国国王进奉的礼物一节，可见此为天朝上国的颜面所在。这篇《吓蛮书》就用了这些殊方异物以显示大唐的国威。

这个故事于史有证。乐史的《李翰林别集序》，是为李白的别集作的序。他说：李白在天宝年间，由贺知章推荐给唐明皇，"召见金銮殿，降步辇迎，如见绮皓。草和蕃书，思若悬河。帝嘉之，七宝方丈，赐食于前，御手调羹……""绮皓"即绮里季，是汉代的商山四皓之一。李白起草了给外国的国书，受到玄宗的赞赏，得到天子亲手调羹，在七宝方丈内赐食的高规格礼遇。刘全白的《唐故翰林学士李君碣记》也提到了"天宝初，玄宗辟翰林待诏。因为和蕃书，并上《宣唐鸿猷》一篇……"的事。其余情节，如救免了郭子仪、写作《清平乐》、骑驴入华阴县等故事，来自宋代刘斧的《青琐高议》。最后，天帝遣仙童持旌节来迎，李白坐在鲸背，由音乐前导，腾空而去。故事以唐代皇帝敕令在采石山上建李谪仙祠，享春秋二祭而告终。

　　小说以李白"吓蛮书"为题目，聚焦李白落拓一生中最为风光的一刻。他睥睨王侯、思若悬河，其文字力量堪抵百万坚甲锐兵。冯梦龙更是把唐五代、宋以来零星记述的李白故事，进行增、削、删、改，绾合成其生平大概，塑造了以"奇"为特征的，明人理想中的李白形象。他的功业理想、不世出的才华、在人间经历的磨难和宗教追求的圆满，这些都是出自民间对这位大诗人的热爱与敬仰，为李白的形象增添了重要的一笔。

市井人物发家史

好人好报的施润泽

市井生活无非开门七件事：柴米油盐酱醋茶。爱看话本小说的大多文化水平不高，讲讲才子佳人状元及第的故事倒还有趣，但科举荣身对他们来说却隔得远；宋太祖一条杆棒打天下、钱婆留临安发迹、郑节使立功神臂弓一类传统的发迹变泰故事虽然流传不绝，而新的英雄也已登场。追求财富的社会心理，使商贾成为频频亮相的人物。泛海客商，养蚕织绸的小机户，提壶卖水、挎篮贩姜的小生意人和家资百万专靠资本营运为生的巨富，这些居于"士农工商"四民之末的阶级成为各类故事的主角儿。重商之风在小说里表现得尤为突出。他们的发家史也形形色色。

晚明社会各个阶层的分化裂变日益剧烈。冯梦龙、凌濛初想必也见识了些"为仁不富，为富不仁""慈不掌兵，仁不掌财"的不平现象，所以力图用正面的形象来教化人们。在他们的故事里，诚实、敢于冒险、多做善事才是发家的要诀，势利小人最终发不了财。如此这般，小说成了一厢情愿的劝善文同新鲜刺激的发财故事的扭合。那情景有点像既要贪污腐化又迷信菩萨保佑的"善男信女",这壁厢收财索贿按的是黑道的游戏规则,那壁厢讲起善恶因果、破财免灾也是一脸的虔诚。

通俗文学一个最大的特点就是爱讲果报,什么"举头三尺有神明","一饮一啄,莫非前定",斤两相等、睚眦必报,搞得尤其琐碎。《醒世恒言》中《施润泽滩阙遇友》的优秀不在于它的讲果报,而是很细致生动地写了一个彼时的江南小镇,一个丝绸之乡里的机户如何一点点劳作、营运、起家的故事。施复开始是个机户,最后不过是个大机户,没有多少质变,没有阴错阳差恋爱、没有大起大落的人生,这故事的戏核儿是施复拾了另一个小机户朱恩的六两银子。因为同是勤苦作家的小生意人,他知道这钱对别人的意义有多大,就一意还了回去。后来他外出买桑叶,遇到了朱恩,得到朱恩的帮助,免除了一场覆舟之灾,家业渐渐发达起来。后来的掘藏得千金、俭恪的老者一生积攒下的银钱自动跑到施家来这类故事,"二拍"里也写过,可能是个民间故事。其隐喻是商人把银钱看作流动的活物,以钱生钱,积极地营运掘取是商业社会的规则,用守财奴的方式对待金钱则是窒息了它们的生机。这也是当时商业发达,财富向某些阶层手中汇聚积累趋势的一种表现。

故事发生在苏州府吴江县离城七十里的盛泽镇:"镇上居民稠广,土俗淳朴,俱以蚕桑为业。男女勤谨,络纬机杼之声,通宵彻夜。那市上两岸绸丝牙行,约有千百余家,远近村坊织成绸匹,俱到此上市。四方商贾来收买的,蜂攒蚁集,挨挤不开,路途无伫足之隙。乃出产锦绣之乡,积聚绫罗之地。江南养蚕所在甚多,惟此镇处最盛。"

在这个出产绫罗锦绣的小镇上,以机杼起家致富成了施复这样的机户们的梦想。施复"家中开张绸机,每年养几筐蚕儿,妻络夫织,甚好过活。这镇上都是温饱之家,织下绸匹,必积至十来匹,最少也有五六匹,方才上市。那大户人家积得多的便不上市,都是牙行引客商上门来买。施复是个小户儿,本钱少,织得三四匹,便去上市出脱"。交易时要摸出戥子准了又准,一分两分地计较银钱。这样的小户捡到两锭银子,该是何等欢喜!盘算的是有了这银子,"再添上一张机,一月出得多少绸,有许多利息。这项银子,譬如没得,再不要动他。积上一年,共该若干,到来年再添上一张,一年又有多少利息。算到十年之外,便有千金之富。那时造什么房子,买多少田产"。但转过念头,想到这银子若也是个小户失落的,就是养命的本钱,于是回身等来失主,归还了银两。

施复的发家最初是因为一来蚕种拣得好,二来有些时运。凡养的蚕,并无一个绵茧,缫下丝来,细圆匀紧,洁净光莹，再没一根粗节不匀的。每筐蚕，又比别家分外多缫出许多丝来。照常织下的绸拿上市去，人看时光彩润泽，都增价竞买，比往常每匹平添钱多银子。因有这些顺溜，几年间，就增上三四张绸机，家中颇饶裕。里中遂庆个号儿叫作"施润泽"。

后来在添织机时掘出千金宝藏。夫妻依旧省吃俭用，昼夜营运。不上十年，就长有数千金家事。又买了左近一所大房居住，开起三四十张绸机，又讨几房家人小厮，把个家业收拾得十分完美。

为证明自身价值的义愤

《徐老仆义愤成家》也算是一个发迹变泰的故事。一个带着两男三女的寡妇人家,大伯、二伯不肯养着一家吃死饭的,强行分了家。徐家是庄农人家,孤孀寡妇儿女幼小,自是不免饥寒。多亏家中老仆发愤经营,寡妇成了当地的首富。从传统意义上讲,老仆阿寄算得上愚忠的典型。他为徐家经营十几年,挣起天大家事,替主母嫁三个女儿,与小主人娶两房娘子,到得死后,并无半文私蓄。正是"辛勤好似蚕成茧,茧老成丝蚕命休。又似采花蜂酿蜜,甜头到底被人收"。

徐家分家的时候,大房、二房要走了牛马,他被作为一个老废物分给了孤儿寡母的三房。阿寄的义愤首先是他的价值被主母忽视:"那牛儿可以耕田,马儿可雇倩与人,只拣两件有利息的拿了去;却推两个老头儿与我,反要费我的衣食。"那老儿听了这话,猛然揭起门帘叫道:"三娘!你道老奴单费你的衣食,不及马牛的力么?"颜氏被他钻进来说这句话惊了一跳,收泪问道:"你怎地说?"阿寄道:"那牛马每年耕种雇倩,不过有得数两利息,还要赔个人喂养跟随。若论老奴,年纪虽有,精力未衰,路还走得,苦也受得。那经商道业,虽不曾做,也都明白。三娘急急收拾些本钱,待老奴出去做些生意,一年几转,其利岂不胜似马牛数倍!就是我的婆子,平昔又勤于纺织,亦可少助薪水之费。那田产莫管好歹,把来放租与人,讨几担谷子,做了桩主。三娘同姐儿们,也做些活计,将就度日,不要动那资本。营运数年,怕不挣起个事业?何消愁闷。"则他的发愤外出,是出于自信、出于证明自身价值的要求。

晚明发达的工商业不但激起了人们发财的欲望,这欲望也带来了对自我价值的重新审视。商业社会给每一个人相对均等的奋斗与成功的机会,像五十多岁的阿寄这样一位村生土长、只会勤于种作的徐家老仆人,耕田比不上牛马,但却也能通过经商而不是种作来体现价值。虽然他的立意还是要对主人效牛马之报,期望自身的价值"胜似牛马数倍"。但在愚忠背后,这个人物明显地有了一种新的、闪光的特质。这种特质就是新的时代赋予他的人格自尊和自信。即便是一个年老体衰的仆人徐阿寄,他也需要别人对他的能力乃至人格操守的认同与尊重,也要活得体面而尊严:

> 那老儿自经营以来,从不曾私吃一些好饮食,也不

曾自私做一件好衣服。寸丝尺帛，必禀命颜氏，方才敢用。且又知礼数，不论族中老幼，见了必然站起。或乘马在途中遇着，便跳下来闪在路旁，让过去了，然后又行。因此远近亲邻，没一人不把他敬重。就是颜氏母子，也如尊长看承。

于是十年之外，家私巨富。门庭热闹，牛马成群，婢仆雇工等有上百人，好不兴头！正是：

富贵本无根，尽从勤里得。请观懒惰者，面带饥寒色。

徐阿寄的故事是实有其人的。小说本于田汝成的《阿寄传》。李贽在《焚书》卷五《阿寄传》曾赞其为品格高过自己的人——"我以上人"，因为"彼之所为，我实不能也"。

在古代士农工商的等级中，商人最末。在文学作品中，"商人重利轻别离"，是被嘲笑诟病的对象。而商人妇从来都是被同情的对象，"悔作商人妇"是诗歌常见的主题。李白的《江夏行》就是著名的歌咏商人妇的诗歌：

忆昔娇小姿，春心亦自持。为言嫁夫婿，得免长相思。谁知嫁商贾，令人却愁苦。自从为夫妻，何曾在乡土。去年下扬州，相送黄鹤楼。眼看帆去远，心逐江水流。只言期一载，谁谓历三秋。使妾肠欲断，恨君情悠悠。东家西舍同时发，北去南来不逾月。未知行李游四方，作个音书能断绝。适来往南浦，欲问西江船。正见当垆女，红妆二八年。一种为人妻，独自多悲凄。对镜便垂泪，逢人只欲啼。不如轻薄儿，旦暮长相随。悔作商人妇，青春长别离。如今正好同欢乐，君去容华谁得知。

商人妇的眼泪和情深，恰反衬出商人的无情无义。唐人元结的《问进士》中，公然将商贾视为"贱类"，说："今商贾贱类，台隶下品，数月之间，大者上污卿监，小者下辱州县。"元杂剧中，商人也多是靠着金钱插足别人婚姻的第三者。如《青衫泪》《百花亭》《云窗梦》等剧本，都是讲述妓女与某寒士情投意合，私订鸳盟，却被鸨母强行嫁给阔绰的商人。《玉壶春》中书生李玉壶叱骂商人：

你虽有万贯财，争如俺七步才。两件儿那一件声名大？你那财常踏着那虎口去红尘中走，我这才但跳过龙门向金殿上排。你休要嘴儿尖，舌儿快，这虔婆怕不口甜如蜜钵，他可敢心苦似黄蘖。

这段唱词生动地反映了元代士子对商人的鄙夷不屑。商人的形象则是粗鄙村沙、不懂情感的人物。《对玉梳》中的商人柳茂英，动辄就拿财物示好："我则是二十载棉花都与大姐"，再不肯时就粗暴威胁："不肯便杀了你。"《救风尘》里的富商周舍得到名妓宋引章之后，对她"朝打暮骂，看看至死"，多亏妓院中的姐妹赵盼儿，用风月手段骗过周舍，才从贪财好色的商人手中救出了宋引章。

　　在这些文学作品中，商人是一类标签，他们富贵骄人、粗鄙不文，是爱情故事中的第三者、破坏者。但在"三言""二拍"里，商人有了自我的尊严、价值和情感。徐阿寄为了证明自我的价值奋力经营。蒋兴哥得知妻子出轨，责备自己："当初夫妻何等恩爱，只为我贪着蝇头微利，撇他少年守寡，弄出这场丑来，如今悔之何及！"（《蒋兴哥重会珍珠衫》）他们都是温和、勤勉，有情感有尊严的人物，值得读者认真地倾听他们的故事、体味他们的感情。

小商贩的获利之道

《徐老仆义愤成家》中的徐阿寄虽然自幼不曾在生意行中着脚，他的本金也只是主母给的十二两银子，但这个新入行的小贩，却在十年之间挣起天大的家业。这篇有现实原型的小说写了以前话本小说不曾详细表现过的内容。阿寄经商的经过并不是小说的主干，却是最有生机的部分。他从十二两本金贩漆起手，几转几入，倒觅得五六倍利息。此后凡贩的货物，定获厚利。一连做了几账，长有二千余金。阿寄经营伶俐，"但闻有利息的便做。家中收下米谷，又将来腾那"。阿寄帮主母发家靠的完全是一个小商人精明灵活的手段。比如头一次出门贩漆，就遇到缺漆的时机，他的货物，"不够三日，卖个干净，一色都是见银，并无一毫赊帐。除去盘缠使用，足足赚个对合有余。"回来贩米，正逢杭州米价腾涌，"阿寄这载米，又值在巧里，每一挑长了二钱，又赚十多两银子。自言自语道：'且喜做来生意，颇颇顺溜。'"这是本钱短小的商贩们最理想的生意经了。从"三言""二拍"表现的行商生涯看,这样流转及时的钱货交易并不总那么常见。《蒋兴哥重会珍珠衫》中的蒋兴哥两次三番下决心离开新婚妻子出门做生意,一个重要原因是广东"那边还放下许多客帐,不曾取得"。像文若虚未曾发迹时,也看着别人经商图利的,时常获利几倍,他自己做起生意来,却又百做百不着。本钱一空,"不但自己折本,但是搭他作伴,连伙计也弄坏了",故此人起他一个诨名,叫作"倒运汉"。(《初刻》卷一《转运汉遇巧洞庭红,波斯胡指破鼍龙壳》)

同阿寄的十二两银子的本金比较起来,提竹篮卖姜的吕翁、挑担卖油的秦重更是本小利薄,日进分文,挣的只是一二钱的买卖。所以当本钱只有三两的秦卖油,立志攒出十两银子去亲近花魁娘子的时候,这志向和毅力便很是不寻常。他打算"逐日将本钱扣出,余下的积趱上去。一日积得一分,一年也有三两六钱之数。只消三年,这事便成了。若一日积得二分,只消得年半。若再多得些,一年也差不多了。"

《卖油郎独占花魁》对这个小本经纪人的老实与坚忍的表现,是通过日复一日的刻苦,而不是用概述和议论来完成。这篇堪称白话文学典范的小说,有着流利、斩截、生动的表现方式。秦重到王九妈家卖油的一段文字,也是白描的上乘之作:

（秦重）捱到天明，爬起来，就装了油担，煮早饭吃了，锁了门，挑着担子，一径走到王九妈家去。进了门，却不敢直入，舒着头，往里面张望。王九妈恰才起床，还蓬着头，正分付保儿买饭菜。秦重认得声音，叫声："王妈妈！"九妈往外一张，见是秦卖油，笑道："好忠厚人！果然不失信。"便叫他挑担进来，称了一瓶，约有五斤多重，公道还钱，秦重并不争论。王九妈甚是欢喜，道："这瓶油，只勾我家两日用。但隔一日，你便送来，我不往别处去买了。"秦重应诺，挑担而出。只恨不曾遇见花魁娘子："且喜扳下主顾，少不得一次不见，二次见；二次不见，三次见。只是一件，特为王九妈一家挑这许多路来，不是做生意的勾当。这昭庆寺是顺路，今日寺中虽然不做功德，难道寻常不用油的？我且挑担去问他。若扳得各房头做个主顾，只消走钱塘门这一路，那一担油尽勾出脱了。"秦重挑担到寺内问时，原来各房和尚也正想着秦卖油。来得正好，多少不等，各各买他的油。秦重与各房约定，也是间一日便送油来用。这一日是个双日，自此日为始，但是单日，秦重别街道上做买卖；但是双日，就走钱塘门这一路。一出钱塘门，先到王九妈家里，以卖油为名，去看花魁娘子。

贪看美人，所以窃喜扳下主顾；是个本分谨慎的小生意人，所以唯恐耽误了生意，刻刻都有精细的打算。看似闲闲的过渡性的文字，却在交代情节的同时，写出人物复杂的心理活动。作者的一支笔写到的地方，仿佛是一道亮光，倏然照见各色人物的面目和心地。就连他内心的诉求也是娓娓道来，写得那么曲折生色。

秦重是小商人里地位低微的一个。没有徐阿寄的好运气，也没有文若虚的海外奇遇。但"三言"出色的地方恰在写出了凡俗生活的纹理和质感，引得人不住地留连摩挲。秦重倾银子一段，即是如此：

时光迅速，不觉一年有余。日大日小，只拣足色细丝，或积三分，或积二分，再少也积下一分。凑得几钱，又打换大块头。日积月累，有了一大包银子，零星凑集，连自己也不知多少。其日是单日，又值大雨，秦重不出去做买卖，看了这一大包银子，心中也自喜欢。"趁今日空闲，我把他上一上天平，见个数目。"打个油伞，走到对门倾银铺里，借天平兑银。那银匠好不轻薄，想着："卖油的多少银子，要架天平？只把个五两头等子与他，还怕用不着头纽哩！"秦重把银子包解开，都是散碎银两，大凡成锭的见少，散碎的就见多。

银匠是小辈，眼孔极浅，见了许多银子，别是一番面目，想道："人不可貌相，海水不可斗量。"慌忙架起天平，搬出若大若小许多法马。秦重尽包而兑，一厘不多，一厘不少，刚刚一十六两之数，上秤便是一斤。秦重心下想道："除去了三两本钱，余下的做一夜花柳之费，还是有余。"又想道："这样散碎银子，怎好出手？拿出来也被人看低了！见成倾银店中方便，何不倾成锭儿，还觉冠冕。"当下兑足十两，倾成一个足色大锭，再把一两八钱，倾成水丝一小锭。剩下四两二钱之数，拈一小块，还了火钱，又将几钱银子，置下镶鞋净袜，新褶了一顶万字头巾。

自然，秦重最后的发迹变泰、一家团圆，靠的还不是他的卖油挑儿，而是花魁娘子的风尘私蓄："满月之后，美娘将箱笼打开，内中都是黄白之资，吴绫蜀锦，何止百计，共有三千余金，都将匙钥交付丈夫，慢慢的买房置产，整顿家当。油铺生理，都是丈人莘公管理。不上一年，把家业挣得花锦般相似，驱奴使婢，甚有气象。"

这算是一个异数："堪爱豪家多子弟，风流不及卖油人。"归根结底，秦重的发迹还是始自日进分文的卖油挑儿。

为蝇头努力去争

元杂剧《东堂老》中的东堂老李茂卿是个老商人,对儿子说:"那做买卖的有一等人肯向前,敢当赌,汤风冒雪,忍寒受冷。有一等人怕风怯雨,门也不出。""我则理会有钱是咱能,那无钱的非关命,咱人也须要个干运的这经营。虽然道贫穷富贵前生定,不来咱可便稳坐的安然等""想来我幼年时血气猛,为蝇头努力去争。哎哟!使得我到今来一身残病。……我只去名利场往来奔竞,那里也有一日的安宁?投至得十年五载我这般宽松的有,也是我万苦千辛积攒成。往事堪惊!"

这种锐意进取,往来奔竞的商人意识,在"三言""二拍"里也能够见到。《初刻拍案惊奇》卷八的头回里的商贾之子王生,自幼由婶母杨氏抚养成人。杨氏对他说道:"你如今年纪长大,岂可坐吃箱空?我身边有的家资,并你父亲剩下的,尽勾营运。待我凑成千来两,你到江湖上做些买卖,也是正经。"王生欣然道:"这个正是我们本等。"杨氏就收拾起千金东西,支付与他。不幸王生出师不利,刚下船就被强盗将金银洗劫一空。杨氏看他不久便归,衣衫零乱,安慰他道:"儿嚛,这也是你的命。又不是你不老成花费了,何须如此烦恼?且安心在家两日,再凑些本钱出去,务要趁出前番的来便是。"王生道:"已后只在近处做些买卖罢,不担这样干系远处去了。"杨氏道:"男子汉千里经商,怎说这话!"王生第二次被劫之后,杨氏又凑起银子,催他出去,道:"两番遇盗,多是命里所招。命该失财,便是坐在家里,也有上门打劫的。不可因此两番,堕了家传行业。"王生只是害怕。杨氏道:"我的儿,'大胆天下去得,小心寸步难行',苏州到南京不上六七站路,许多客人往往来来,当初你父亲、你叔叔都是走熟的路,你也是悔气,偶然撞这两遭盗,难道他们专守着你一个,遭遭打劫不成?占卜既好,只索放心前去。"王生依言,仍旧打点动身。

巧的是王生第三次遭劫遇到的还是前两次的那伙强盗,这样的巧合让强盗也发了善心,把劫来的一船苎麻扔给了王生。王生因此发了意外之财。他把苎麻载回家准备重新打捆的时候,在里面发现了银两。"便打开一捆来看,只见一层一层。解到里边,捆心中一块硬的,缠束甚紧。细细解开,乃是几层绵纸,包着成锭的白金。随开第二捆,捆捆皆同。一船苎麻,共有五千两有余。乃是久惯大客商,江行防盗,假意货苎麻,暗藏在捆内,瞒人眼目的。谁知被强盗不问好歹劫来,今日却富了王生。那时杨氏与王生叫声:'惭愧!'虽然受了两三番惊恐,却平白地得此横财,比本钱加倍了,不胜之喜。自此以后,出去营运,遭遭顺利。不上数年,遂成大富之家。"

王生的发迹靠的是杨氏对他三番五次的鼓励和支持。杨氏身上体现的是东堂老所说的"有钱是咱能,那无钱的非关命,咱人也须要个干运的这经营。虽然道贫穷富贵前生定,不来咱可便稳坐的安然等"的进取意识。新的市民阶层追求财富的方式是堂堂正正地"为蝇头努力去争",是万苦千辛积攒而成。这是讳言阿堵物的士大夫们做得来,却说不出口的。

"三言""二拍"故事中的经商意识和对商人的同情,是近代精神的具象。自古以来的观念是否定"商人重利轻离别"的价值观,但在通俗小说的作者看来,金钱是"抛妻弃子,宿水餐风,辛勤挣来之物"(《醒世恒言》第十八卷《施润泽滩阙遇友》),商人的逐利是如此的无奈和值得同情。如《喻世明言》第十八卷《杨老八越国奇逢》特意引述"单道为商苦处"的一篇"古风":

  人生最苦为行商,抛妻弃子离家乡。餐风宿水多劳役,披星戴月时奔忙。水路风波殊未稳,陆程鸡犬惊安寝。平生豪气顿消磨,歌不发声酒不饮。少资利薄多资累，匹夫怀璧将为罪。偶然小恙卧床帏，乡关万里书谁寄？一年三载不回程，梦魂颠倒妻孥惊。灯花忽报行人至，阖门相庆如更生。男儿远游虽得意，不如骨肉长相聚。请看江上信天翁，拙守何曾阙生计！

此诗可以说是通俗小说作者体谅与同情商人的心态写照，堪与当时李贽的言论"商贾亦何可鄙之有？挟数万之货，经风涛之险，受辱于关吏，忍诟于市易，辛勤万状，所挟者重，所得者末"（《焚书》卷二《又与焦弱侯》）并观。这是市民间所持的商业伦理，他们看到了彼此的劳苦、坚执和温情。总的来说，通俗小说对商人、商业活动以及合理的财富均持肯定态度，在十六世纪以后基本上成为一种常态。

宋　苏汉臣《货郎图》

三言二拍：
宋明的烟火与风情

发财神话和麻衣相法

麻衣相法我没有研究过，现在美容医院那么多，精通此术的人只有退居易容术不能够到的偏远地区和人群了，远不如风水堪舆之说走运。古人不曾料得如今美人痣、阴骘纹、"印堂发亮、双眉带紫"一类的面相，一概是可以装修出来的。讲人的面相预示着财运，穷通有命，在白话小说里就很盛行。写商人生活的小说更是如此。商贩外出所冒的风险、他们的见闻遭遇，在见闻不广的市民阶层看来，本身就满是新鲜刺激的内容。变数极大，充满着冒险和机遇的生活，使读者和商人们本身都很相信运气、面相一类说法。比如《乌将军一饭必酬，陈大郎三人重会》中王生的婶母杨氏再三鼓励王生的动机，是她"眼里识人，自道侄儿必有发迹之日"，《转运汉遇巧洞庭红，波斯胡指破鼍龙壳》里的文若虚幼年间，曾有人相他有巨万之富。

从宋代话本开始泛海商人就出现在小说当中。《闹樊楼多情周胜仙》里周胜仙就是"曹门里贩海周大郎的女儿"。

"三言""二拍"里商人走海贩货的情形更趋广泛。贩海商人所冒风险和所能获得的利润都高于陆上的短途贩运，未知数越多，麻衣相法、个人运气云云的说法也就越有市场。《杨八老越国奇逢》里外出做生意的杨八老还被倭寇掳去为奴，十几年后才随着倭寇回国。

文若虚之所以被称作"转运汉"，就是因为他看见别人经商图利的，时常获利几倍，便也思量做些生意，却又百做百不着。到北京卖扇子就是一宗赔了本的买卖：

> 一日，见人说北京扇子好卖，他便合了一个伙计，置办扇子起来。上等金面精巧的，先将礼物求了名人诗画，免不得是沈石田、文衡山、祝枝山，拓了几笔，便值上两数银子。中等的，自有一样乔人，一只手学写了这几家字画，也就哄得人过，将假当真的买了，他自家也兀自做得来的。下等的，无金无字画，将就卖几十钱，也有对合利钱，是看得见的。拣个日子，装了箱儿，到了北京。岂知北京那年自交夏来，日日淋雨不晴，并无一毫暑气，发市甚迟。交秋早凉，虽不见及时，幸喜天色却晴，有妆晃子弟，要买把苏做的扇子，袖中笼着摇摆。来买时，开箱一看，只叫得苦。元来北京历渗却在七八月，更加日前雨湿之气，斗着扇上胶墨之性，弄做了个"合而言之"，揭不开了。用力揭开，

东粘一层，西缺一片，但是有字有画值价钱者，一毫无用。止剩下等没字白扇，是不坏的，能值几何？将就卖了，做盘费回家，本钱一空，频年做事，大概如此。

经商蚀本也是常有之事。《桂员外途穷忏悔》里的桂富五本来是有屋一所、田百亩，自耕自食，尽可糊口的小地主，听人说做商贩比做农夫利厚，就把家产抵借了本银三百两，到燕京贩纱，岂料自家时运不济，连走几遍，本利俱耗。债主索债，利上盘利，田房家私、一妻二子都被拿去抵债。《叠居奇程客得助，三救厄海神显灵》里的程㝛、程宰兄弟将了数千金到辽阳地方为商，贩卖人参、松子、貂皮、东珠之类。往来数年，但到处必定失了便宜，耗折了资本，再没一番做得着。做折了本钱无颜见江东父老，只能在异乡给别人做管账先生，没奈何勉强度日罢了。

小说中说："徽人因是专重那做商的，所以凡是商人归家，外而宗族朋友，内而妻妾家属，只看你所得归来的利息多少为重轻。得利多的，尽皆爱敬趋奉；得利少的，尽皆轻薄鄙笑。犹如读书求名的中与不中归来的光景一般。"重利爱财，以赚钱的能力考量一个人的能力和价值就是不同于儒家的商人化的价值观。一晚，程宰正在黑暗中苦挨着寒冷。"忽地一室之中，豁然明朗，照耀如同白日，室中器物之类，纤毫皆见。"又觉异香扑鼻，氤氲满室，毫无风雨之声，顿然和暖，如江南二三月的气候起来。耳朵里听得出的：远远的似有车马喧阗之声，空中管弦金石音乐迭奏，自东南方而来。须臾之间，已进房中。只见三个美妇人，朱颜绿鬓，明眸皓齿，冠帔盛饰，有像世间图画上后妃的打扮，浑身上下，金翠珠玉，光彩夺目；容色风度，一个个如天上仙人，绝不似凡间模样。前后侍女无数，尽皆韶丽非常，一室之中，随从何止数百！原来是海神娘娘下凡来与下界愚夫欢好。这一段仙人下降的情节，是《汉武内传》中西王母来到武帝宫殿场景的再现：

> 到夜二更之后，忽见西南如白云起，郁然直来，径趋宫庭，须臾转近，闻云中箫鼓之声，人马之响。半食顷，王母至也。县投殿前，有似鸟集。或驾龙虎，或乘白麟，或乘白鹤，或乘轩车，或乘天马，群仙数千，光耀庭宇。既至，从官不复知所在，唯见王母乘紫云之辇，驾九色斑龙。别有五十天仙侧近鸾舆，皆长丈余，同执彩旄之节，佩金刚灵玺，戴天真之冠，咸住殿下。王母唯挟二侍女上殿，侍女年可十六七，服青绫之袿，容眸流盼，神姿清发，真美人也。王母上殿东向坐，著黄锦褡襦，文采鲜明，光仪淑穆。带灵飞大绶，腰佩分景之剑，头上太华髻，戴太真晨婴之冠，履玄璚凤文之舄。视之可年三十许，修短得中，天姿掩蔼，容颜绝

世，真灵人也。

西王母堂皇的车驾、肃正的威仪正和汉武帝的天子之尊、壮丽的宫殿相映衬。天上西王母与人间雄霸帝王的相会，乃是探讨道术，勉励帝王"惠务济贫，赈务施劳，念务存孤，惜务及爱身，恒为阴德，救济死厄，旦夕孜孜"，此正天地阴阳间一段道貌岸然，不及私情的交流。然则，到了"二拍"故事中，海神乃为了向小商人自荐枕席而来，那车驾凛凛、威仪三千，降临到一间湫隘的陋室，"但见：土坑上铺一带荆筐，芦席中拖一条布被。欹颓墙角，堆零星几块煤烟；坍塌地垆，摆缺绽一行瓶罐。浑如古庙无香火，一似牢房不洁清"。海神来时，室内锦绣重叠、满地多是锦裀铺衬，一些也不是旧时。那"美人卸了簪珥，徐徐解开髻发绺辫，总绾起一窝丝来。那发又长又黑，光明可鉴。脱下里衣，肌肤莹洁，滑若凝脂"。一方是亲切温柔的神仙，一方是一无所长的小商人。虽然在六朝志怪中就有农人樵夫（刘晨、阮肇）、小掾（《搜神记》中的天上玉女成公知琼，下嫁魏济北郡从事掾弦超）这样身份悬殊的男女主人公，但明代市井间艳传的遇仙故事主人公，更从帝王、贵族、书生一流人物，换成了逐利的商贩、爱钱的俗人。难怪凌濛初感叹："流落边关一俗商，却逢神眷不寻常。宁知钟爱缘何许？谈罢令人欲断肠。"

更有趣的是，神仙眷侣不但下顾一个俗商，还成了商人逐利的金手指。

程宰在夜间能有神仙般的口腹身体的享受，白日里还是个穷苦的小商人。见了海神变出来的满屋子金银，不免生出据为己有的欲念：

> 美人将箸去馔碗内夹肉一块，掷程宰面上道："此肉粘得在你面上么？"程宰道："此是他肉，怎粘得在吾面上？"美人指金银道："此亦是他物，岂可取为己有？若目前取了些，也无不可；只是非分之物，得了反要生祸。世人为取了不该得的东西，后来加倍丧去的，或连身子不保的，何止一人一事？我岂忍以此误你！你若要金银，你可自去经营，吾当指点路径，暗暗助你，这便使得。"程宰道："只这样也好了。"

此后海神每每指点商机，程宰囤积居奇，几番经营囊资丰饶，已过所望。第一次指点他用十来两银子买下几千斤草药，获利五百余两；第二次指点他用五百两银子买下荆商五百匹布，"尽多得了三倍的好价钱"，"除了本钱五百两，分外足足赚了千金"；第三次又指点他用金钱买了苏商六千多匹布，"又卖了三四千两"。在海神的指点下，程宰"如此事体逢着便做，做来便希奇古怪，得利非常，记不得许多。

四五年间，辗转弄了五七万两，比昔年所折的，倒多了几十倍了"。

在这里，海神对程宰所说的经营赚钱之道，是商业社会的财富价值观。在士大夫眼中，这肯定是囤积居奇的不道德的行为。在传统社会中，人们习惯于把个人欲望掩盖在"仁义道德""忠孝节义"的说辞之下，如李贽所说，道学家们"种种日用，皆为自己身家计虑，无一厘为人谋者。及乎开口谈学，便说尔为自己，我为他人，尔为自私，我欲利他……反不如市井小夫，身履是事，口便说是事，作生意者但说生意，力田作者但说力田，凿凿有味，真有德之言，令人听之忘厌倦矣"（《焚书·答耿司寇》）。

明代贸易空前繁盛，商人因此而致富者，屡见于史籍。顾炎武《天下郡国利病书》载明代倾向经商的原因是：

> 农事之获利倍而劳最，愚懦之民为之。工之获利二而劳多，雕巧之民为之。商贾之获利三而劳轻，心计之民为之。贩盐之获利五而无劳，豪猾之民为之。

根据明代人的观察，"士而成功也十之一，贾而成功也十之九"。《徐老仆义愤成家》中，徐阿寄的观念就是除却经商，难以致富。如此，则经商致富成为明代平民普遍认同的途径。"三言""二拍"的经商故事，给读者的启示是，只要孜孜不倦地追逐，奋力争取，总能改变命运、飞黄腾达。

同时，小说家还在道德与财富之间建立起新的因果法则。这一因果法则的核心内容是相辅相成的两点：取之非道，不仅伤天害理，财富亦不得长久；相反，好善、乐施，则往往始穷后通，尤乃福及子孙。此一法则其实并不新鲜，可以说是自古以来因果报应一以贯之的道德内涵。在明中期以后"钱财世界"中，这种道德法则受到现实的无情冲击，使人们产生普遍的愤懑。冯梦龙之所以把"三言"命名为《喻世明言》《警世通言》《醒世恒言》，就是要用生动的事例、感染的故事，来比喻、警醒俗世普遍的贪婪、诈伪，让或求告无门或肆意妄为的人们重新皈依道德律戒。

商业社会伦理建设的主要方式还是"因果报应"的现实叙事，所谓"因果报应之理隐于惊魂眩魄之内"（自怡轩主人《娱目醒心编序》）、"天数注定"的悖论所在：

> 说话的，依你说来，不须能文善武，懒惰的也只消天掉下前程；不须经商立业，败坏的也只消天挣与家缘。却不把人间向上的心都冷了？看官有所不知，假如人家出了懒惰的人，也就是命中该贱；出了败坏的人，也就是命中该穷。此是常理。却又自有转眼贫富，出人意外，把眼前事分毫算不得准的哩！（《转运汉遇巧洞庭红，波斯胡指破鼍龙壳》）

凌濛初接下来的故事，用金老儿藏银走失、文若虚海外发财的故事的"转眼贫富出人意外"来消解这个悖论。每一个故事情节的背后，都附着了明显的道德性的因果。

说 掘 藏

一

把财宝、粮食藏在地下曾是古人的习惯。古代没有银行一类的信用存款机构,国人安土重迁,祖屋田产那是代代相传。家里有了富余的钱财,最保险的方法就是埋在自家的房前屋后。像《桂员外途穷忏悔》里,施家的藏金就来自施济的父亲施鉴。他是个惜粪如金的本分财主,见儿子散财结客,周贫恤寡,未免心疼。"惟恐他将家财散尽,去后萧索,乃密将黄白之物,埋藏于地窖中,如此数处,不使人知,待等天年,才授与儿子,从来财主家往往有此。正是:常将有日思无日,莫待无时思有时。"埋藏是为了给后世子孙留一套富贵。怎奈施老员外"一夕五更睡去,就不醒了。虽唤做吉祥而逝,却不曾有片言遗嘱"。后来施济果然将家业用尽,应了"慈不掌兵,仁不掌财"那句老话。他的儿子施还被迫卖掉祖居的时候,"于乃祖房内天花板上得一小匣,重重封固,还开看之,别无他物,只有帐簿一本,内开:某处埋银若干,某处若干,如此数处,末写'九十翁公明亲笔'。还喜甚,纳诸袖中,分付众人且莫拆动,即诣支翁家商议。支翁看了帐簿道:'既如此,不必迁居了!'乃随婿到彼先发卧房槛下左柱磉边,簿上载内藏银二千两,果然不谬"。施还自发了藏镪,"赎产安居,照帐簿以次发掘,不爽分毫,得财巨万。只有内开桑枣园银杏树下埋藏一千五百两,止剩得三个空坛。只道神物化去,付之度外,亦不疑桂生之事。自此遍赎田产,又得支翁代为经理,重为富室。"这是祖上为后代预留富贵。

埋藏的另一个原因是举家外出时财物携带不便。《拍案惊奇》卷三十五《诉穷汉暂掌别人钱,看财奴刁买冤家主》里周荣祖"要上朝应举。他与张氏生得一子,尚在襁褓,乳名叫做长寿。只因妻娇子幼,不舍得抛撇,商量三口儿同去。他把祖上遗下那些金银成锭的,做一窖儿埋在后面墙下,怕路上不好携带;只把零碎的、细软的带些随身。房廊屋舍,着个当直的看守,他自去了"。

还有一时用不到的钱财、不好显露的赃物埋在地下也最是保险。《水浒传》里的白胜随着晁盖、吴用打劫生辰纲,把分得的财物就埋在自家床底下。"(公人)寻到床底下,见地面不平,众人掘开,不到三尺深,众多公人发声喊,白胜面如土色,就地下取出一包金银"——这是匿藏贼赃;《明珠缘》里巴结魏忠贤的奸党崔呈秀被抄家之时,那"银六万三千七百两,金珠宝玩一百九十四件,衣缎绒裘二十八箱,人参沉香各二箱,金银酒器五百余件"。这偌多的赃物也是从他家小房子里的埋藏之处起获出来的。

不但民间,官府宫廷也莫不如此。朱元璋打天下的时候,谋士为他献上的计策就是"深挖洞、广积粮、缓称王"。当年慈禧太后被八国联军赶出京城,就把带不了的财宝埋在了紫禁城内,所以老佛爷回京后的头等大事就是"亟命太监掘视前所埋藏之金宝,幸未移动,太后甚喜"(见笔记小说《十叶野闻》)。

遭到战乱、饥荒或者别的变故,那地下的财宝就难免落入别人的手中。按照《醒世姻缘传》的说法:"常有人家起楼盖屋,穿井打墙,成窖的掘出金银钱钞,这其实又无失主,不知何年何月、何朝何代迷留到此,这倒可以取用无妨,不叫是伤廉犯义。"于是掘宝成了人们实现发财梦想的捷径。"三言""二拍"里靠掘藏致富的故事不在少数。《施润泽滩阙遇友》里的善人施润泽两次掘藏锦上添花;《桂员外穷途忏悔》里的桂富五掘得恩人家的窖藏发家;《诉穷汉暂掌别人钱,看财奴刁买冤家主》里的穷汉贾仁哀求天赐富贵,果然掘了金银;《庵内看恶鬼善神,井中谭前因后果》里的原自实善念一起,就有神人指示窖藏之处;《田舍翁时时经理，牧童儿夜夜尊荣》里的放牛娃寄儿白日放牛受苦，梦里富贵尊荣。有一回梦里被推到粪池边上，日里拔草的时候就挖出石板地下的一窖金银来。《徐老仆义愤成家》中的徐阿寄做买卖赚了大钱，大房二房的主人就怀疑："阿寄生意总是趁钱，也趁不得这些！莫不是做强盗打劫的，或是掘着了藏？好生难猜。"《杜子春三入长安》中，杜子春挥霍得家财丧尽，亲戚不齿告贷无门，遇到仙人赠了三万两银子，亲眷们"也有说他祖上埋下的银子，想被他掘着了"。

《桂员外途穷忏悔》里的桂富五受到善人施济三百两银钱的资助，施济并将一所园子借他居住，桂富五由此意外发迹。掘藏的过程和桂富五夫妇掘藏前后的心态描写在这类题材中比较有代表性：

  却说桑枣园中有银杏一棵，大数十围，相传有"福德五圣之神"栖止其上。园丁每年腊月初一日，于树下烧纸钱奠酒。桂生晓得有这旧规，也是他命运合当发迹，其年正当烧纸，忽见有白老鼠一个，绕树走了一遍，径钻在树底下去，不见了。桂生看时，只见树根浮起处有个盏大的窍穴，那白老鼠兀自在穴边张望。桂生说与浑家，莫非这老鼠是神道现灵？孙大嫂道："鸟瘦毛长，人贫就智短了。常听人说金蛇是金，白鼠是银，却没有神道变鼠的话。或者树下窖得有钱财，皇天可怜,见我夫妻贫苦,故教白鼠出现,也不见得。你明日可往胥门童瞎子家起一当家宅课,看财爻发动也不?"桂生平日惯听老婆舌的,明日起早,真个到童瞎子铺中起课,断得有十分财采。夫妻商议停当,买猪头祭献藏神。二更人静,两口儿两把锄头,照树根下窍穴开将下去,约有三尺深,发起小方砖一块,砖下磁坛三个,坛口铺着米,都烂了,拨开米下边,都是白物。原来银子埋在土中,得了米便不走。夫妻二人叫声惭愧,四只手将银子搬尽。不动那磁坛,依旧盖砖掩土。二人回到房中,看那东西,约一千五百金。桂生算计要将三百两还施氏所赠之数,余下的将来营运。孙大嫂道:"却使不得!"桂生问道:"为何?"孙大嫂道:"施氏知我赤贫来此,倘问这三百金从何而得?反生疑心。若知是银杏树下掘得的,原是他园中之物,祖上所遗,凭他说三千四千,你那里分辨?……"

根据"物老成精"的古话,埋财宝的地方有时会出现银子幻化出来的白老鼠,见到的人就地挖掘,必能暴发。掘藏而先祭献藏神,可见古人埋藏、掘藏的普遍。埋藏者自然深藏秘固,勿使人知,但宝物旁落的可能性总是有的。"此地无银三百两"就是关于埋宝和挖宝的笑话。有人把三百两银子埋在地下,怕人知道,就在上面立了块牌子,写着

"此地无银三百两"。他的邻居阿二懂得一点逆向思维，就地挖走了银子，并留字声明"隔壁阿二勿曾偷"。掘藏者挖的是别人的财宝，其行为等于偷盗，这一点阿二明白，桂富五夫妇也明白，掘得的财宝原是施家之物。所以埋藏、掘藏都是偷偷摸摸地进行。

二

《滕大尹鬼断家私》的戏核儿也是关于埋藏、掘藏的公案，其实质是年老好色的老官僚娶妾生子引起的家庭财产纠纷，揭示了所谓"父慈子孝"的封建家庭的本来面目。倪太守退休之后"凡收租放债之事，件件关心，不肯安闲享用"。既不肯对儿子放权，又在七十九岁时娶了年方十七岁的贫家女儿梅氏做妾。这种忒没正经的事，惹得儿子、媳妇不满。倪太守生下幼子，看到大儿子"天生恁般逆种""素缺孝友"，担心平等分家，小儿子性命不保；又不放心年轻的梅氏，怕她改嫁，就想出来埋藏家产，留下行乐图作哑谜的万全之策。预先埋下了一万两银子、一千两黄金留给小儿子。后来小儿子长大，奋力同乃兄争财产的劲头也不输于父兄之间的算计争斗。画轴儿到了滕大尹手里，偶然之间发现了倪太守藏在画下面的指点窖藏的遗笔。滕大尹指点倪家一所旧屋东墙壁下，有"埋银五千两，作五坛，当与次儿"。

"梅氏母子作眼,率领民壮,往东壁下掘开墙基,果然埋下五个大坛。发起来时,坛中满满的,都是光银子。把一坛银子上秤称时,算来该是六十二斤半,刚刚一千两足数。众人看见,无不惊讶。""只见滕大尹教把五坛银子,一字儿摆在自家面前,又分付梅氏道:'右壁还有五坛,亦是五千之数。更有一坛金子,方才倪老先生有命,送我作酬谢之意,我不敢当,他再三相强,我只得领了。'梅氏同善述叩头说道:'左壁五千,已出望外;若右壁更有,敢不依先人之命。'大尹道:'我何以知之?据你家老先生是恁般说,想不是虚话。'再教人发掘西壁,果然六个大坛,五坛是银,一坛是金。"梅氏母子"有了这十坛银子,一般置买田园,遂成富室"。受长房欺负的庶母弱弟靠老头儿生前留下的后手儿,得享富贵。

埋银藏宝如果被别人挖了去,自己就只有受穷的份了。这样的情况在古人看来也是你命里该着,时运使然。《诉穷汉暂掌别人钱,看财奴刁买冤家主》里的穷汉贾仁日日到东岳庙的神灵面前埋天怨地、哀求富贵,神明们被哀告不过,就把周家的福力权借他二十年。果然第二天,周荣祖家守宅的仆人就因为缺少盘缠,家里别无可卖的,要把后园中的一垛旧坍墙,拆来把泥坯卖了,且将就做盘缠度日。就叫了贾仁来拆墙:

贾仁带了铁锹、锄头、土篷之类来，动手刚扒倒得一堵，只见墙脚之下，拱开石头，那泥簌簌的落将下去，恰像底下是空的。把泥拨开，泥下一片石板。撬起石板，乃是盖下一个石槽，满槽多是土墼块一般大的金银，不计其数。傍边又有小块零星楔着。吃了一惊道："神明如此有灵！已应着昨梦。惭愧！今日有分做财主了。"心生一计，就把金银放些在土篷中，上边覆着泥土，装了一担。且把在地中挑未尽的，仍用泥土遮盖，以待再挑。他挑着担，竟往栖身破窑中，权且埋着，神鬼不知。运了一两日，都运完了。

他是极穷人，有了这许多银子，也是他时运到来，且会摆拨，先把些零碎小锞，买了一所房子住下了，逐渐把窑里埋的又搬将过去，安顿好了。先假做些小买卖，慢慢衍将大来。不上几年，盖起房廊屋舍，开了解典库、粉房、磨房、油房、酒房，做的生意就如水也似长将起来。旱路上有田，水路上有船，人头上有钱，平日叫他做"穷贾儿"的，多改口叫他是员外了。又娶了一房浑家，却是寸男尺女皆无，空有那鸦飞不过的田宅，也没一个承领。又有一件作怪，虽有了这样大家私，生性悭吝苦克，一文也不使，半文也不用。要他一贯钞，就如挑他一条筋。别人的，恨不得劈手夺将来；若要他把与人，就心疼的了不得。所以又有人叫他做

"悭贾儿"。

贾仁掘藏正应了《杨八老越国奇逢》里形容杨八老一下认了两个儿子，一家团圆的那场欢喜，正是"乞食贫儿，蓦地发财掘藏"。而周祖荣呢，据东岳庙的神灵说，虽然"他家福力所积，阴功三辈；为他拆毁佛地，一念差池，合受一时折罚"。钱有定数，还会择主而侍，就像《施润泽滩阙遇友》和《转运汉遇巧洞庭红，波斯胡指破鼍龙壳》的头回都提到的，老汉一生积攒的八锭银子，拣着有时运的人家投奔而去，别人就掘了宝藏，可见不但"鹁鸽子专拣旺边飞"，金银财宝也是"一帆风"。真真"运去黄金失色，时来铁也生光"，人人都觉得自家是上帝的选民，馅饼时刻都能从天上掉到自己嘴边上，掘藏致富就成了市井乡间、从古到今人人都爱看、爱做的发财梦。就像如今的买彩券。

最后，还有一种掘藏的情形是仙家对学道者的考验。《喻世明言》的《张道陵七试赵升》里赵升奉命去山后砍柴，"'嗯喇'一声，松根迸起。赵升将双手拔起松根看时，下面显出黄灿灿的一窖金子。忽听得空中有人云：'天赐赵升。'赵升想到：'我出家之人，要这黄金何用？况且无功，岂可贪天之赐？'便将山土掩覆"。那是张真人设的陷阱诱饵来考验他的徒弟，也是重道尊经，不肯轻易传人的道家故计。赵升明白，读者也明白那窖金子取不得，拿起来肯定是假的。再说学道者不贪眼前富贵，也是想着到天上"旦旦狎玉皇，夜夜御天姝"（唐皇甫湜《出世篇》）那样天长地久的快活，是舍鱼而取熊掌，这自然不能跟肉眼凡胎的市井人物一例而论，不过也不见得他们就道德高尚。这是后话，咱们下回再讲。

徽商的乌纱帽与红绣鞋

明人有"钻天洞庭遍地徽"的说法，大概意思是徽商遍地。因其人数众多、活动地域广泛，在"三言""二拍"涉及商人生活的篇幅里出现的频率就比较高。短篇白话小说里商人作为一个有积极意义的群体出现，像施润泽、文若虚、秦重、徐老仆、吕大郎等正面的形象虽多，但给人的印象是反面角色里却以徽商居多。比如在《初刻》卷二十四《盐官邑老魔魅色，会骸山大士诛邪》的头回写一个徽商要为金陵燕子矶边的弘济寺观音阁布施，凌濛初解释说："元来徽州人心性俭啬，却肯好胜喜名，又崇信佛事，见这个万人往来去处，只要传来去，说观音阁是某人独自修好了，他心上便快活。"究其初衷，恐怕天下的施主都有着那么点"万古流芳"的想头，只看各处寺院的碑铭便知，又岂止徽州人氏如此。凌濛初单要点出徽州人俭啬喜名的特性，似乎表明对徽州商人有种地域的偏见。概而言之，"三言""二拍"里的徽商有两个突出的特点：一是好色，二是贪财。

《杜十娘怒沉百宝箱》里横插一杠子，破坏了杜十娘辛苦谋划的幸福未来的徽州新安人氏孙富，就是徽商在话本小说里很不光彩的一个代表。此人家资巨万，积祖扬州种盐，年方二十，就是个风月场中的老手："生性风流，惯向青楼买笑，红粉追欢。若嘲风弄月，倒是个轻薄的头儿。"笃信金钱的法力，为一己之欲的满足对他人的利益和社会道德绝无顾忌，是这些人的最大特点。

另一个同孙富类似的好色而无耻的人物，是《蒋兴哥重会珍珠衫》里千方百计引诱王三巧的陈商。这位孙富的同乡，生得一表人物，凑了二三千金本钱，来走襄阳贩籴些米豆之类。论钱财虽比不得盐商，但为女色一掷千金的劲头儿却也毫不逊色。这位"陈大郎"一见王三巧的美貌，一片精魂早被摄上去了，心心念念的放他不下，肚里想着："家中妻子，虽是有些颜色，怎比得妇人一半！欲待通个情款，争奈无门可入。若得谋他一宿，就消花这些本钱，也不枉为人在世。"这种赤裸裸的，毫无一丝扭捏伪饰的性的欲望，你当然可以说是人的原欲，陈商们的逻辑只是把两性关系看作可以买卖的物品，拼得消花了本钱，也要谋他一宿，不枉为人在世。这是商人式情爱观，金钱能够得到情爱的满足；为了情爱的满足也舍得像性命一样宝贵的金钱。挑着卖油担的秦重虽然还是个不知烟花行径的老实小官，一见名妓莘瑶琴，也痴了起来："人生一世，草生一秋。若得这等美人搂抱了睡一夜，死也甘心。"这种率性、直截得近乎粗鄙的方式同儒生的温雅含蓄有很大的不同，通常也难以唤起人们审美的愉悦。

陈商思量一夜，想起了有个卖珠子的薛婆，曾与他做过交易，薛婆的四女儿又是嫁与徽州朱八朝奉做偏房，在北门里开盐店的。陈商取了一百两银子、两大锭金子，急急地跑进城来。求告薛婆：

> 陈大郎听说，慌忙双膝跪下。婆子去扯他时，被他两手拿住衣袖，紧紧按定在椅上，动掸不得。口里说："我陈商这条性命，都在干娘身上。你是必思量个妙计，作成我入马，救我残生。事成之日，再有白金百两相酬。若是推阻，即今便是个死。"

正所谓：欲求生受用，须下死功夫。陈大郎这一番婚外情不但害得蒋兴哥夫妻离异，据陈大郎的妻子平氏称，他自己也亏折了千金资本。正应了凌濛初在《二刻》卷十五《韩侍郎婢作夫人，顾提控掾居郎署》里的那句话："元来徽州人有个僻性，是'乌纱帽''红绣鞋'，一生只这两件不争银子，其余诸事悭吝了。"凌濛初的小说家言很有代表性。在他之前的文人谢肇淛在《五杂俎》中就说江南的新安商人在个人衣食虽然吝啬节俭，"娶妾、宿妓、争讼，则挥金如土"。争讼是为了在法律上维护自己的权利，在封建社会就必须交接、笼络官府，所以"乌纱帽"上吝惜不得银子。

《初刻》卷十五《卫朝奉狠心盘贵产，陈秀才巧计赚原房》里更写了一个夏洛克式的贪婪狠毒，以放高利贷为生的徽商卫朝奉。在金陵三山街开解铺的徽州卫朝奉是一个爱财的魔君，平素是个极刻剥之人："初到南京时，只是一个小小解铺，他却有百般的昧心取利之法。假如别人将东西去解时，他却把那九六七银子充作纹银，又将小小的等子称出，还要欠几分兑头。后来赎时，却把大大的天平兑将进去，又要你找足兑头，又要你补勾成色，少一丝时，他则不发货。又或有将金银珠宝首饰来解的，他看得金子有十分成数，便一模二样，暗地里打造来换了，——粗珠换了细珠，好宝换了低石。如此行事，不能细述。那陈秀才这三百两债务，卫朝奉有心要盘他这所庄房，等闲再不叫人来讨。巴巴的盘到了三年，本利却好一个对合了，卫朝奉便着人到陈家来索债。陈秀才那时已弄得瓮尽杯干，只得收了心，在家读书。见说卫家索债，心里没做理会处。只得三回五次，回说不在家，待归时来讨。又道是：'怕见的是怪，难躲的是债。'是这般回了几次，他家也自然不信了。卫朝奉逐日着人来催逼，陈秀才则不出头。卫朝奉只是着人上门坐守，甚至以浊语相加，陈秀才忍气吞声。"后来只得用价值千金的房产，抵了三百银子的本息。

不过奸商恶贾所在多有，并不以徽籍商人为最。徽商里也有程宰、程元玉那样的诚信重义者，还有《二刻》卷十五《韩侍郎婢作夫人，顾提控掾居郎署》的头回里用二两银子救了三条人命的不知名的徽商。

发迹变泰的各种征兆

"发迹变泰"中的"发迹"指的是由卑微而变为富贵。"泰"与"否"（pǐ）相对，"否极泰来"就是坏情况到了尽头，好情况就会到来。白居易《遣怀》诗："乐往必悲生，泰来由否极。"否，指失利。泰，指顺利。由"否"转化为通畅安宁之"泰"，就叫作"变泰"。在宋代话本中"发迹变泰"的主题广受欢迎，到"三言""二拍"中蔚为大观。这些故事的本质，是传达出宋元新兴的市民作为一个阶级，要改善自己的经济地位和政治地位的心声。宋元以来的庶民社会，也给平民百姓超越个人阶层，获取权力、军功、财富等诉求提供了某种可能性。如五代十国的乱世、明代发达的商品经济以及小概率的科举登第等，都为个体的成功打开了向上的孔道。这是这类故事流行的社会基础。另一方面，农耕社会变化缓慢，每个人能够改变命运的机会又很渺茫。古代人迷信相术、征兆、宿命一类的说法，就是为小概率的事件和个人提供解释，为沉默绝望的大众施以慰藉。

根据主人公的身份，宋明小说中的发迹变泰故事可以分为三类：一类是武人的发迹，如《史弘肇龙虎君臣会》《郑节使立功神臂弓》《临安里钱婆留发迹》等；第二类是文人的发迹变泰，如《老门生三世报恩》《穷马周遭际卖䭔媪》《赵伯升茶肆遇仁宗》《俞仲举题诗遇上皇》；第三类是工商业者发迹，如"三言"中的《施润泽滩阙遇友》《徐老仆义愤成家》，"二拍"中的《转运汉遇巧洞庭红，波斯胡指破鼍龙壳》《叠居奇程客得助，三救厄海神显灵》等。

　　武人发迹的故事，和当时勾栏瓦舍中流行的讲"五代史"的一类说话或有关联，产生的时代也较早。武人发迹的主角大多是帝王与军阀，既是以武力征服为手段，为获取统治的合法性，就要编制"君权神授"宿命如此一类的神话，各种感生异貌、骨相梦征、谶语八字等征兆，都是主人公发迹变泰的先导。

　　宋代勾栏瓦舍里，讲五代史成为讲史中的专项门庭。《东京梦华录》有"霍四究，说三分，尹常卖，五代史"的记载。在话本小说中，则有《史弘肇龙虎君臣会》《临安里钱婆留发迹》等篇。因为天下没有定主，那些起自行伍的武人、穷困潦倒的军汉，能够偶得大位、身处富贵，就带有了宿命色彩。最常见的手法是感生异貌的描写，这些被称为身体的政治意义。

　　通俗说来，感生神话是讲一位女性感应到某种神奇力量,无夫而孕生下神异后代这样一类故事。那神异的后代,往往被视为某一部族的始祖。最早的感生神话,是《诗经》中记载的商、周两族的始祖神话。如《诗经·商颂》的《玄鸟》篇说:"天命玄鸟,降而生商。"《大雅·生民》说姜嫄踩到上帝的脚印,感而生后稷,这个后稷就是周人的祖先。后来的人们认为王者之先祖皆感太微五帝之精以生,因称其祖所感生之帝为"感生帝",亦省作"感帝""感生"。司马迁《史记·高祖本纪》说,刘邦的母亲刘媪在大泽边休息,梦到与神灵私会。当时电闪雷鸣、天昏地暗,刘邦的老爹来找妻子,远远就看见一条蛟龙盘在刘媪身上,后来刘媪就生下了刘邦。这就是刘邦为赤帝之子的由来。为了证明平民之子的生而不凡、血统高贵,刘邦和他的子孙、臣子不惜攀诬他的母亲与神龙相通。但这个逻辑在古人看来很是平常,感生神话证明了刘邦能够登基成为天子,是得天命的必然。所以他的出生就要带着神异色彩。褚少孙解释说,刘邦这种人能当上帝王必是上天的意志,只是"人不知,以为泛从布衣匹夫起耳。夫布衣匹夫安能无故而起王天下乎?其有天命然"。

所谓异貌,简单来说就是相貌不俗。自春秋时代,古人就迷信相术。相术有相面、相音色、相性格、相神情、相姿态举止、相言行等,相术将人的生理、心理特点乃至外在言行举止作为前兆,预测其命运。所谓"异貌",是说受到上天宠幸的帝王和贵人，也必身具异禀，相貌特异。《史记·高祖本纪》称刘邦"为人隆准而龙颜，美须髯，左股有七十黑子"。从此龙颜则成了皇帝特有的异貌了。古代帝王，几乎无不具有"奇骨""重瞳""龙章凤姿"等一些典型的外貌与形体特征。如黄帝龙颜、仓颉四目、伏羲牛首、女娲蛇躯、尧眉八彩、皋陶鸟喙、舜目重瞳等等。这种相术本质上是深入骨髓的等级观念的外显。专制的等级制度形成了古代社会里，人们贫乏、固陋的认知。如一个凡人既然能从其平常人的命运中挣脱出来，则其相貌必然也会不同凡俗。很明显的一个例子是明人对朱元璋形貌的神化、传奇化。让他具有了不类常人的"姿貌雄杰"，"异常人"的"猪龙之形"。那种奇怪歪曲的脸形，突兀而锐利的五官特征，以及"盈面"的黑痣等等，在我们今天看来是被丑化的形貌。从古代政治文化的考量来看，则是为了达到"君权神授"的目的，是获得统治合法性的一个舆论基础。

因为年代相近，且足够动荡精彩，五代史是宋元说话里的一个大门庭。

龙争虎战几春秋，五代梁唐晋汉周。兴废风灯明灭里，易君变国若传邮。

这是《梁史平话》的开场诗。《警世通言》卷二十一《赵太祖千里送京娘》中，也有一首诗说道五代的乱局：

  且说五代乱离，有诗四句："朱李石刘郭，梁唐晋汉周。都来十五帝，扰乱五十秋。"这五代都是偏霸，未能混一。其时土宇割裂，民无定主。

  五代历史不长，却有很强的戏剧色彩，出现过"一军中有五帝"（"五帝"指后唐庄宗李存勖、后唐明宗李嗣源、后唐末帝李从珂、后晋高祖石敬瑭、后汉高祖刘知远）的奇观，成为民间故事的绝好题材。在这样一个政权更迭如此频繁，依靠拳头硬当天子的时代，政权的合法性就成为大问题。各种政治神话被炮制出来，在宋元话本中产生了很大的影响。

  《史弘肇龙虎君臣会》中的后周太祖郭威和他的兄弟史弘肇，是一对出身行伍、发迹于底层的君臣，绝无圣人之德、开国的功勋可以歌颂，却在艳羡富贵的民间文学中，被塑造成带着神迹与异象的天命之子。在众多小说中，此篇征兆之多特为突出。小说的开头，是阎待诏于梦中见异兆，发现东岳帝君给史弘肇换上了铁胆铜心。一天晚上，史弘肇偷锅不成，被人追赶，跳入了阎待诏妹妹妓女阎行首的后院，点灯看时：

却不见那贼,只见一个雪白异兽:光闪烁浑疑素练,貌狰狞恍似堆银。遍身毛抖擞九秋霜,一条尾摇动三尺雪。流星眼争闪电,巨海口露血盆。

阎行首见了,吃一惊。定睛再看时,却是史大汉弯跧蹲在东司边。

阎行首看见了史弘肇的异相,认定他定当发迹变泰,倒赔妆奁嫁给了这个军汉。

郭威的帝王之兆,先是由善于望气的柴夫人看到。柴夫人赶到郑州地界时,隔了帘子,看正在街上卖狗肉的郭大郎,是这般异貌:"抬左脚,龙盘浅水;抬右脚,凤舞丹墀。红光罩顶,紫雾遮身。尧眉舜目,禹背汤肩。除非天子可安排,以下诸侯压不得。"

柴夫人心想:"何处不觅?甚处不寻?这贵人却在这里。"忙拿出一条二十五两金带做定物,嫁了这位贵人。其他异兆还有,郭威坐牢时,掌刑官却于梦中发现一条小赤蛇从郭威鼻内穿过。

感生和异貌故事主要出现于武人发迹变泰的话本小说之中,这些武人除了奇异的容貌、骨相之外,还有一个精怪的原形,会在其睡梦时显露出来,大致是蜥蜴、龙、蛇、虎等凶狠可怕的异类形象。《临安里钱婆留发迹》写吴越王感蜥蜴而生,其余小说则以"睡显真形"或"梦示真形"的形

式显露英雄因感生而带来的异貌。《临安里钱婆留发迹》是写吴越王钱镠发迹的故事,他的异兆从出生那一刻就开始了:

> 其母怀孕之时,家中时常火发,及至救之,又复不见,举家怪异。忽一日,黄昏时候,钱公自外而来,遥见一条大蜥蜴,在自家屋上蜿蜒而下。头垂及地,约长丈余,两目熠熠有光。钱公大惊,正欲声张,忽然不见。只见前后火光亘天……但闻房中呱呱之声,钱妈妈已产下一个孩儿。

钱公因为这些怪事,认为孩子是个妖物,想要溺死婴儿,被东邻王婆苦劝不过,只得留了。取个小名,就唤作婆留。钱镠幼年又有其他神兆,如石镜山的圆石中照见五六岁的钱婆留"头带冕旒,身穿蟒衣玉带",众小儿皆惊;后来有个术士廖生夜里"望见斗、牛之墟,隐隐有龙文五采,知是王气。算来该是钱塘分野",特地来寻,见到了贩私盐做强盗的钱镠,说他"骨法非常,必当大贵"。钱镠在他的鼓动下投军乱世,终于称霸一方。

《郑节使立功神臂弓》中张俊卿梦到东岳神道炳灵公要一个大汉接受做一方诸侯而非三年天子的命运安排,大汉不允,在炳灵公责之下,只好接受。张员外知道这是一个未发迹的贵人，就厚待郑信。郑信因为从日霞仙子那里得到神臂弓累立战功，做到两川节度使，乃厚报张俊卿的提携之恩。这个故事以一个梦境引出郑信的故事，以其终于发迹变泰，实现梦境结束。说书人总结说：

> 郑信当年未遇时，俊卿梦里已先知。运来自有因缘到，到手休嫌早共迟。

自《左传》开始，感生、异相与异象就是历代帝王神话必不可少的叙事情节，从而影响了受史传影响的通俗小说。以《三国演义》为例，第一回《宴桃园豪杰三结义，斩黄巾英雄首立功》中，刘、关、张三兄弟初次见面，惊异于对方奇异的相貌。这三人中，刘备生得"两耳垂肩，双手过膝，目能自顾其耳，面如冠玉，唇若涂脂"；关羽则是"身长九尺，髯长二尺；面如重枣，唇若涂脂；丹凤眼，卧蚕眉"；张飞是"身长八尺，豹头环眼，燕颔虎须，声若巨雷，势如奔马"。奇异的相貌是一个显著的标识，让人物一出场就获得了更多的瞩目。犹如宣布主人公的正式登场。

这类故事的结撰者及其所面对的读者群皆来自社会底层，他们在现实生活中备受压抑，尽尝了世态炎凉，唯其如此，才会有如此强烈的发迹梦幻。他们一方面慨叹"堪嗟豪杰混风尘，谁向贫穷识异人"，渴望着世人对自己异才异

明 仇英《帝王道统万年图册·汉高祖》

三言二拍：
宋明的烟火与风情

能的认同，另一方面等级制度的压制，又使他们极端不自信。必须有异貌和异兆的加持，才能一路加油打气，奋起孤勇，博取前程。从这个意义上说，丑而奇特的面孔却有着更为丰富的文化内涵，隐含了更多的话语，更符合人们对神秘力量的崇拜心理。

喧嚣声中的信仰与心态

烟粉灵怪

灵怪小说讲神仙妖术的故事,像《张古老种瓜娶文女》《崔衙内白鹞招妖》《郑节使立功神臂弓》等即属此类。烟粉小说讲烟花粉黛、人鬼幽期的故事,像《杨思温燕山逢故人》《金明池吴清逢爱爱》《钱舍人题诗燕子楼》等。宋元旧本多半是灵怪一派,或掺杂些灵怪的小说,古朴雄浑。也有《十五贯》《拗相公》等不含有神道与妖气的,在文笔与结构上讲,都是缮完细密的漂亮文字。明代短篇小说则多为恒言琐事,人情世态。(孙楷第语)

所谓烟粉灵怪故事,应当是烟花粉黛和灵异妖怪故事的合称。在宋元话本中两者往往掺合在一起。如"三言"中的《崔待诏生死冤家》《杨思温燕山逢故人》《一窟鬼癞道人除怪》《小夫人金钱赠年少》《计押番金鳗产祸》《白娘子永镇雷峰塔》《蒋淑真刎颈鸳鸯会》《闹樊楼多情周胜仙》《钱舍人题诗燕子楼》《金明池吴清逢爱爱》等。

"人死为鬼,物老成精"是大多数古人的信仰。六朝志怪用于发明神道不诬,其中有宗教的虔诚,同时也束缚了人的想象力,难免质枯干瘪。但在后来的世代创作中,人们的想象越来越丰富,涉及的内容题材越来越宽泛,故事越来越耸动,具有了娱乐性。所谓"姑妄言之姑听之",创作者乐于在这个题材上驰骋想象才力,聆听者将信将疑,半信半疑。从自幼习见经闻,到积淀于内心深处、潜意识之中,成为民族的一种独特的审美方式。在稗官小说里,更是呼吸之间动辄鬼神报应、人鬼相恋,谈鬼说狐习以为常。

《杨思温燕山逢故人》

《喻世明言》第二十四卷《杨思温燕山逢故人》是"烟粉灵怪"小说的代表作。上半部营造了深沉的家国之痛:"今日说一个官人,从来只在东京看这元宵;谁知时移事变,流寓在燕山看元宵。"真是"心悲异方乐,肠断《陇头歌》"(王褒《渡河北》)。故事发生的时间是宋金对峙刚刚开始的时期。那时靖康之难过去不久,版图和人民被生生地分割开来,生离死别的、流离失所的人也还惊魂未定,伤口的血迹未干。故事不是寻常话本的模式,应是出自文人的手笔。它从东京、燕京两处元宵节的风物景致之别写起,然后写出国亡后流落在燕山看元宵的人物,由人物引出人鬼相杂的乱世,乱世里不寻常的悲欢和凄厉的索命故事。

东京人杨思温流落在燕山,靠与人写文字胡乱度日。元宵节外出赏灯。那燕山元宵也模仿东京形制,只是汉化未久,胡笳聒耳,诸事简陋。"一轮明月婵娟照,半是京华流寓人",亡国失家的痛楚和故国之思的深沉,就通过乱离人两地元宵节的感受渲染了出来。这时只见一簇妇女,前遮后拥而来。内中一个妇女好似东京人的打扮,与杨思温四目相盼,似是故人。故事是从小说的这个地方开始的。杨思温在燕市上见到的就是义兄韩思厚的妻子郑义娘,随着撒八太尉家的韩夫人出游。郑义娘言靖康之冬,随丈夫韩思厚逃命,中途"箭穿驾手,刀中梢公"被撒八太尉掳到燕京。郑义娘义不受辱,自缢梁间,被救,撒八太尉的妻子韩氏闻而怜之,令随侍左右。郑义娘项上疮痕犹在,所以她每次出场都是项拥罗帕——一个刚烈得不惜性命,却时刻在意保持容颜美丽的女子。郑义娘的前几次出场,人们并不知其为鬼,直到她的丈夫韩思厚——前国信所掌仪,现在的南宋使臣来到燕京,杨思温和韩思厚还是不知道郑义娘是人是鬼。他俩来到韩夫人宅邸寻访,见到一所荒宅。荒宅旁住着打丝线为生的一对老夫妇。老头儿是山东拗蛮,老媳妇乃东京人氏,引着二人进入荒宅。原来郑义娘早已自刎而死,随撒八太尉的夫人葬在旧宅荒园之中。老媳妇寻常阴雨时,常进园中同郑义娘的鬼魂相见闲话,郑义娘向她讲述了自己的身世。小说讲到这里,烟粉灵怪的故事才刚刚开始。顺着前半部凄苦幽

259

怨的氛围，后面的故事不脱一个凄厉阴惨的结局。韩思厚感念妻子为自己守节而死，发誓不再娶妻，方取出郑义娘的骨匣，携带南归安葬。后来韩思厚娶了女观刘金坛为妻，背负了誓言，把义娘的骨匣抛入江中，被郑义娘的鬼魂索命而死。刘金坛也被前夫追命而亡。

这里讨论韩、刘二人有无再娶另嫁的权利，或者鬼魂索命是否太过凄厉并没有太大的意义。这是一篇话本里少有的通篇氤氲着诗意的凄美幽怨氛围的小说。小说的前半部分，将时代大氛围、燕山元宵节的小氛围和撒八太尉荒宅灵堂的萧索氛围，一层层地皴染出来，这就是郑振铎所说的，它的前半篇所造成的极为纯高、极为凄美的、"最富于凄楚的诗意"的空气了。那样的太过凄清的空气里自然容不得幸福的凡俗男女。在大的时代氛围里，不管是苟活着的人，还是出没市井的鬼魂都是不幸者，那是他们的宿命。他们只能活在靖康之难的阴影中，谁也挣脱不出，忘怀不掉，这或许是两个鬼魂向生者索命情节的寓意所在吧。

小说里写郑义娘的鬼魂，不是渲染灵异，所以死者与活人无异。元夜出游、闹市酒楼上作乐、和东京老媳妇闲话家常。她和在世时一样地爱美、一样地要求爱情的忠贞。人情并没有被冥漠所隔绝和改变。因为在她有生之时，丈夫韩思厚就风流性格，难以拘管，所以韩思厚要将她的骨匣迁到江南时，她必要韩思厚发誓不再继娶方肯同行。杨思温问：

"元夜秦楼下相逢,嫂嫂为韩国夫人宅眷,车后许多人,是人是鬼?"郑义娘说:"太平之世,人鬼相分;今日之世,人鬼相杂。当时随车,皆非人也。"这是这篇烟粉灵怪小说里属于文人的一份讽世的牢骚吧。

　　明代张无咎在给《三遂平妖传》作序时曾经讲到,故事有可资齿牙者,有可动人肝脾者。这里所说的就是小说的两个层次、两种境界。同是烟粉灵怪,看你怎么处理。拿来作谈资,能做到耸动听闻,让人欲罢不能,也很不简单。在这一点上,宋元说话艺人比明清的文人高明。你读读《西山一窟鬼》《崔衙内白鹞招妖》,那种紧张恐怖气氛的营造和对受众兴趣的调动拿捏,正是恰到好处,但说到能够"动人肝脾"则还力有未到。这篇《杨思温燕山逢故人》比寻常鬼怪烟粉的奇异故事,多了些韵外之致和苦淡的味道,这可能就是它的动人之处了。

灵怪小说和词语套路

　　"三言"里的鬼怪小说多是早期宋元说书人讲述的故事。后来的文人像凌濛初写"二拍"也曾改编了一些文人笔记中的鬼怪故事,如《满少卿饥附饱飏,焦文姬生仇死报》《鹿胎庵客人作寺主,剡溪里旧鬼借新尸》《迟取券毛烈赖原钱,失还魂牙僧索剩命》,但远没有说书艺人讲得生动拿人。宋元话本是面对听众讲故事的，在调动人们的兴奋点和注意力方面有一套看家的本领。比如隔几个段落有一个小的悬念，一连串的紧张过后加一段韵语作个小张弛。读者、听众的神经始终在他的关照、调动之下兴奋紧张着，跟着他的故事一气到底，简直欲罢不能。你说他是一种程式、一个套路也好，总之是因为专业所以得心应手，故事的节奏总能恰如其分地契合着受众的心理反应。即使几百年后的读者，依然可以感到灵怪故事浑朴淋漓的诡异氛围和说书人讲述时从容幽默的态度。

《一窟鬼癫道人除怪》中，王婆带吴洪前去相亲：

> 到那日，吴教授换了几件新衣裳，放了学生，一程走将来梅家桥下酒店里时，远远地王婆早接见了。两个同入酒店里来。到得楼上，陈干娘接着，教授便问道："小娘子在那里？"干娘道："孩儿和锦儿在东阁儿里坐地。"教授把三寸舌尖舐破窗眼儿，张一张，喝声采不知高低，道："两个都不是人！"如何不是人？元来见他生得好了，只道那妇人是南海观音；见锦儿是玉皇殿下侍香玉女。怎地道他不是人？看那李乐娘时：
>
> 水剪双眸，花生丹脸，云鬓轻梳蝉翼，蛾眉淡拂春山；朱唇缀一颗天桃，皓齿排两行碎玉。意态自然，迥出伦辈，有如织女下瑶台，浑似嫦娥离月殿。

《崔待诏生死冤家》里崔宁听得说浑家璩秀秀是鬼,到家中问丈人丈母。

两个面面厮觑,走出门,看着清湖河里,扑通地都跳下水去了。当下叫救人,打捞,便不见了尸首。原来当时打杀秀秀时,两个老的听得说,便跳在河里,已自死了。这两个也是鬼。崔宁到家中,没情没绪,走进房中,只见浑家坐在床上。崔宁道:"告姐姐,饶我性命!"秀秀道:"我因为你,吃郡王打死了,埋在后花园里。却恨郭排军多口,今日已报了冤仇,郡王已将他打了五十背花棒。如今都知道我是鬼,容身不得了。"道罢起身,双手揪住崔宁,叫得一声,匹然倒地。邻舍都来看时,只见:两部脉尽总皆沉,一命已归黄壤下。崔宁也被扯去,和父母四个,一块儿做鬼去了。后人评论得好:

咸安王捺不下烈火性,郭排军禁不住闲磕牙。璩秀娘舍不得生眷属,崔待诏撇不脱鬼冤家。

《崔衙内白鹞招妖》的结构在一般灵怪小说中具有代表性。一个年轻公子哥带着奴仆和白鹞出外打猎,遇到了一连串令人毛骨悚然的事件。先是遇到一个生得极丑恶的酒保,又见酒店的缸里满是血水。为追一只红兔又走失了白鹞。这白鹞乃玄宗皇帝赐的新罗进贡之物,崔父严令不许丢失。崔衙内寻白鹞,发现一硕大的骷髅正架着白鹞摆弄鹞铃,衙内一弹打去不见了妖怪和白鹞,却与从人失散。晚间他来到一户人家借宿,穿红衣的女孩儿要嫁给他。这时女孩的父亲回来了,原来就是那个骷髅。他声称要将打他一弹的人的心肝挖出来吃。战战兢兢的衙内还发现那女孩就是日间作怪的红兔,而卖人血酒的酒保则是一只老虎。

这情节本身就有足够的吸引力和紧张性。灵怪小说的内容大致都有一个共同的模式:男主人公外出游春,遇见了妖怪,被骗去成亲或被怪异的事情惊吓,脱险后又被妖怪来缠住,家人求告法师捉拿了妖怪,此妖乃灭。男主人公的共同特点是年轻和不更世事,被妖怪摄去之后毫无应付周旋的智慧,往往被吓得动弹不得,而后又慌不择路地逃生。

这样的男主人公,作为一个毫不知情的受害者,他了解真相的过程以及逃生时的见闻,从主人公的感知范围来渲染恐怖氛围,无疑最为逼真和有吸引力的。现在西方经典的恐怖小说和电影采取的也还是这样的时时吓人汗毛倒竖的感知视角。

《一窟鬼癞道人除怪》中吴洪与王七三官人一夜遇七鬼的紧张恐怖,就是通过人物的感知渲染的:

两个把身躯抵着庙门……听那外边时,只听得一个人声唤过去,道;"打杀我也!"一个人道:"打脊魍魉……"王七三官人低低说与吴教授道:"你听得外面过去的,便是那狱子和墓堆里跳出来的人!"两个在里面颤做一团。……

后来吴洪的鬼妻带着侍女在外打门,也是通过两个人在门内听到的对话和暗自的猜测,听众才知道那两个女人的身份,说书人并没有出面对这一场景做全方位的描述,因而听众是通过人物充满恐怖的感观来窥视场景的一角的。

再看《崔衙内白鹞招妖》里的一个片段:

衙内看了酒保,早吃一惊道:"怎么有这般生得恶相貌的人?"酒保唱了喏,站在一边。衙内教:"有好酒把些个来吃,就犒赏众人。"那酒保从里面掇一桶酒出来。随行自有带着底酒盏,安在桌上,筛下一盏,先敬衙内。

酒,酒!邀朋,会友。君莫待,时长久,名呼食前,礼于茶后。临风不可无,对月须教有。李白一饮一石,刘伶解酲五斗。公子沾唇脸似桃,佳人入腹腰如柳。

衙内见筛下酒色红,心中早惊:"如何恁地红!"

踏着酒保脚跟，入去到酒缸前，揭开缸盖，只看了一看，吓得衙内：

顶门上不见三魂，脚底下荡散七魄。

只见血水里面浸着浮尸。衙内出来，教一行人且莫吃酒。把三两银子与酒保，还了酒钱。那酒保接钱，唱喏谢了。

这是崔衙内到一只叫作斑犬的老虎精那里喝酒时的所见，后面还有一连串让人心惊胆战的遭遇。说书人在讲述部分里也基本上没有超出崔衙内的感知范围。如衙内到农庄前，见到酒保和着乾红衫的女孩，女孩自称是"勋臣贵戚之家"并要与衙内成亲，这些情节都是通过衙内的眼睛以及问话所得到的信息，说书人并没有出面介绍这一家是何妖怪，有何来历。对于女孩所言的真伪以及骷髅和酒保的真实身份，听众和故事中的人物一样摸不着头脑。这也是一般鬼怪小说叙述之常技。说书人站在主人公的背后，使听众了解真相的过程同故事人物的历险过程保持同步。这样故事的神秘气氛就一直保持到最后，由法师出场揭露妖怪的原形。

这篇小说除篇尾诗外，正话部分共有诗十五首。其中描写人物形貌的有三首，描写景色的两首。其语言多是说书人的老套，说那酒保："有如一个距水断桥张翼德，原水镇上王彦章。"最特异的是文中九首形式类似宝塔的一七体诗。

在同期话本中这种形式比较少见。但其意象和比喻却是说书人的公设语汇，如罗真人"作起法来，忽起一阵怪风"：

> 风，风！荡翠，飘红，忽南北，忽西东。春开柳叶，秋谢梧桐。凉入朱门内，寒添陋巷中。似鼓声摇陆地，如雷振响晴空。乾坤收拾尘埃净，现日移阴却有功。

在《西湖三塔记》《洛阳三怪记》《一窟鬼癞道人除怪》等鬼怪小说中，每当真人作法，妖怪要显形时，说书人总有这样一段关于风的韵语描述。说书人在情节进展的某一个当口插入什么样的描述都有一定的规律，并不受正话层次中的内容或叙述视角的限制。在这篇小说中，说书人为描述不同的情境而插入十几首具有典型的职业模式的诗词和韵语，对正话故事的有限叙述及情节进展没有多少实质性的帮助。

无论人物的心情如何紧张、听众如何急于了解下文，说书人的职业程序和方式依然在韵语部分依次展开。如崔衙内打了骷髅，又同从人走散：

> 看看天色晚了，衙内慢慢地行。肚中又饥。下马离鞍，吊缰牵着马，待要出这山路口。看那天色却早：
> 红日西沉，鸦鹊奔林高噪，打鱼人停舟罢棹，望客

旅贪程，烟村缭绕。山寺寂寥，玩银灯，佛前点照。月上东郊，孤村酒旆收了。采樵人回，攀古道，过前溪，时听猿啼虎啸。深院佳人，望夫归倚门斜靠。

这样广阔的视野和闲适的意境，跟故事的紧张气氛穿插起来，是宋元话本的一个显著特点。在不同的作品中类似的意象和情形一再出现，说明这些韵语描写对故事叙述并没有针对性的推进作用。

《西湖三塔记》在篇首诗之后是关于西湖景物的雅致诗串，然后"说一个后生，只因清明，都来西湖上闲玩，惹出一场事来"。诗串所形容的景物是故事发生的地点和背景。男主人公奚宣赞就是在这样一个乍晴乍雨、嫩绿轻红的诗一般的场景里被食人妖怪捉了去的。

奚宣赞到了妖怪所居之处看见：

金钉珠户，碧瓦盈檐。四边红粉泥墙，两个雕栏玉砌。即如神仙洞府，王者之宫。

那蛇妖：

真个生得绿云堆发，白雪凝肤。眼横秋水之波，眉插春山之黛。

虽然这是些妖怪迷人的幻象，但说书人用这样典丽的词语包裹起鬼怪故事里荒蛮、凶野的内容，使他的描写同诗串所渲染的背景氛围取得视觉和感观上的一致。如"神仙洞府，王者之宫""眼横秋水""眉插春山"之类泛泛描述取代了鬼怪故事常见的惨怪、具体的视象。这一切都要归功于职业叙事者的格式化的描写熟套，以及说书人旁观态度的预设。如奚宣赞逃命出来：

> 天色犹未明。怎见得？北斗斜倾，东方渐白。邻鸡三唱，唤美人傅粉施妆；宝马频嘶，催人争赴利名场。几片晓霞连碧汉，一轮红日上扶桑。

像不像京韵大鼓里的《丑末寅初》？

多情女儿与灵鬼

在宋代，"说话"是城市商品买卖之一。大多有着成熟的套路和分工。烟花粉黛、怪异神灵之说，叫"银字儿"，什么是"银字儿"呢？一种解释认为"银字儿"是说话人讲唱小说时用的一种管乐器，与音乐有关。小说谓之"银字儿"，是因歌唱时用银字笙、银字觱篥伴奏而得名……说

269

唱的伎艺人，要"吐谈万卷曲和诗"，才能擅场。另一种解释，是银字管乃哀艳之声，因用其所吹奏的都是令人伤感的调子。引申为哀艳之义的专用名词。如"可怜三尺无情土，盖却多情年少人"（《闹樊楼多情周胜仙》），"举青锋过处丧多情，到今朝你心还未省"（《蒋淑真刎颈鸳鸯会》）。这类小说大多具有悲剧的结局、感伤的情绪，"银字儿"进而成为哀艳基调一类小说的代称。

"三言"里含有越界现身的女性"烟粉灵怪"角色的故事，如《杨思温燕山逢故人》《崔待诏生死冤家》《一窟鬼癞道人除怪》《钱舍人题诗燕子楼》《金明池吴清逢爱爱》《闹樊楼多情周胜仙》等作品当属此类。在这些故事中多情的女子如周胜仙、卢爱爱、小夫人、璩秀秀等形象，因为执着地追求，超越了女子立身教养的行为而被妖怪化、鬼神化。如白娘子对许宣的痴缠、周胜仙的大胆等等。这些故事一面含有对这些强悍泼辣女子的赞赏，如说书人用了"春浓花艳佳人胆"来概括那种青春的无畏与秾丽多情；另一方面，妖魔化、鬼神化则是保守陈旧的女祸观的表现。

《金明池吴清逢爱爱》中，卢爱爱是宋朝开封城金明池畔酒肆中量酒的女孩儿。清明时节正是桃红似锦，柳绿如烟的天气，开封城里吴员外的宝贝儿子吴清和他的两个朋友外出踏青。三人入得酒肆，唤一声："有人么？有人么？"须臾之间，似有如无，觉得娇娇媚媚、妖妖娆娆，走出来一个十五六岁花朵般的多情女儿。三个男孩子看傻了眼：

> 齐齐的三头对地，六臂向身，唱个喏道："小娘子拜揖。"那多情的女儿见了三个子弟，一点春心动了，按捺不下，一双脚儿出来了，则是麻麻地进去不得。紧挨着三个子弟坐地，便教迎儿取酒来。那四个可知道喜！

这一段隆重的见礼，被说书人描述得颇带喜剧色彩。几个少男少女"四口儿并来，没一百岁"，青春正好，人生初见，胸口小鹿乱闯。可惜正待举杯撒欢，忽听得"驴儿蹄响，车儿轮响，却是女儿的父母上坟回来。三人败兴而返"。

转眼又是一年，三个子弟不约而同，再寻旧约。到了酒肆却见门户萧然，当垆的人不知何在。问了才知道，那个叫卢爱爱的女孩去年因受到父母责骂，已经抑郁而死。卢老汉指着屋后的坟茔泪落不止。三人忙还了酒钱出来，一路回头顾盼，泪下沾襟，伤感不已。正行之际，就见爱爱"素罗罩首，红帕当胸，颤颤摇摇"，向着他们低声万福。据爱爱说，她的父母怕他们见面，所以诈说她已死，虚堆了坟头瞒过他们。爱爱邀请三人到她居住的曲巷小楼，让丫鬟为三位姐夫上酒。"那女儿所事熟滑。唱一个娇滴滴的曲儿，舞一

271

个妖媚媚的破儿,挡一个紧飕飕的筝儿,道一个甜甜嫩嫩的千岁儿。"这个就是烟花巷里的做派了。吴清与爱爱焚香设誓,啮臂为盟成为情侣。一日日过去,日来夜往,吴清小员外"颜色憔悴,形容枯槁,渐渐有如鬼质,看看不似人形"。父母无奈,央吴清的朋友去请专门"割情欲之妖"的皇甫真人降妖。真人说小员外鬼气深重,九死一生,需到三百里外躲个一百二十日,才能逃过此劫。吴清一路往西京河南府去避死,但是沿路去时,无论"登山涉岭,过涧渡桥,闲中闹处,有伴无人",爱爱都紧随在左右。到一百二十天这日,正到了洛阳,小员外又愁又怕,泪汪汪地到酒楼散闷。正遇皇甫真人,真人赠他一把斩妖宝剑。当晚,小员外就用这把剑误杀了店家小二,吃了官司。在狱中,小员外正在苦恨爱爱对他的死后缠绵,恩变成仇,就梦见那花枝般多情的女儿,妖妖娆娆走来。她告诉吴清,之所以冒耻相从,是因为前缘夙分,合有一百二十日夫妻。如今缘分已完满,她送给吴清两粒丹药,说凭此可以恢复身体并成就一段姻缘,以报答一百二十日夫妻之恩。

卢爱爱对吴清一往情深,死后鬼魂与吴清结合。即使后来吴清用道士给的剑要杀女鬼爱爱仍是痴情不改,最后还为吴清撮合了一门好亲事。在说书人看来这个多情的女儿是令人同情的:"没兴遇着个子弟,不能成就,干折了性命,反作成别人洞房花烛。"她的深情对吴清来说又是有害的。吴清风流博浪,觅柳寻花,不听父母之言,结果弄得背井离乡,惹来灾祸。在开场诗中,说书人明确揭示了小说的主旨"隔断死生终不泯,人间最切是深情。"虽是烟粉灵怪,小说却歌颂了卢爱爱由人到鬼穿透生死的深情。吴清呢,通过这段奇遇,也成为厚德之人:为卢爱爱迁坟做法事,"其夜又梦爱爱来谢,自此踪影遂绝"。并为爱爱的父母养老送终,与妻子百年偕老。

《闹樊楼多情周胜仙》的结尾,范二郎得了周胜仙的帮助,脱了官司:

> 欢天喜地回家。后来娶妻,不忘周胜仙之情,岁时到五道将军庙中烧纸祭奠。有诗为证:情郎情女等情痴,只为情奇事亦奇。若把无情有情比,无情翻似得便宜。

"三言"中的这类人鬼恋故事,是从六朝志怪到唐传奇、宋元话本和明清小说一路发展而来,志怪是其底色,所侧重的是"春浓花艳佳人胆"的奇特。因为是从男性关注的角度讲述女性的大胆"纠缠",本是带有教育年轻子弟毋近女色、毋近生人的劝诫色彩。那些变成鬼还要来找男主的女性,就代表了家庭之外所存在的侵犯、麻烦、危险等含义。这些故事都是以女鬼收手湮灭,男主人公得到教训、安分守己、生活恢复正常为结局。这是"三言"的人鬼恋与蒲松龄《聊斋志异》中书生和女鬼喜结良缘的《连琐》《聂小倩》等篇章不同的地方。

仙道小说

宋元两代道教兴盛。《喻世明言》中的《张道陵七试赵升》写求道者赵升经受住了张道陵的种种考验，取得张的信任，学成道术。讲的是求仙得道要志坚心诚，经得起磨炼和考验。一般来说"三言"里的仙道小说写得都很漂亮，因为它们大多改编自《太平广记》中的名篇，文学基础较好。比如《张古老种瓜娶文女》《福禄寿三星度世》《杜子春三入长安》《李道人独步云门》《马当神风送滕王阁》《吕洞宾飞剑斩黄龙》《灌园叟晚逢仙女》《薛录事鱼服证仙》《庄子休鼓盆成大道》等等。

民间的宗教信仰倾向于三教合一。不过就私心来说，还是《张道陵七试赵升》讲得清楚："儒教中出圣贤，佛教中出佛菩萨，道教中出神仙。那三教中，儒教忒平常，佛教忒清苦，只有道教学成长生不死，变化无端，最为洒落。"道教的影响之大，鲁迅先生曾说："中国根柢全在道教，此说近颇广行。以此读史，有许多问题可以迎刃而解。"周作人则说:"影响中国社会的力量最大的,不是孔子和老子,不是纯粹的文学,而是道教和通俗文学。"

说到这里我们有必要对道教的神仙思想作一下简述。

道教的始祖尊的是老庄,但道教的开始则是张天师张陵了。在张陵以前已有方士以《庄子》《列子》等书中所说的"藐姑射之山""华胥氏之国"为实有。渤海一带的海市蜃楼现象经方士之口变成了海上的"蓬莱、方丈、瀛洲"三座仙山,上有神仙和不死药。秦始皇就是听了方士徐福的话,命他带了五百童男童女入海求神仙和不死药的。后来的汉武帝对求不死药和升仙也很狂热。汉武帝时还出现了黄帝乘龙飞升的故事。这就是司马迁《史记·孝武本纪》说的黄帝常到神山上向神仙学仙,活到一百多岁,能与神相通。黄帝采首山上的铜,在荆山下铸鼎。鼎成之后有龙垂着胡须下来迎接黄帝,黄帝还有他的群臣、后宫七十余人骑了上去,还有一些小臣骑不上去就拽住龙须,龙须断了,黄帝的弓也落了下来。老百姓眼看着黄帝飞升,只能抱着弓和龙须大哭。汉武帝很希望能如黄帝那样飞升,说:"嗟乎!吾诚得如黄帝,吾视去妻子如脱蹝耳。"就是说他刘彻要是也能飞升,他就能像扔鞋子一样舍弃老婆孩子。不过黄帝的后宫也是跟着骑到龙上面的。道教讲的是一人得道,鸡犬升天,何况是妻子?这就是道教在民间分外有人缘的地方,符合国情民意。这一派演化为后来的丹鼎派,炼形养气、服食丹药以求飞升。炼丹又分为内丹和外丹。外丹用硫石、水银等物在炉火中烧炼,可成金丹,中国四大发明之一的火药,就是炼外丹的方士失败带来的副产品。药物化金,容易生出毒素,吃金丹求长生,反而给吃死的也不在少数。据说唐太宗李世民、清代的雍正皇帝就是服食丹药中毒而死。炼外丹禁忌多、花费大,一般人做不到。《张道陵七试赵升》里写张道陵要炼"龙虎大丹","因修炼合用药物、炉火之费甚广,无从措办"还要靠卖治病符水敛钱:

> 如此数年,多得钱财,乃广市药物,与王长居密室中,共炼龙虎大丹。三年丹成,服之。真人年六十余,自服丹药,容颜转少,如三十岁后生模样。从此能分形散影……方知是仙家妙用。

不但炼丹,还能炼银,"二拍"里频频出现的"提罐"的骗子就是丹鼎派的徒子徒孙了。《丹客半黍九还,富翁千金一笑》里唐伯虎的四句诗:"破布衫巾破布裙,逢人惯说会烧银。自家何不烧些用?担水河头卖与人。"就是说的一班丹鼎派弟子:

> 世上有这一伙烧丹炼汞之人,专一设立圈套,神出鬼没,哄那贪夫痴客,道能以药草炼成丹药,铅铁为

金,死汞为银。名为黄白之术,又叫得炉火之事。只要先将银子为母,后来觑个空儿,偷了银子便走,叫做"提罐"。

内丹一道大致就是调和精气的吐纳功夫,相当于气功了。《陈希夷四辞朝命》里"第一个睡中得趣的"陈抟,是道教里继老子、张陵之后的又一位至尊,被称为老祖,他只是以善睡闻名:"睡时多,醒时少。他曾两隐名山,四辞朝命,终身不近女色,不亲人事,所以步步清闲。则他这睡,也是仙家伏气之法,非他人所能学也。"他的所谓服气、辟谷"一睡数月不起"的"蛰法",就是借睡炼养,成其大丹,是道家的内丹功夫了。这一派写来没有斩妖斗法来得热闹,或用神仙的眼光看世事的纷乱,或写世人的愚顽不化,带一些玩世的幽默和调侃,反而写得近乎世情,比如《张古老种瓜娶文女》《李道人独步云门》《杜子春三入长安》,道教内容而写得比较优秀的多是这一类。

房中术虽然古已有之,后来也入了炼内丹的支派。"采女阴补男阳","又可长生,又可行乐"。这房中术虽然在道教中并没有流行多久,但却给了小说家的色情爱好一点理论的支撑。不但人类可以从性交中采气炼丹,妖怪也要从人类身上采补,以求长生不老。《假神仙大闹华光庙》,雌雄龟精假冒道家神仙吕洞宾、何仙姑专"惯迷惑少年男女",又以修道成仙相诱惑,什么窃仙气、"得太阴真气以为少助"一类的鬼话,都同明中叶盛行的道家房中术不无关系。

张陵及其后世一派算是道教里的符箓派。符箓是道教里的秘密文书,是些诡秘拗口的文字,常人不识。现在不时被发现的所谓"云篆""天书"多半都是道家杜撰出来的符咒样的东西。欲向张陵一派学道的须纳五斗米,也叫五斗米教。用符水为人治病,病人喝施了符咒的水。到现在乡间还有迷信符水、神水者,可见流毒之深:

> 道陵先年曾学得有治病符水,闻得蜀中风俗醇厚,乃同王长入蜀,结庐于鹤鸣山中,自称真人,专用符水救人疾病。投之辄验,来者渐广。又多有人拜于门下,求为弟子,学他符水之法。真人见人心信服,乃立为条例:所居门前有水池,凡有疾病者,皆疏记生身以来所为不善之事,不许隐瞒,真人自书忏文,投池水中;与神明共盟约,不得再犯,若复犯,身当即死;设誓毕,方以符水饮之。病愈后,出米五斗为谢。弟子辈分路行法,所得米绢数目,悉开报于神明,一毫不敢私用。由是百姓有小疾病,便以为神明谴责,自来首过;病愈后,皆羞惭改行,不敢为非。

张家在江西的龙虎山上世代号为张天师,传下三件法宝:一口剑、一块印、一本都功录,这符箓一派以去病除魔为号召,藉符箓召鬼神、倡斋醮科仪,是后来符箓醮坛一类迷信的滥觞。后来又有"能役使鬼神,化丹砂水银"的"墨子术"加入了进来,道教造出了满天的神灵,所以后来的"神怪之迹,多附于道家"。《西游记》《封神演义》一类神魔鬼怪斗法的小说多半与魇形幻化、祈禳感应、符箓法宝有关。通行的《警世通言》第四十卷《旌阳宫铁树镇妖》和三桂堂本第四十卷《叶法师符石镇妖》都是道士降妖伏魔的故事,后者写符咒去病,按剑驱魔:"叶静能忙教取水,遂捏诀念咒,望着鹧鸟喷了一口水,煞时毛退羽落,却是峨冠博带的一个李刺史。""静能看路旁有块捣衣大青石,他便密念咒语,向石喷了一口气,把手向空书符一道,那石在地左盘右旋,忽然飞起空中……"这就是符箓家的常技了。符箓一派可操作性强,最是装得门面,所以民间见到的以此派为多:

> 这家教门:最上者冲虚清净,出有入无,超尘俗而上升,同天地而不老;其次者修真炼性,吐故纳新,筑坎离以延年,煮铅汞以济物;最下者行持符箓,役使鬼神,设章醮以通上界,建考召以达冥途。这家学问却是后汉时张角,能作五里雾,人欲学他的,先要五斗米为贽见礼,故叫得"五斗米道"。后来其教盛行。那学了

与民间祛妖除害的，便是正法；若是去为非作歹的，只叫得妖术。虽是邪正不同，却也是极灵验难得的。流传至今，以前两项高人，绝世不能得有。只是符箓这家，时时有人习学，颇有高妙的在内。（《初刻》卷十七《西山观设箓度亡魂，开封府备棺追活命》）

《一窟鬼癞道人除怪》的癞道人作法，口中念念有词，喝令神将捉妖来问；《崔衙内白鹞招妖》里的罗真人作法是忽起一阵怪风，令两个道童现身捉住虎精、兔怪、骷髅神；《陈从善梅岭失浑家》紫阳真君于案前不知说了几句言语，只见就方丈里起一阵风，那风过处，两员红巾天将出现，真君喝令他们捉拿猴妖齐天大圣，并把它押入酆都天牢问罪。

看《三国演义》的读者，一定对诸葛亮祈禳之术和五丈原魏延踏灭了诸葛亮的本命灯印象深刻，那就是典型的道士的把戏。《薛录事鱼服证仙》里薛录事梦魂儿离了身躯，他的夫人"请了几个有名的道士，在青城山老君庙里建醮，祈求仙力保护少府回生"：

是夜道士在醮坛上面，铺下七盏明灯，就如北斗七星之状。元来北斗第七个星，叫做斗杓，春指东方，夏指南方，秋指西方，冬指北方，在天上旋转的；只有第四个星，叫做天枢，他却不动。以此将这天枢星上一灯，特为本命星灯。若是灯明，则本身无事，暗则病势淹缠，灭则定然难救。其时道士手举法器，朗诵灵章，虔心禳解，伏阴而去，亲奏星官，要保护薛少府重还魂魄，再转阳间。起来看这七盏灯时，尽皆明亮，觉得本命那一盏尤加光彩，显见不该死的符验。便对夫人贺喜道："少府本命星灯，光彩倍加，重生当在旦夕；切不可过于哀泣。"

这回您认得诸葛丞相的道行从哪儿来的了吧？

以上是就道教的流派对照"三言""二拍"的作品大致划分了一下。因为道教之术本来就杂而多端，通俗小说也不是宗教宣传品，意之所至自然纂合、拉杂的情形是必不可免的。但从清代前期就衰落的道教，落到民间又是支派多如牛毛，现在的读者很难搞清楚这么多道教小说的源头所自，不免被搞得一头雾水。明清时代的读者处于在拜忏建醮的迷信生活之中，则写人情世故的话本小说自然少不了诸派道教的内容和背景。

《庄子休鼓盆成大道》

《庄子·至乐》篇里说庄子妻死了，惠子去吊丧，看见庄子正叉开两腿踞坐在地上，敲着盆唱歌。惠子责问他：

"你与妻子同居,她为你生儿育女,如今年老身死,你不哭也就罢了,还敲着盆子唱歌,岂不过分了?"庄子就用生死本是自然演化,人应顺其自然,不应为死而悲伤的道理来回答他。庄子的哲学很深奥,庸人难以置喙。丧妻这件事情确是平常人也会不幸而有的经历,所以批评庄子矫情而失自然的人大有人在。说得重一点是看出庄子在作秀,真要是能忘情就没有必要鼓盆而歌;要是未能忘情而勉强鼓盆而歌多累呀。这诛心之论越到后来人们就揣摩得越全面。明末清初的奇人方以智就曾引别人的话说:"庄子一生旷达,必是被老婆逼拶不过,方得脱然,不觉手舞足蹈。"依着明清白话小说里惧内成风,河东狮吼声声的情形,这谑语展开来也自是一篇话本。不过"三言"里的这篇《庄子休鼓盆成大道》却是神仙庄子休跟他的凡人老婆搞的一出恶作剧。《红楼梦》里有一首《好了歌》,其中有一段"世人都晓神仙好,只有姣妻忘不了。君生日日说恩情,君死又随人去了",不如割断迷情,逍遥自在,这篇小说的主旨也就是这么个意思。

庄周随老子学道修炼,能分身隐形,出神变化。前两任妻子一死、一出,田氏是他的第三任妻子,美丽贤淑。一日,庄周外出路过乱坟岗,见一位少妇在坟前用纨扇扇土,庄周上前一问,才知道少妇的亡夫生前留下遗言,坟土干时才能改嫁,少妇只好挥扇来扇。庄子要过扇子用法术弄干了坟土。少妇把扇子送给庄周,欣然而去。庄周回家讲给田氏听，田氏大骂扇坟的寡妇，夺过纨扇扯得粉碎。矢言"忠臣不事二君，烈女不更二夫"，换了她决不再嫁。庄周道："只愿得如此争气甚好。"几天后庄周忽得重病身死，田氏日夜啼哭、寝食俱废。到了第七日来了一位自称楚国王孙的俊俏书生访问庄周。田氏一见顿生爱怜。楚王孙留下守丧，田氏每日假以哭灵为由，来与王孙攀话，眉目传情。"楚王孙只有五分，那田氏倒有十分。"挨过半月，田氏心猿意马，按捺不住，通过王孙的老仆人向他求婚。新婚之夜，王孙忽发急病，老仆说是宿疾，须用人脑方能医治。田氏自己寻了砍柴板斧，右手持斧，左手携灯，径到灵堂劈棺。棺材开裂处，"只见庄生从棺内叹口气，推开棺盖，挺身坐起"。

庄生放开大量，满饮数觥。那婆娘不达时务，指望煨热老公，重做夫妻，紧挨着酒壶，撒娇撒痴，甜言美语，要哄庄生上床同寝。庄生饮得酒大醉，索纸笔写出四句："从前了却冤家债，你爱之时我不爱。若重与你做夫妻，怕你巨斧劈开天灵盖。"那婆娘看了这四句诗，羞惭满面，顿口无言。庄生又写出四句："夫妻百夜有何恩？见了新人忘旧人。甫得盖棺遭斧劈，如何等待扇干坟！"庄生又道："我则教你看两个人。"庄生用手将外面一指，婆娘回头而看，只见楚王孙和老苍头踱将进来，婆娘吃了一惊。转身不见了庄生；再回头时，

元 华祖立、吴炳 《玄门十子图·庄子》

三言二拍：
宋明的烟火与风情

连楚王孙主仆都不见了。那里有什么楚王孙、老苍头,此皆庄生分身隐形之法也。那婆娘精神恍惚,自觉无颜,解腰间绣带,悬梁自缢,呜呼哀哉!这到是真死了。庄生见田氏已死,解将下来,就将劈破棺木盛放了他,把瓦盆为乐器,鼓之成韵,倚棺而作歌。歌曰:"大块无心兮,生我与伊。我非伊夫兮,伊非我妻。偶然邂逅兮,一室同居。大限既终兮,有合有离。人之无良兮,生死情移。真情既见兮,不死何为!伊生兮拣择去取,伊死兮还返空虚。伊吊我兮,赠我以巨斧;我吊伊兮,慰伊以歌词。斧声起兮我复活,歌声发兮伊可知!噫嘻,敲碎瓦盆不再鼓,伊是何人我是谁!"庄生歌罢,又吟诗四句:"你死我必埋,我死你必嫁。我若真个死,一场大笑话!"庄生大笑一声,将瓦盆打碎,取火从草堂放起,屋宇俱焚,连棺木化为灰烬。只有《道德经》《南华经》不毁。山中有人检取,传流至今。庄生遨游四方,终身不娶。或云遇老子于函谷关,相随而去,已得大道成仙矣。诗云:杀妻吴起太无知,荀令伤神亦可嗤。请看庄生鼓盆事,逍遥无碍是吾师。

小说家把庄子休鼓盆而歌的故事这么一敷演,就比《庄子·至乐》篇里的庄子看着顺眼,合于凡人情理了。只是这回的庄子休不像是大哲,也不像地仙,更像手拿渔阳鼓板唱道情的双鬐道士了。

《张古老种瓜娶文女》

在罗烨《醉翁谈录》的"神仙"条里就有《种叟神记》,这篇小说朴拙幽默之中带着悠远的韵致,学者们把它定为宋代话本。故事来源于《太平广记》卷十六的《张老》。这个故事在《续玄怪录》里已是写得一步一奇,情致娓娓,诡幻动人。话本的出色之处是添加了更多的市井情味,如浓盐赤酱,蒜酪调料,用凡人的蒙昧不解又带着调侃幽默的眼光口角来叙述这个神仙故事,那味道就厚了许多。

传奇里只说张老是扬州六合县的园叟。他的邻居韦恕有女欲嫁。张叟闻之而喜,在媒人面前自荐:"某诚衰迈,灌园之业,亦可衣食,幸为求之,事成厚谢。"媒媪大骂而去。可第二遭去请的时候,媒人也就答应去提亲。韦恕的反应写得比较草率,他闻言怒曰:"为吾报之,今日内得五百缗则可。""媪出,以告张老,乃曰:'诺!'未几,车载纳于韦氏。"这简略的三言两语,简直是浪费了绝好的喜剧材料。你看话本是如何写八十岁老叟害相思,张媒、李媒的捣鬼口声的:

话里却说张公,一并三日不开门,六合县里有两个扑花的,一个唤做王三,一个唤做赵四,各把着大蒲篓来,寻张公打花。见他不开门,敲门叫他,见大伯一行说话,一行咳嗽,一似害痨病相思,气丝丝地。怎见得?曾有一《夜游宫》词:"四百四病人皆有,只有相思难受。不疼不痛在心头,魆魆地教人瘦。　愁逢花前月下,最怕黄昏时候。心头一阵痒将来,一两声咳嗽咳嗽。"

看那大伯时,喉咙哑飒飒地出来道:"罪过你们来,这两日不欢。要花时打些个去,不要你钱。有件事相烦你两个:与我去寻两个媒人婆子,若寻得来时,相赠二百足钱,自买一角酒吃。"二人打花了自去。一时之间,寻得两个媒人来。这两个媒人:

开言成匹配,举口合和谐。掌人间凤只鸾孤,管宇宙孤眠独宿。折莫三重门户,选甚十二楼中?男儿下惠也生心,女子麻姑须动意。传言玉女,用机关把手拖来;侍香金童,下说辞拦腰抱住。引得巫山偷汉子,唆教织女害相思。

叫得两个媒婆来,和公公厮叫。张公道:"有头亲相烦说则个。这头亲曾相见,则是难说。先各与你三两银子。若讨得回报,各人又与你五两银子。说得成时,教你两人撰个小小富贵。"张媒、李媒便问:"公公要说谁家小娘子?"张公道:"滋生驸马监里韦谏议有个女儿,年纪一十八岁,相烦你们去与我说则个。"两个媒婆含着笑笑,接了三两银子出去,行半里田地,到一个土坡上。张媒看着李媒道:"怎地去韦谏议宅里说?"张媒道:"容易,我两人先买一角酒吃,教脸上红拂拂地,走去韦谏议门前旋一遭,回去说与大伯,只道说了,还未有回报。"道犹未了,则听得叫道:"且不得去!"回头看时,却是那张公赶来,说道:"我猜你两个买一角酒,吃得脸上红拂拂地,韦谏议门前旋一遭回来,说与我道:未有回报。还是怎地么?你如今要得好,急速便去,千万讨回报。"两个媒人见张公恁地说道,做着只得去。

媒人讨韦谏议回话的过程也情态逼真,三言两语就活化出媒婆见风使舵的职业特征,韦谏议对媒人的和善、周旋,也合乎家有两个未婚儿女的致仕小官吏的身份。

到张公家,见大伯伸着脖项,一似望风宿鹅,等得两个媒人回来。……大伯道:"我丈人说,要我十万贯钱为定礼,并要小钱,方可成亲。"两个媒人道:"猜着了,果是谏议恁地说。公公,你却如何对副?"那大伯取出一撮酒来开了,安在桌子上,请两个媒人各吃了四盏。将这媒人转屋山头边来,望着道:"你看!"两个媒人用五轮八光左右两点瞳人,打一看时,只见屋山头堆垛着一便价十万贯小钱儿。道:"你们看,先准备在此了。"

对种瓜张老"一似害痨病相思""一似望风宿鹅"般等媒人回话的样子的夸张,平添了小说的喜剧化成分。《张老》里"张老既娶韦氏,园业不废,负秽钁地,鬻蔬不辍,其妻躬自爨濯,了无怍色,亲戚恶之,亦不能止",最后韦谏议终于抵不过舆论的压力,令女儿和灌园老头远去。几年之后"念其女,以为蓬头垢面,不可识也,令其男义方访之"。韦义方见到了一派仙家富贵,张老赠金并送他一顶破草帽,让他凭此找卖药王老取一千万,韦义方将信将疑,五六年间张老的赠金花光了,"困极,其家强逼之,曰:'必不得钱,亦何伤?'乃往扬州",取到了钱。大概韦家有此仙家亲眷,就变得靡费起来,钱花得很快,不久"又思女",这回访不到了。几年后韦义方在扬州遇到了张老的昆仑奴,言:"娘子虽不得归,如日侍左右。家中事无巨细,莫不知之。"出怀金十斤以奉。韦家得此"又以供数年之食"。韦家的表现比较被动无力,后来就纯乎是一个攀上贵婿的穷亲戚。这种写法显示出凡人对神仙世界的仰慕和企望,凡人是渺小而谦卑的。

话本里则着重从肉眼凡夫,也就是韦义方的角度来写故事的后半部。

> 韦义方觉走得渴,向前要买个瓜吃。抬头一觑,猛叫一声道:"文女!你如何在这里?"文女叫:"哥哥!我爹爹嫁我在这里。"韦义方道:"我路上听得人说道,爹爹得十万贯钱,把你卖与卖瓜人张公,却是如何?"那文女把那前面的来历,对着韦义方从头说一遍。韦义方道:"我如今要与他相见,如何?"文女道:"哥哥要见张公,你且少待。我先去说一声,却相见。"文女移身,已挺脚步入去房里,说与张公。复身出来道:"张公道你性如烈火,意若飘风,不肯教你相见。哥哥,如今要相见却不妨,只是勿生恶意。"说罢,文女引义方入去相见。大伯即时抹着腰出来。韦义方见了,道:"却不叵耐!怎么模样,却有十万贯钱娶我妹子,必是妖人。"一会子掣出太阿宝剑,觑着张公,劈头便剁将下去。只见剑靶搭在手里,剑却折做数段。张公道:"可惜!又减了一个神仙。"文女推那哥哥出来,道:"教你勿生恶意,如何把剑剁他?"
>
> ……韦义方和当直三人,一路赶上,则见路上人都道:"见大伯骑着蹇驴,女孩儿也骑驴儿。那小娘子不肯去,哭告大伯道:'教我归去相辞爹妈。'那大伯把一条杖儿在手中,一路上打将这女孩儿去。好恓惶人!

令人不忍见。"韦义方听得说，两条忿气，从脚板灌到顶门；心上一把无明火，高三千丈，按捺不下。带着当直，迤逦去赶。约莫去不得数十里，则是赶不上。

韦义方的鲁莽显示的是对妹妹的关切和责任，这种凡人的亲情和义愤推动了下面他追赶张老的情节。民众不再匍匐于神仙的脚下，祈求眷顾度脱。在早期的神仙故事里神仙与普通人相距遥远，有资格做神仙的多是志坚的道士。后世百姓似乎把此事看得寻常。既然韦家攀上了神仙做亲戚，"一十三口白日上升"也就理所当然，鸡犬尚能升天，何况姻亲。韦义方的血气和亲情给这个神仙故事带来新的质素和温情，让人可以感到健康自信的民众能够从容平视那些神圣的、高高在上的世界和其中的人物。话本的幽默和趣味恰恰来自这种从容和自信的立场。"韦义方去怀里摸索一和，把出席帽儿来。申公看着青布帘里，叫浑家出来看。青布帘起处，见个十七八岁的女孩儿出来，道：'丈夫叫则甚？'韦义方心中道：'却和那张公一般，爱娶后生老婆。'申公教浑家看这席帽儿，是也不是。"

民间的信仰并不那么分明严苛，大多是"混同三教"，如孙悟空对车迟国王所说："望你把三教归一。也敬僧，也敬道，也养育人才。"（《西游记》第四十七回）《醒世恒言》第二十二卷《吕洞宾飞剑斩黄龙》里吕洞宾要下山，他的师父钟离权嘱咐的头等之事就是"到中原之地,休寻和尚闹,依得么?"那吕洞宾年轻气盛,到得中原三年未曾度到一个徒弟,闻说黄龙寺慧南禅师"说法如云,度人如雨。法座下听经闻法者,每日何止数千",前去搭战斗圣,被黄龙禅师所屈,半夜偷袭又失了宝剑,被禅师压入困魔岩参禅,还须他的钟离师父讲情才要回了宝剑,吕洞宾"情愿皈依我佛"。得黄龙禅师传道,这位道家的神仙"拜辞了黄龙禅师,径回终南山,见了本师,纳还了宝剑。从此定性,修真养道,数百年不下山去。功成行满,成陆地神仙。正是:朝骑白鹿升三岛,暮跨青鸾上九霄。"道教的祖师尚惹那禅师不起,可见是输人一头。

(吕洞宾)正见傅太公家斋僧。直至草堂上,见傅太公。先生曰:"结缘增福,开发道心。"太公曰:"先生少怪!老汉家斋僧不斋道。"洞宾曰:"斋官,儒释道三教,从来总一家。"太公曰:"偏不敬你道门!你那道家说谎太多。"洞宾曰:"太公,那见俺道家说谎太多?"太公曰:"秦皇、汉武,尚且被你道家捉弄,何况我等!"先生曰:"从头至尾说,俺道家怎么捉弄秦皇、汉武?"

这傅太公就念了一首白居易的《海漫漫》:

>海漫漫，直下无底傍无边。云涛雪浪最深处，人传中有三神山。山上多生不死药，服之羽化为神仙。秦皇汉武信此语，方士年年采药去。蓬莱今古但闻名，烟水茫茫无觅处。海漫漫，风浩浩，眼穿不见蓬莱岛。不见蓬莱不肯归，童男童女舟中老。徐福狂言多诞诞，上元太乙虚祈祷。君看骊山顶上茂陵头，毕竟悲风吹蔓草！何况玄元圣祖五千言，不言药，不言仙，不言白日上青天。

依着这位傅太公看来，道家太小气，"几曾见你道门中阐扬道法，普度群生？只是独吃自疴"。岂如佛家"讲经说法，广开方便之门；普度群生，接引菩提之路。说法如云，度人如雨"，"因此不敬道门"。只听得吕洞宾怒气填胸。而凡人里温厚慈爱的兄长韦义方只因劈了神仙一剑，就被遗弃在了凡间，也可见道门的"小气"。

《薛录事鱼服证仙》

《薛录事鱼服证仙》是道教的谪仙故事，却以细节的精确、想象力的神奇写了一个梦境。唐朝肃宗时，青城县主簿薛伟感风露寒凉得疾，热如炭烧。病到第七日身上热极，梦魂儿出了官衙,来到山野之间,寻那清凉去处。寻到沱江:"浩浩荡荡,真个秋水长天一色,自然觉得清凉,直透骨髓。""不曾到得沱江,却被一个东潭隔住。这潭也好大哩,水清似镜一般,不论深浅去处,无不见底。况又映着两岸竹树,秋色可掬。少府便脱下衣裳,向潭中洗澡。元来少府是吴人,生长泽国,从幼学得泅水。成人之后,久已不曾弄这本事。不意今日到此游戏,大快夙心,偶然叹道:'人游到底不如鱼健!怎么借得这鱼鳞生在我身上,也好到处游去,岂不更快!'"这个念头一动,果然有一个鱼头人,骑着大鱼,来宣河伯诏许他可权充东潭赤鲤。少府"听诏罢,回顾身上,已都生鳞,全是一个金色鲤鱼",心想:"事已如此,且待我恣意游玩一番,也晓得水中的意趣。"自此三江五湖,随其意向,无不游适。

一日肚中饥甚,见渔户赵干的渔船摇来,闻得饵香,便思量去吃他的。已是到了口边,明知他饵上有个钩子,怎当那饵香得酷烈,恰似钻入鼻孔里的一般,肚中又饥,怎么再忍得住!"想道:'我是个人身,好不多重,这些些钓钩怎么便钓得我起?便被他钓了去,我是县里三衙,他是渔户赵干,岂不认得?自然送我归县,却不是落得吃了他的?'方才把口就饵上一合,还不曾吞下肚子,早被赵干一掣,掣将去了。这便叫做眼里识得破,肚里忍不过。那赵干钩得一个三尺来长金色鲤鱼,举手加额,叫道:'造化!造化!我再钓得这等几个,便有本钱好结网了。'少府连声叫道:'赵干!你是我县里渔户,快送我回县去!'那赵干只是不应,竟把一根草索贯了鱼鳃,放在舱里。'"

衙役提着鲤鱼一路进城,薛录事不停地求告、哀恳、恫吓却无人理睬,他的同僚在堂上等着吃鱼鲊,称赞鱼的鲜活巨大,争论着是吃掉还是放生,可怜成了鲤鱼的薛录事听得心惊胆战,一霎儿欢喜,一霎儿忧,却全无人理睬,只能听凭别人摆布予夺自己的性命。这被梦魇攫住的薛录事在很大程度上是人类对命运的恐惧和无助的一种隐喻,那种作为凡人的孤立无援、一筹莫展的绝望正是道教度脱愚人的针砭。但生动的对话和描写使人忘记了宗教实质的乏味,转而赞叹欣赏梦境的瑰丽和神奇。这可能是道教文学最能动人心魄的地方。

随着整治鲜鲊的王厨的手起刀落,那边三衙中薛少府在灵床之上,猛地跳起来坐了,从梦境活转过来。对妻子、同衙、役吏和渔人,一一言其所历。后来薛录事遇到一位道童,指明其前身乃是神仙琴高,本是骑着赤鲤升天去的。只因在王母座上,把那弹云璈的田四妃,觑了一眼,动了凡心,故此两个并谪人世。他的夫人顾氏,便是田四妃。因为他做官以来,"迷恋风尘,不能脱离,故又将你权充东潭赤鲤,受着诸般苦楚,使你回头。你却怎么还不省得?敢是做梦未醒哩"!

如此，薛录事尘缘才满，乘着赤鲤，夫人驾了紫霞，一同升天。

黛玉葬花的原型

《红楼梦》里有个敏感多情的林妹妹。林黛玉的标志形象之一就是落红阵中，肩上担着花锄，锄上挂着花囊，手里拿着花帚，将桃花葬于花冢中的样子。《西厢记妙词通戏语，牡丹亭艳曲警芳心》连同《埋香冢飞燕泣残红》是《红楼梦》中极重要的几段文字。那意境非常凄美动人：

> 未若锦囊收艳骨，一抔净土掩风流。质本洁来还洁去，强于污淖陷渠沟。尔今死去侬收葬，未卜侬身何日丧？侬今葬花人笑痴，他年葬侬知是谁？试看春残花渐落，便是红颜老死时。一朝春尽红颜老，花落人亡两不知！

黛玉葬花是其性格和命运的写照，也是《红楼梦》主题意蕴的象征。

据有人考证。林黛玉的形象同明代的大文人唐寅有一定的渊源关系。《葬花吟》的词句和意境同唐寅的《花下酌酒歌》《一年歌》颇有相似的地方。唐伯虎也曾将牡丹花的落英

"盛以锦囊,葬于药栏东畔"。在唐寅之后,小说里表现葬花情节的,在明代就有"三言"中《灌园叟晚逢仙女》里的秋先。

这位爱花成痴的老头儿,"若有一花将开,不胜欢跃。或暖壶酒儿,或烹瓯茶儿,向花深深作揖,先行浇奠,口称花万岁三声,然后坐其下,浅斟细嚼。酒酣兴到,随意歌啸。身子倦时,就以石为枕,卧在根傍。自半含至盛开,未尝暂离。……若花到谢时,则累日叹息,常至堕泪。又不舍得那些落花,以棕拂轻轻拂来,置于盘中,时尝观玩。直至干枯,装入净瓮,满瓮之日,再用茶酒浇奠。惨然若不忍释。然后亲捧其瓮,深埋长堤之下,谓之'葬花'。倘有花片,被雨打泥污的,必以清水再四涤净,然后送入湖中,谓之'浴花'"。

看来,《西厢记妙词通戏语,牡丹亭艳曲警芳心》里,贾宝玉把花撂在水里,黛玉让花随土而化的情节,都是有秋老翁做在前头了。

这是一篇道教神仙故事。秋翁爱花惜花,漂亮的花园引来富家子弟张委的垂涎,先是打落了秋翁花园里的牡丹,又诬告秋先是妖人作乱。秋翁因为爱花成癖,得到天上神仙的眷顾,脱离大难。坏人张委被花神处死。经此一番大难,秋翁变得心胸开阔,花园百花任人观赏,又"日饵百花,渐渐习惯,遂谢绝了烟火之物。所鬻果实钱钞,悉皆布施。不数年间，发白更黑，颜色转如童子。一日正值八月十五，丽日当天，万里无瑕，秋公正在房中趺坐，忽然祥风微拂，彩云如蒸，空中音乐嘹亮，异香扑鼻，青鸾白鹤，盘旋翔舞，渐至庭前。……（秋公）随着众仙登云。草堂花木，一齐冉冉升起，向南而去"。

秋先由爱花到吃花求神仙，虽然有些煞风景，却是由来有自："朝饮木兰之坠露，夕餐秋菊之落英。"这是大诗人屈原在《离骚》里就讲过的。"采菊东篱下，悠然见南山"的意境多么超然，只是陶渊明采来菊花也是要入口腹之中，以求延年益寿、返老还童的。这跟黛玉自伤身世倒是不相干的。

佛教故事

宋人说话家数中就有"说经"一家:"说经,谓演说佛书;说参请,谓宾主参禅悟道等事。"(《都城纪事》)按张政烺先生的说法:"按'参请',禅林之语,即参堂请话之谓。说参请者乃讲此类故事以娱听众之耳。参禅之道有类游戏,机锋四出,应变无穷。有舌辩犀利之词,有愚骏可笑之事,与宋代杂剧中之打诨颇相似。说话人故借用为题目,加以渲染,以作糊口之道。"(《问答录与"说参请"》)

《喻世明言》中的《明悟禅师赶五戒》,《醒世恒言》中的《佛印师四调琴娘》是一组故事。研究者认为它们和《醒世恒言》里的《苏小妹三难新郎》的内容大多敷衍自宋末或元初问世的《东坡居士佛印禅师语录问答》。而《月明和尚度柳翠》也是类似的"说参请"的扩展。

凌濛初对道、释两门,尤其厌恶。一是写出家人的爱财:《初刻》卷二十四《盐官邑老魔魅色,会骸山大士诛邪》里的僧人见财起意,把前来布施的徽商碎尸;《二刻》卷十六《迟取券毛烈赖原钱，失还魂牙僧索剩命》里的僧人智高："头一件是好利，但是风吹草动，有些个赚钱的所在，他就钻的去了，所以囊钵充盈，经纪惯熟。……分明是个没头发的牙行。"这哪里是什么宗教徒，分明是见利忘义的恶棍。凌濛初更着意揭露宗教徒的好色丑态：《初刻》卷六《酒下酒赵尼媪迷花，机中机贾秀才报怨》里诱骗巫娘子的赵尼；卷三十四《闻人生野战翠浮庵，静观尼昼锦黄沙巷》中的群尼；卷二十六《夺风情村妇捐躯，假天语幕僚断狱》里的僧人；还有《初刻》卷十七《西山观设箓度亡魂，开封府备棺追活命》、《二刻》卷十八《甄监生浪吞秘药，春花婢误泄风情》等篇章也有类似内容。值得注意的是，"二拍"中受人诋毁的猥亵的色情描写，大部分都同僧人和道士有关，"从来马泊六、撮合山，十桩事到有九桩是尼姑做成、尼庵私会的"。那些出家人在凌濛初看来简直个个都是色中饿鬼。这也是晚明统治者崇佛、崇道，僧道们以献房中术骤贵现象的一种反映。凌濛初露骨的色情笔墨固然是对社会风气的迎合、出于书籍销路的考虑，但他在安排这样的故事和文字的时候，并不是无所用心的，起码表达了他对佛道的恶感。

佛教虽是外来的宗教，却最终胜过道教，信徒广泛、寺院遍地，而道观却很是寥落，其中原因虽然复杂，但小说家语有时也能一语道破。《吕洞宾飞剑斩黄龙》里的傅太公说道家只是独吃自疴："几曾见你道门中阐扬道法，普度群生?"岂如佛家"讲经说法,广开方便之门;普度群生,接引菩提之路。说法如云,度人如雨"。吕洞宾下山三年不曾度得一位有缘弟子就是证明。道家的所谓白日飞升、千年不死的神仙,虚无缥缈的仙境究竟是"浩荡难追攀",在群众基础上先天就逊佛教一筹。

戏说的历史由来已久

中国人关于地狱、冥界的观念来自佛教。人有转世轮回、前世今生是佛教带来的说法。在佛教传入中国之前,我们有"积善之家必有余庆;积不善之家必有余殃"和"福善祸淫"的鬼神、天道主宰报应的说法,但不太讲个人行为对转世后的"我"还有什么影响。佛教则说众生在未达到"神界"之前,就要循着"十二缘起"所说的因果链条不停地生死流转、业报轮回。祸福寿夭、富贵贫贱都是报应。佛教的轮回思想和传统的报应观念结合在一处,就生发出了奇特的想象力。因果报应的链条越拉越长,形成了戏说历史的局面。《勘皮靴单证二郎神》里说宋徽宗是南唐李后主转世,理由是两人都是多才多艺的亡国之君;周清原的《西湖二集》有《吴越王再世索江山》,是说宋高宗是吴越王钱镠转世。钱镠恼恨宋太宗夺了他生平苦挣的十四州江山,转世向太宗的后人索取江山。这种说法的根据是"吴越王偏安，高宗也偏安；吴越王建都杭州，高宗也建都杭州；吴越王活至八十一岁，高宗也活至八十一岁，怎地合拍"。所以宋高宗到了杭州就有定都之志，并不思量恢复中原，也不肯迎取徽、钦二宗回来，立意听秦桧之言，专以和议为主，朝歌暮乐。

《闹阴司司马貌断狱》这个话本来源于《三国志平话》。平话的开头就讲了："江东吴土蜀地川，曹操英勇占中原。不是三人分天下，来报高祖斩首冤。"东汉光武帝刘秀时，有秀才司马仲相读书看到秦始皇筑长城、修阿房，焚书坑儒，不禁大骂上天不公让始皇为君，惹得天下大乱。方才骂完，就见荼蘼架边走来锦衣花帽五十余人，宣玉皇旨令司马到"报冤之殿"为君，断阴间官司，断得公正就做阳间天子，"断得不是，贬在阴山背后，永不为人"。韩信、英布、彭越三人来告汉高祖和吕后杀害功臣事。审问清楚，玉皇降旨教三人转世分掉汉朝天下：韩信为曹操分中原，彭越为刘备分蜀川，英布为江东孙权。汉高祖转生为汉献帝，吕后为伏后，曹操囚献帝、杀伏后报仇。司马仲相投生为司马仲达，三国并收，独霸天下。这个因果报应的大的构架因为戏说得太过，荒诞不经，所以没有被罗贯中的《三国演义》所采用。但这故事在"三言"里加进了新的内容：书生怀才不遇的牢骚不平。主人公的名字唤作司马貌，字重湘。因家贫无人提携，淹滞至五十岁，屈埋于众人之中，不得出身。

埋怨贤愚颠倒，天道无知，被玉帝叫去审理阴间冤枉事情。比《三国志平话》更完备周详的是司马貌审理的四桩讼案。一是三将告刘邦，二是丁公告刘邦恩将仇报，三是戚氏告吕后专权夺位，四是项羽告刘邦手下临危逼命事。看起来热闹，不过是后人在平话基础上又做了些生发添加，戏说的范围更具体到细部，属于越描越细、越细致就越板实虚假的那种。不过这篇小说也非一无是处。从趣味上讲，它是比较文人化的，有点历史知识，既不得志而又志不在小的下层知识分子是它的知音。

《游酆都胡母迪吟诗》所演述的主要是岳飞与秦桧的忠奸报应之公案。但它同样用了一个不得志于时又有强烈的治世欲望的秀才胡母迪游酆都鬼城的所见来表现。据胡士莹先生之说，头回秦桧密谋杀岳飞事，"可能是一个话本的节略"。而正文结尾有"元祚遂倾，天下仍归于中国"之言，显系明人作品，似乎是模仿《闹阴司》那种民间传说的故事框架。胡母迪在酆都见到秦桧、王氏等人受到的"风雷之狱""火车之狱""金刚之狱""溟泠之狱"的苦刑："被发裸体，以巨钉钉其手足于铁床之上，项荷铁枷，举身皆刀杖痕，脓血腥秽不可近。旁一妇人，裳而无衣，罩于铁笼中，一夜叉以沸汤浇之，皮肉溃烂，号呼之声不绝。""驱桧等至风雷之狱，缚于铜柱。一卒以鞭扣其环，即有风刀乱至，绕刺其身。桧等体如筛底。良久，震雷一声，击其身如齑粉,血流凝地。少顷,恶风盘旋,吹其骨肉,复聚为人形。吏向迪道:'此震击者阴雷也,吹者业风也。'又呼卒驱至金刚、火车、溟泠等狱,将桧等受刑尤甚。饥则食以铁丸,渴则饮以铜汁。吏说道:'此曹凡三日,则遍历诸狱,受诸苦楚。三年之后,变为牛、羊、犬、豕,生于世间,为人宰杀,剥皮食肉。其妻亦为牝豕,食人不洁,临终亦不免刀烹之苦。今此众已为畜类于世五十余次了。'迪问道:'其罪何时可脱?'吏答道:'除是天地重复混沌,方得开除耳。'"胡母迪看了历代奸恶、宦官等在地狱里的恶报,"大喜,叹曰:'今日方知天地无私,鬼神明察,吾一生不平之气始出矣!'"

在"三言""二拍"的世界中,"好人不长命,坏人活千年",个人在历史的恶和丑面前,是很脆弱和渺小的。对当事人来说,人生百年若白驹过隙,转瞬即逝,根本等不来正义的审判。用恩格斯的话说:"在黑格尔那里,恶是历史发展的动力借以表现出来的形式。这里有双重的意思:一方面,每一种新的进步都必须表现为对某种神圣事物的亵渎,表现为对陈旧的、日渐衰亡的、但为习惯所崇奉的秩序的叛逆;另一方面,自从阶级对立产生以来,正是人的恶劣的情欲——贪欲和权势成了历史发展的杠杆。"老子说:"天地不仁,以万物为刍狗。"这个道理老百姓不愿意去理会,他们情愿相信轮回报应。小到个人恩怨,大到历史公案,"恩将恩报,仇将仇报,分毫不错"。这样聚集在众生心头的疑问和不平才能得到缓和与安慰。这种地狱里的报应本是小民的精神麻醉剂,用到大处就成了对历史的戏说,成了集体的精神胜利法。通过阴间的审判,通过转世报应这种荒诞游戏的笔墨,把时空完全不同的人物、故事联在一起,组合成所谓的因果。就像维·什克洛夫斯基在他的《散文理论》里评论这篇小说时说的:"在这个荒诞的形式下重新评价中国的历史,甚至进而使读者或听众觉得冤案得到昭雪,这是一个绝妙的例子。"

这样就仿佛正义得到了伸张,恶人得到了报应。郁积的不平之气吐了出来,心平了、气顺了,又到处天理昭昭,朗朗乾坤了。对着强大的恶和丑,又能麻木、柔顺地忍耐了。当然其中也有宗教的含义,并非小说家的发明。

因果教诲无处不在

《陆五汉硬留合色鞋》里张荩靠着手里的银子,买动了狱卒,同潘寿儿当面对质,终于洗刷了自己的冤枉,官司了结,他"将银两酬谢了公差狱卒等辈,又纳了徒罪赎银",但潘寿儿的触阶身亡激起了他的忏悔和善念。张荩"调养好了身子,到僧房道院礼经忏超度潘寿儿父子三人。自己吃了长斋,立誓再不奸淫人家妇女,连花柳之地也绝足不行。

在家清闲自在，直至七十而终。时人有诗叹云：赌近盗兮奸近杀，古人说话不曾差。奸赌两般都不染，太平无事做人家"。

张荩是吃过一番苦头，亲见了寿儿的惨死而后幡然悔悟的，按说他最该庆幸的是他手头有银子才能翻得公案。他的悔过向善放在这样一个公案故事做结尾，为色欲、谋杀和血污的故事涂上平和的余波，算得上"曲终奏雅"。平实而略有余味，道德训诫适可而止。

但大部分"三言""二拍"的故事对因果报应的依赖到了神经质的地步。许多故事、主题人物同宗教没有什么关系，也偏要拉拉杂杂扯上一通因果。《蒋兴哥重会珍珠衫》中，王三巧同蒋兴哥离而复合，结末的有诗为证：恩爱夫妻虽到头，妻还作妾亦堪羞。殃祥果报无虚谬，咫尺青天莫远求。所谓"妻还作妾""殃祥果报"一类的报应话，同男女主人公情感离合的真挚而纤细颤动的内在张力，以及感人的氛围并不和谐。

这种教训的申说与其说因为冯梦龙和凌濛初有对佛道的信仰，不如说他们拉大旗做虎皮，借着因果报应唬人。"三言""二拍"里，几乎每个故事都有果报色彩，是作家力图为故事和人物提供因果逻辑。《吕大郎还金完骨肉》中的金钟因憎恨僧人，买砒霜想毒死僧人，反倒将自己的孩子毒死，家破人亡；《滕大尹鬼断家私》中一心只惦记着父亲家私的大儿子,虐待梅氏母子,最终不仅失去父亲的大部分财产,其儿子都游手好闲,败坏家业。这是恶有恶报。《桂员外途穷忏悔》中经商受挫的桂迁,得施家资助发迹后,对衰败的施家不闻不问,以致遭受买官受骗、妻儿俱亡变犬的恶报。桂迁从此醒悟,带女儿到施家谢罪,造佛堂持斋奉佛,才免于变犬之报。这是迷途知返,善行改变了因果。

《闹阴司司马貌断狱》是一篇历史题材小说。说的是东汉灵帝时的穷秀才司马貌,蹉跎到五十岁,尚且怀才不遇,一日喝了酒,题诗写词大骂老天不公,当下做梦,被阎罗王请到阴司,给他一个展示才华的机会。让他判断阴司中几百年的滞狱,就是韩信、彭越、英布三人状告汉高祖和吕后屈杀功臣事。司马貌判把汉家天下三分给三人,各掌一国,报他们生前为汉朝立下的汗马功劳。刘邦和吕后再世为汉献帝和伏皇后,要受到韩信托生的曹操之欺侮磨难,以报前生之仇。英布托生孙权、彭越托生刘备,瓜分汉室江山。阎罗王和天上的玉帝看了断案文书,赞道:

"三百余年久滞之狱,亏他六个时辰断明,方见天地无私,果报不爽,真乃天下之奇才也。众人报冤之事,一一依拟。司马貌有经天纬地之才,今生屈抑不遇,来生宜赐王侯之位。改名不改姓,仍托生司马之家,名懿,表字仲达。一生出将入相,传位子孙,并吞三国，国号曰晋。"

说书人用这样荒谬的故事来为"三国"那段历史提供因果逻辑链条，并非个例。究其原因是因果报应之说深入人心。受佛教"六道轮回说"的影响，通俗的小说戏曲中，如此把握历史、架构故事的情形并不少见。如明末清初的长篇小说《醒世姻缘传》，就用因果报应的框架，结构了两世报应的婚姻故事；《隋唐演义》里的一个重要"关目"，是隋炀帝与朱贵儿再世为唐明皇与杨玉环。这个"再世因缘"的因果框架，将从隋炀帝到唐玄宗近二百年的史事连接起来，艺术地再现了隋、唐两朝兴衰的历史，使全书成为一个有机的整体，增强了小说的完整性。

公案小说

国人天生驯顺，而安善的良民大多经历简单、见识贫乏，一生天大的事除生老病死、红白喜事之外，就属打官司惊心动魄了。古来就有"三年清知府，十万雪花银"的说法，那银子哪里来？历朝历代官员明面上的俸禄都很微薄，真的靠俸禄吃饭，还真难养家糊口。公案戏最多的元代，也就是吏治最黑暗的时代。元代官吏的俸禄有时完全停发，"明白放令吃人肚皮，椎剥百姓"。关汉卿《窦娥冤》里的楚州太守桃杌，见了来告状的就下跪，称"但来告状的，就是我衣食父母"。明代俸禄不但少，而且制度性地拖欠、打折，公案小说里的海瑞"海青天"，死不能营葬，平时生活的艰苦"有寒士所不能堪者"，比贫下中农还贫下中农。一般的官员靠的是今天称作系统化的贪污来生存（费正清语）。这样的情形下，找一个清官当然就非易事。清官难得，何况做清官还需要有过人的才智胆量。所以凤毛麟角的个把清官就成了历代公案故事里的稀缺资源，被反反复复地开发利用，像包公、海瑞、况钟的故事历代相继，故事越来越多，能耐越说越玄，"日间断人，夜间断鬼"，借私访、梦兆、鬼语屡破奇案，成了所谓"箭垛子式"的人物。有人开玩笑说这几位"青天"就像时下的电视节目主持人，总是那几张老面孔，拒绝新鲜血液，不免乏味。此言差矣！"箭垛子"式的人物是在不断丰富和生长，不断地被赋予新的美德和智慧的艺术生命。虽然到了一定程度他们会僵化停滞成了概念化的人物，但民间的造神运动也是专制制度产生的结果。

宋元公案故事中的清官形象同明清两代的公案有着极大的不同。宋元文学公案里的清官不像后来的那么足智多谋近乎神妖之间，其智慧和判断力并不比我们高出多少。比如包公断案，在《清平山堂话本》的《合同文字记》里，刘安住拿着文书回乡认亲，伯父伯母不肯认亲将他打出门外，但并未撕毁文书，包公在这场关乎家产的普通纠纷中，只是"取两纸合同一看，大怒，将老刘收监问罪"，如此而已。关目有时显得幼稚笨拙，却颇有生气。经过了元杂剧的敷衍再创作，到了《初刻拍案惊奇》的《张员外义抚螟蛉子，包龙图智赚合同文》，婶母成了主要的制造是非者，动手打人者是她，撕毁了刘安住的合同文字的是她，作为外来的女性家长，她的短见和自私造成这桩公案的主要矛盾。这使得案件审理的技术难度增加，突出了包拯的过人机智。他让刘安住

明　宋濂书传　《包文正公小像》

三言二拍：
宋明的烟火与风情

假死，刘氏为自保主动交出自己所藏的一份合同文字。这篇由宋代话本演化成的小说，除了情节更曲折详尽，清官形象在案件中由一个较模糊概括人物，发展成为分量超出当事人的主角儿外，它的另一个有趣的变化是将伯父一家对刘安住的排斥，写成了伯父刘天祥"朦胧不明"，被狠毒的老婆蒙蔽，并不存在欺心绝亲的问题。刘氏上升为罪魁。这在"三言""二拍"里颇有代表性。这大概同元明清三代宗法制度亲合力松弛，一种新的真正血缘意义的小家庭观念在市民生活中占据上风有关。女性长辈判断亲疏远近的出发点往往同宗族观念不一致。在"三言""二拍"里，她们往往作为破坏宗法关系纯粹性的反面人物出现。这种歧视和敌意成分的增加，从一个侧面显示社会结构的松动以及某种近代化的转变。

早期公案话本的漂亮之处就在于讲述方式的精心刻意。处处设置悬念，用限制视角把神秘感保存到最后一刻，我们以三篇公案为例来解说。

《三现身包龙图断冤》

宋代话本里就有《三现身》之名。故事包含了公案故事的种种因素。如悬念营造的神秘气氛、鬼魂现身、猜字谜等等。手法老到，至今也还是公案小说的精品，不输于现在的侦探小说。

宋朝元祐年间，有一个卖卦的神卜李杰能决吉凶祸福如神，来在兖州府奉符县摆摊。押司孙文来算卦，李杰算他当夜三更三点子时当死。孙文回家喝闷酒，醉后上床睡去。押司娘和使女迎儿做针线。三更三点一到，孙文果然掩着面，开门跳入奉符河中。三个月之后，媒婆登门劝孙妻改嫁，孙妻提出三个条件，后夫必须还是姓孙的押司，且要入赘。凑巧的是媒人立刻提到了满足条件的人选——奉符县的小孙押司。两人成婚不久，孙文鬼魂就"顶着灶床，胲项上套着井栏"出现在家中侍女的眼前。

"长伸着舌头，眼里滴出血来"的形象暗示了他的死因。押司娘听迎儿说见鬼之事，一个漏风巴掌将迎儿打倒，当夜同小孙押司商议，迎儿留不得也。匆忙将侍女嫁给了诨名王酒酒的小商贩。（这个诨号极可能是其时小说对帮闲打哄的泼皮闲汉的通称。就像张千李万、董超薛霸一类面目模糊的公差一样。因为《乔彦杰一妾破家》里也有一个王酒酒。他到乔家借尸讹诈，被高氏拒绝而去首告，弄得乔家满门灭绝。）闲汉王酒酒一类角色往往是公案小说里不可缺少的，懦弱的侍女无法出头为主人申冤，必要穷极无聊如王酒酒一流人物，才会舍得一身剐，斗胆去见官老爷。大孙押司交给侍女的"大女子，小女子，前人耕来后人饵。要知三更事，掇开火下水。来年二三月，'句已'当解此"的谜语也是公案小说的常例。

本篇小说的特异之处是它为了刻意营造神秘气氛,叙事者采用了小于人物视角的叙事方式。说书人有意对听众隐瞒一些情况,而对场景的报道甚至比不知内情的侍女所看到的更少。

比如大孙押司与小孙押司的关系,以及大孙押司不信卖卜者的话,到了当夜在家中饮酒坐等,据说书人后来补叙,这时小孙押司也在场,并且将大孙押司灌醉了。在这些场景中,侍女迎儿也在场。然而叙事者对这些情节的叙述,却故意对此避而不提。在大孙押司被害的夜晚,听众只听到了押司夫妇的对话,它给人造成的是一幅恩爱夫妻的假象。叙事主体在这一场景中,着意通过押司娘关切的言谈来迷惑听众。叙事者的讲述似乎就是从押司娘眼睛里见到的一切:她见丈夫睡觉,便唤起迎儿扶丈夫回房。又数次唤醒浑浑噩噩的侍女。在恐怖的夜里,似乎只有她在焦虑地守卫着丈夫,谛听动静。所以说书人的聚焦点理所当然地对准了她:"只听得押司从床上跳下来,兀底中门响。"押司娘同迎儿去追,结果"只见一个着白的人,一只手掩着面,走出去,扑通跳入奉符县河里去了"。

这就是说书人讲述的押司被害之夜。后来的真相证明,他是用一个杀人犯的伪视角来报道的。在他的讲述中,押司娘完全是一个无辜的事件见证人,而侍女迎儿却始终在昏睡。然而细究起来，说书人却为押司娘杀夫埋下了细节线索：她问迎儿是否听到了押司被人算出今夜要死；押司、迎儿都熬不住瞌睡，只有她夜不能寐，这既可解释为妻子对丈夫的关心，也可以暗示她的心怀鬼胎。当她听到押司出门后，叫醒迎儿一同去追，则是有意要寻迎儿做个人证。

说书人似乎是站在台前的某个地方，故意遮住某个人物的身影，使听众对场景的窥视始终有一个大大的盲区。直至两个媒婆来提亲，听众方知有一个小孙押司的存在。而押司娘和侍女似乎从未见过和听说过此人。小孙押司一直是个背景人物，直到说书人回叙这桩公案的来龙去脉，听众才知道这个人物其实是被叙事主体有意地遮掩了起来。

这篇小说的成功之处在于，即使是说书人最后补叙真相时，听众仍可从其开始的场景描写里有意埋伏的蛛丝马迹中窥视押司娘的慌乱心理，而且就讲述一桩扑朔迷离的公案而言，叙事者成功地把神秘气氛保持到了最后。

押司娘这个人物虽只是不经意的几笔点染，事后看来却颇为用心。比如孙文被卖卜者说到当夜将死，回家不乐，押司娘大怒，要找算卦的质问，说道："我寻常有事，兀自去知县面前替你出头。如今替你去寻那个先生问他。"批语道："妇人好出头的，定是可畏。"又从四家邻舍刁嫂、毛嫂对押司之死的议论看，孙文是个糊涂本分的好人。这正是未正面写人物，而事件情理、人物的性格、关系宛在眼前，是说书人高明而经济的地方。

在下以为《三现身包龙图断冤》算得上宋代公案小说的上品。与此相比，明清两代文人改编、创作的拟话本公案就比较乏味，除了急于要把事件中的教训和道德含义反复申说之外，"二拍"一般不会采用这种非常规的，但有趣味的方式讲故事。

《简帖僧巧骗皇甫妻》

《简帖和尚》见于《清平山堂话本》。题目之下题有"亦名《胡姑姑》。又名《错下书》"的字样。其本事出自《夷坚支志》丙集《王武功妻》条。宋官本杂剧有《简帖薄媚》，金院本有《错寄书》，宋元戏文有《洪和尚错下书》。可见这是一个在宋元两代颇多流传的故事，在题材上属"公案传奇"，说书人声称这是一篇"跷蹊作怪的小说。"

故事的内容并不复杂。一个流氓和尚看上了皇甫殿直的妻子，就故意将写有情书的简帖错送到皇甫手上。皇甫大怒之下休了妻子。皇甫妻无计存身欲寻自尽，这和尚设计娶了她。一年之后，皇甫夫妇偶然相遇，两人都有不舍之色。和尚为表示对妇人的一片苦心，就把当初如何设计使其夫妇睽离，又如何娶她到手的事告诉了殿直妻子。殿直妻欲去告发，和尚情急之下想杀人灭口，皇甫恰好赶到救了妻子。和尚被官府处死，皇甫夫妇再成夫妻。

公案小说要营造和保持它的神秘性，就必须突破线性结构方式。话本的开头，隐去和尚对皇甫之妻一见倾心，进而心生觊觎、准备离间这些情节，而是从故事的中间部分展开。皇甫殿直和他的妻子正安坐家中，却收到了一位"浓眉毛、大眼睛、蹶鼻子、略绰口"的官人送给妻子的一封简帖儿和白纸包着的一对落索环儿，两支短金钗子。

说书人在介绍了皇甫一家的情况后，他的全知全能立刻受到了限制。当一位上场时，说书人对他的介绍，只用了"只见"怎样，生得如何之类的外部观察，而没有姓甚名谁、地位、婚姻状况一类判断性的说明。至于他为什么送简帖，以及买通了传信人之后，如何神秘地失踪，说书人似乎同听众一样不明就里。皇甫妻被丈夫休弃之后，在一个自称是其姑姑的老太婆家中，这一人物再度出场。说书人也没有明确说他就是那个送简帖的官人，而是通过他的外貌特征在皇甫妻心中引发的猜疑，来暗示两个人物的联系："小娘子见了，口喻心，心喻口，道：'好似那僧儿说的寄简帖儿官人。'""只见官人入来……"这只是皇甫之妻眼中所见的场景。

那个官人进门来向老太婆讨债。而这个老太婆曾救了欲寻短见的皇甫妻一命，并且称是她的姑姑。因而皇甫妻看到老太婆愁得簌簌泪下时，可以想见她内心的同情，所以在老太婆提出，把她嫁给那官人来做个人情的时候，她出于情面难却，又安身无地而依顺了那婆子，也就顺理成章了。虽然在真相大白之后，听众知道这场戏不过是和尚与老太婆预先设计了来骗皇甫妻的，但由于说书人保持缄默，听众只能通过皇甫妻的被蒙蔽的眼睛来了解这一场景。

"粗眉毛、大眼睛、蹶鼻子、略绰口"的这位官人，一年之后领着皇甫妻出现在大相国寺时，说书人依然对他的身份不做说明。不过这次的聚焦点由皇甫妻变成了皇甫本人。通过他的眼睛，听众知道那官人领着他的前妻入了相国寺，他又看见一个行者在追踪那官人。最后，通过行者之口，听众和皇甫才知道那官人其实是个偷了东西的和尚。而这桩公案的缘起和故事链中被隐去的一段，则通过和尚对妇人的表白做了补叙。

就艺术水平而言，《简帖僧巧骗皇甫妻》要逊于《简帖和尚》。因为作者太过刻意地运用视角限制，而又没能坚持下来，有些故弄玄虚。

《勘皮靴单证二郎神》

另一篇公案小说佳作是《勘皮靴单证二郎神》。与前两篇不同的是，这篇作品并不纯粹是公案。它的前半部分是以宫中怨妇为主人公的、描写细腻的人情小说，后半部分才是精彩的侦破故事。前后风格不太一致。

故事的情节并不曲折。韩夫人不得皇帝宠爱，因旷怨而染重病，被皇帝打发到大臣家里养病。韩夫人到庙中还愿，并倾心于二郎神的塑像。她的倾诉被妖道听到后，就冒充二郎神与她欢会。后来被官员发现，请人捉妖，捡到了一只皮靴。公人们靠这皮靴几经周折抓到了妖人。

在这篇话本中，叙事者并没有刻意地追求神秘氛围。就前半部分来说，叙事主体对韩夫人内心情感的细腻描写，使听众产生的关注与同情，分散了他们对妖道的好奇。对人物心理情感的细腻表现以及对其命运的同情，似乎都非宋元职业叙事者所能具备。篇尾称其"原系京师老郎传流，至今编入野史"。在宋元话本里，还少见这种由对人物内心的体察而产生情感与道德的倾斜的情况。这种突出的人本倾向，几乎可以肯定是冯梦龙选编时的再创作。而且在太尉捉妖之后，故事的主人公与叙述重点迅速做出了转变，回到了宋元公案小说的讲述道路。韩夫人和她内心的起伏被叙述者抛在脑后，场景也由怨妇的别院，转入闹嚷的衙门和街市。这些从风格、内容到主人公等方面的突转，似乎也支持了这种猜测。

这篇小说中应用了一些所谓的限制视角。如韩夫人进香，说书人并没有向听众说明周遭的环境，因而他们也不会把"二郎神"的出现，同庙中的道人联系起来。对"二郎神",说书人除了说他仪表堂堂之外,其视角也没有超出满怀幸福的韩夫人所见。当公人一步步追究靴儿来历时,说书人似乎也是一无所知地由着他们见闻,把观众带向谜底。

大部分话本小说是把故事的线性进程,原原本本地呈现在读者面前,像《错斩崔宁》《万秀娘仇报山亭儿》《错认尸》等等。由谁犯罪、起因是什么,说话人在开始就明确地告知了听众。平铺直叙、原原本本,但这样的公案小说并不缺少魅力。它们以注重故事的结局、案件的进程和人物的命运来引起听众的好奇。

市井化了的清官

宋代词人辛弃疾要致仕归隐,遭到儿子的阻挠,说田产尚未置好。辛弃疾写词《最高楼》大骂儿子:

千年田换八百主,一人口插几张匙。咄豚奴,愁产业,岂佳儿。

事实上,当时的制度和社会结构造成了上自官员及其裙带、乡里,下至吏役走卒,再到街面上一干专靠挑官司讹诈吃饭的讼棍,都靠讼事吃饭,而且被看作是理所当然,天经地义。到了明末更是如此。

《二刻》卷二十六《懵教官爱女不受报，穷庠生助师得令终》里有个中式"李尔王的故事"。穷教官攒下的那点养老钱被三个女儿刮了个干净之后，像个老废物一样被撇了出去。倒是老头儿的亲侄儿收留了他。在宗法社会里，老头儿的家产应是归侄儿继承的，老教官蔑视了宗法，以血缘而非家族利益的远近处置了自己名下的钱财，因而遭到了报应。一无所有的老头儿本是再没有利用价值的，他自己甚至想要给侄儿放鹅，挣口饭吃。偏偏他早年救助过的一个学生李御史没有忘记他。报恩的手段是带老师到任上包揽诉讼，"有求出罪的，有求免赃的，多来钻他分上"。在那里半年"总计所得，足足有两千余两白物，其余土产货物、尺头礼仪之类甚多，真叫做满载而归。只这一番，比似先前自家做官时倒有三四倍之得了"。那李御史说来还是个祛蠹除奸、雷厉风行的角色，"随你天大分上挽不回来"，暗地里做成老教官打了一场肥肥的抽丰。

《二刻》卷二十《贾廉访赝行府牒，商功父阴摄江巡》里，武知县的乡亲来打抽丰，正打发不了，见人命官司中牵扯了富贵人家，就心中窃喜，要在富人身上设处些，打发乡亲起身。后来老乡羊肉没吃着，惹了一身臊。到手的四十两好处费，硬被要了回去，武知县为给乡亲出气，不惜逼死人命。

有道是"屈死不告状，冤死不见官"。安善良民平白无故惹上了官司，那是想起来也怕的。何况还有常言说的近奸近杀、红颜祸水、"丑妻近地家中宝"一类的古话良言,每桩公案多多少少就会在血色之外带些粉色。害怕不等于厌闻,只要与己无关,不管是大夫缙绅,还是卖菜贩布的蚁民,都喜欢拿来做消遣的谈资,所以公案小说广受欢迎。不论文人笔记、说唱词话还是小说戏曲,都纷纷涉猎。不少当过地方官、在别人幕府做过师爷的文人都爱把经闻的案子和判词汇辑成《判语录存》《刀笔词锋》一类的东西。民间的《龙图公案》《百家公案》,历久不衰的"包青天""况青天""海青天"和"三言""二拍"的公案小说一样,都是社会心理的聚集反映。

千里做官只为财

读书人寒窗十载,无非要"学成文武艺,货与帝王家",以出仕为商贾,就是穷得家无隔夜粮,一旦做官,两三年的工夫就成了富家翁。《儒林外史》里的范进中举就是个例子。像科场关节、纳粟入监一类,都是因为有大利在后。《初刻》卷二十二《钱多处白丁横带,运退时刺史当艄》里专给商贾放本钱的巨富郭七郎花了五千两银子买个刺史来做,把它看成做买卖的投资,立志要当了官刮地皮翻老本:"做了官,怕少钱财?而今那个做官的家里,不是千万百万,连地皮都卷了归家的?今家业既无,只索撇下此间,前往赴任,做得一年两年,重撑门户,改换规模,有何难处?"

《赵春儿重旺曹家庄》里的浪子曹可成将家业败光,靠赵春儿埋藏的银两买官发迹:"可成到京,寻个店房,安顿了家小,吏部投了文书。有银子使用,就选了出来。初任是福建同安县二尹,就升了本省泉州府经历,都是老婆帮他做官,宦声大振。又且京中用钱谋为,公私两利,升了广东潮州府通判。"后来"夫妻衣锦还乡。三任宦资约有数千金,赎取旧日田产房屋,重在曹家庄兴旺,为宦门巨室"。所谓赵春儿重旺曹家庄,并非二人胼手胝足地劳作,靠赵春儿日夜不休地纺织,其家也只是免于饥寒而已,做官才算得一本万利的好买卖。

三桂堂本《警世通言》第四十卷《叶法师符石镇妖》中李鹬赴任途中道路险恶,鼻流鲜血,颇生退悔之心:"何苦忍着病痛,担着惊恐,博这虚名虚器?"他的夫人却说目下还撇不得这官。"如今若就罢官,照旧是个穷秀才,怎生过活?这还是小事,到孩子长大起来,聘资读书之费,把什么来使用?依着我,还该赴任。此番莫学前任,一清到底了。分内该取的,好歹也要些儿,做他两三年,料必也有好些财物。那时收拾归去,置些产业,传于儿孙享用,可不名利两全。""自来做官的那一个是不要钱的?偏你有许多胶柱鼓瑟!"有此贤妻,李鹬就是做官的念头再冷,也要硬着头皮冒险而去。

行商发财要跋山涉水，吃辛苦受惊吓，得来非易，千里做官同样蹚风冒雪，命悬一线。《喻世明言》卷十九《杨谦之客舫遇侠僧》中，杨谦之被派往贵州安庄县为官，"安庄蛮獠出没之处，家户都有妖法，蛊毒魅人"，去时九死一生，是个性命也难保的地方。幸亏他在赴任途中结识了一位侠僧，侠僧引来他会法术的侄女李氏，两人暂成夫妇前去赴任，取得了当地官员、远近地头蛇的帮助和馈赠。做了三年县令带着数千两金银、酒器等财物，还做得个清官的幌子，满载而归。最奇的原先犹如神龙不见首尾的侠义之人也染了世俗味道。原本有丈夫的李氏，被侠僧借了过来，权作夫人保护杨谦之，三人回来同分宦囊，就如共同做了一注买卖。侠僧处置起财物来也是公平合理毫不含糊：杨谦之取六分、李氏取三分、侠僧取一分。

明代末年，官场的腐化已是病入膏肓，腐败有了深厚的社会基础，好利好货，人们对财富不遗余力地攫取，形成了腐败的民间心理。人们评价成功的标准就是获利的丰裕多寡，做官同做买卖一样，得了肥缺人人羡慕，宦囊丰裕成了获取别人尊重的资本。

凌濛初本人也是将做官赚钱，认同为天经地义的道理的。《二刻》卷二十六《懵教官爱女不受报，穷庠生助师得令终》头回里，就讲述了一个穷教官意外地在穷乡僻壤的任上发了横财的故事，足令作者和出贡的穷秀才们羡慕传诵一番。浙江温州秀才韩赞卿"家里穷得火出，守了一世书窗，指望巴个出身，多少挣些家私"，挨到出贡，选了广东一个县学教官。这教官本是极苦的职位，只好挣学生的"几分节仪"，那县又在海边，从没有教官到过任上。韩秀才穷极无聊，要拼着穷骨头去走一遭。学生可怜他穷身远来，五天之内竟凑来五千余金的"孝意"，韩秀才一个穷儒，到了做不得官的地方做个穷教官，竟有这样的造化，着实让同为秀才的作者羡慕。被女儿赶出家门的老秀才高愚溪，也是靠后来给学生当师爷重新发迹：

> 高愚溪在那里半年，直到察院将次复命，方才收拾回家。总计所得，足足有二千余两白物。其余土产货物、尺头礼仪之类甚多，真叫做满载而归。只这一番，比似先前自家做官时倒有三四倍之得了。伯侄两人满心欢喜，到了家里，搬将上去。邻里之间，见说高愚溪在福建巡按处抽丰回来，尽来观看。看见行李沉重，货物堆积，传开了一片，道："不知得了多少来家。"

家族制度使得一人做官全家望报，《叶法师符石镇妖》虽说写的是唐代的故事，却是古今一理。李鹔出外做官十年，返乡祭祖。"那宗族亲戚都来庆贺，尽怀厚望。那晓得他宦囊清涩,表情而已。凭你说得唇破舌穿,也还道是矫廉悭吝。"

《二刻》卷十一《满少卿饥附饱飏,焦文姬生仇死报》中,满少卿父亲的旧识出镇长安,满少卿指望投托他,寻些润济,不想那人坏了官,离了地方。满少卿盘缠耗尽,"行到汴梁中牟地方,有个族人在那里做主簿,打点去与他寻些盘费还家。那主簿是个小官,地方没大生意,连自家也只好支持过日,送得他一贯多钱。还了房钱、饭钱,余下不多,不能勾回来",思量"关中还有一两个相识在那里做官,仍旧掇转路头,往西而来"。满少卿家是淮南大族,世有显宦,族中做官的人多,像他这样把家事弄光了的子弟,四处打抽丰也就不稀奇了。

清官装鬼和好歹赖他娘的

《滕大尹鬼断家私》里,"贤明"的滕大尹看了倪太守开着的左壁五千两、右壁五千两银子,外加一千两金子的窖藏,垂涎欲滴。他是既能随机应变,又很有表演才能的。只见这位府尹大人:

> 忽然对着空中,连连打恭,口里应对,恰像有主人相迎的一般。……滕大尹一路揖让,直到堂中。连作数

揖，口中叙许多寒温的言语。先向朝南的虎皮交椅上打个恭，恰像有人看坐的一般。连忙转身，就拖一把交椅，朝北主位排下；又向空再三谦让，方才上坐。众人看他见神见鬼的模样，不敢上前，都两旁站立呆看。只见滕大尹在上坐拱揖，开谈道："令夫人将家产事告到晚生手里，此事端的如何？"说罢，便作倾听之状。良久，乃摇首吐舌道："长公子太不良了。"静听一会，……少停又拱揖道："晚生怎敢当此厚惠？"推逊了多时，又道："既承尊命恳切，晚生勉领，便给批照与次公子收执。"乃起身，又连作数揖，口称："晚生便去。"众人都看得呆了。只见滕大尹立起身来，东看西看，问道："倪爷那里去了？"……唤善继问道："方才令尊老先生，亲在门外相迎，与我对坐了讲这半日说话，你们谅必都听见的。"善继道："小人不曾听见。"滕大尹道："方才长长的身儿，瘦瘦的脸儿，高颧骨，细眼睛，长眉大耳，朗朗的三牙须，银也似白的，纱帽皂靴，红袍金带，可是倪老先生模样么？"唬得众人一身冷汗，都跪下道："正是他生前模样。"……众人见大尹半日自言自语，说得活龙活现，分明是倪太守模样，都信道倪太守真个出现了，人人吐舌，个个惊心。谁知都是滕大尹的巧言。他是看了行乐图，照依小像说来，何曾有半句是真话！

滕大尹如此这番的卖力演独角戏，只是为了图赖倪家的一千两黄金。吝啬的倪太守在遗嘱里只许他三百两银子的谢礼。要不是装神弄鬼，假意"推逊"，怎好拿走人家的一坛金子呢？那可是谢礼的许多倍。表演结束，"大尹判几条封皮，将一坛金子封了，放在自己轿前，抬回衙内，落得受用"。正是：有钱能使鬼推磨，为钱清官也装鬼。

在《二刻》卷十三《鹿胎庵客人作寺主，剡溪里旧鬼借新尸》里则是鬼怪加"清官"判案的故事。清官的角色是一个连姓甚名谁都没有交代的人物，小说里只称他为"知县"。这个知县是个不循规蹈矩的聪明人，属于作者比较赞赏的人物。他从书生的口中知道了鬼魂妻子所带走的财物藏在赖家，就命令狱中的盗犯攀扳赖家是同谋，带着盗犯去起赃，轻而易举地解决了一个麻烦的问题，显露出幽默和机智。知县吩咐盗犯：

"我带你到一家去，你只说劫来银两多寄在这家里的。只这等说，我宽你几夜锁押，赏你一顿点心。"贼犯道："这家姓什么？"知县道："姓赖。"贼犯道："姓得好！好歹赖他家娘罢了。"

县官的机智省却了对贪财的赖家进行推问的麻烦，这种

"以赖对赖"的手法是作者所欣赏的,凌濛初小说中的清官大多如此。断狱的"清官",已不是包龙图那般的廉正刚直、上通神明的高大人物,而多是些装神弄鬼的角色。《初刻》卷二十六《夺风情村妇捐躯,假天语幕僚断狱》里的林断事,审问恶僧,还要假扮通神似的表演一番,"仰面对天看着,却像听甚说话的",借着神明的威慑力,才审明了案件,搞得"合县颂林公神明",称他的精明能通上天。这等清官也不过是"装得来鬼脸"愚民的无能"清官"罢了。

猫儿尾拌猫饭

——谁也打不起的官司

《二刻》卷十六《迟取券毛烈赖原钱,失还魂牙僧索剩命》的头回和正话,都是写世情奸诈矫伪、昧心害人的故事。头回写夏主簿同林家合伙做生意,林家要赖账,夏家去州里告状:

> 林家得知告了,笑道:"我家将猫儿尾拌猫饭吃,拼得将你家利钱折去了一半,官司好歹是我赢的。"遂将二百两送与州官,连夜叫八个干仆把簿籍尽情改造,数目字眼多换过了,反说是夏家透支了,也诉下状来。州官得过了贿赂,哪管青红皂白?竟断道:"夏家欠林

家二千两。”

明代后期江南的一些地方健讼成风，动辄对簿公堂。靠打官司发财的不只是官府，还有一班讼师、讼棍。明代人徐复祚的《花当阁丛谈》曾经谈到，彼时的讼师也有等级高下，最高者叫“状元”，最低等的叫“大麦”。不但是这行的状元们能够成家立业收入颇丰，就是那些大麦一样丰衣足食，从没有饿死的讼师，可见事业之兴旺。凌濛初对民间的健讼之风非常厌恶。表现在“二拍”里的意见，第一是说官府贿赂公行的情况司空见惯：

> 些小言词莫若休，不须经县与经州。
>
> 衙头府底赔杯酒，赢得猫儿卖了牛。
>
> 这首诗乃是宋贤范弇所作，劝人休要争讼的话。大凡人家些小事情，自家收拾了，便不见得费甚气力。若是一个不伏气，到了官时，衙门中没一个肯不要赚钱的，不要说后边输了，就是赢得来，算一算费用过的财物，已自合不来了。何况人家弟兄们争着祖、父的遗产，不肯相让一些，情愿大块的东西作成别个得去了。又有不肖官府，见是上千上万的状子，动了火，起心设法，这边送将来，便道：“我断多少与你。”那边送将来，便道：“我替你断绝后患。”只管埋着根脚漏洞，

等人家争个没休歇，荡尽方休。又有不肖缙绅，见人家是争财的事，容易相帮。东边来说，也叫他"送些与我，我便左袒"；西边来说，也叫他"送些与我，我便右袒"。两家不歇手，落得他自饱满了。世间自有这些人在那里，官司岂是容易打的？自古说："鹬蚌相持，渔人得利。"到收场想一想，总是被没相干的人得了去。何不自己骨肉，便吃了些亏，钱财还只在自家门里头好。(《二刻拍案惊奇》卷十《赵五虎合计挑家衅，莫大郎立地散神奸》)

第二就是一班讼师讼棍，也就是那帮"不肖缙绅"的榨取。《赵五虎合计挑家衅，莫大郎立地散神奸》里的莫大郎的父亲莫老翁，奸污了丫鬟，丫鬟后来嫁给小本经营的朱三，生了莫小三，莫翁死后，就有地方上专门"寻人家闲头脑，挑弄是非，扛帮生事"的赵家五虎，挑动朱三父子去莫家认亲、打官司。这类健讼之徒是专靠挑动诉讼从中牟利的人，凌濛初最为厌恶，一概称之为"破落户""没头鬼光棍"。从家族利益和名誉着眼，凌濛初是最反对见官诉讼的，"那官司岂是好打的"。他倾向于乡村自治，私下讲和，而不要希图通过诉讼讨来公道："二拍"涉及公案类的故事里，这类的意见所在多有，能及时识破光棍诡计的莫大郎，就成为作者最为赞赏的人物。莫大郎并不是手足情深、慈悲

忠厚的人物,他只是一个很精明世故的家主公。灵堂上,从未被承认的莫小三突然闯来哭灵,莫家人人惊骇,莫妈怒不可遏:

> 亏得莫大郎是个老成有见识的人,早已瞧科了八九分,忙对母亲说道:"妈妈切不可造次,这件事了不得。我家初丧之际,必有奸人动火,要来挑衅,扎成火囤。落了他们圈套,这人家不经拆的。只依我指分,方免祸患。"

莫大郎当即认下了莫三,把他留在家里,使赵氏五虎挑动分家产的诡计落了空。公堂上莫大郎称,若非当时立地就认了兄弟,一涉讼端,正是棍徒得志之秋,家里所费不知几倍。他的见识得到了太守的称赞:"不惟高义,又见高识。"送他一块"孝义之门"的匾额。其实,莫大郎对"朱家的小三"谈不上有什么"高义",他的"高识"不过是:

> "我家富名久出,谁不动火?这兄弟实是爹爹亲骨血,我不认他时,被光棍弄了去,今日一状、明日一状告将来,告个没休歇。衙门人役个个来诈钱,亲眷朋友人人来拐骗,还有官府思量起发,开了口不怕不送。不知把人家拆到那里田地!及至拚得到底,问出根由,

少不得要断这一股与他，何苦作成别人肥了家去？所以不如一面收留，省了许多人的妄想，有何不妙？"

这里，凌濛初借莫大郎的见识，发表了他对家庭伦理、财产等问题的看法。莫大郎这段切合其身份的行为和利益考虑的表白，也是作者为他本人的实利主义处世立场提供的详尽有趣的解释。"二拍"里的善人高士多如莫大郎那样，是为着很现实的目的来考虑和行动的。比如行善，作者必要一笔笔地将这些善行的收益交代出来，更有那不得不为的善行，分明如商人做买卖一般，就地还钱，即刻收效。

《滕大尹鬼断家私》里的滕大尹在百姓眼里是个贤明的官府。只是怎么一个好官府，见了银子兀自眼红，倪老头在遗嘱里答应给的三百两谢银，已不能满足他的胃口，他自编自演了一出鬼戏，把一坛黄金据为己有。正叫作"鹬蚌相持，渔人得利"。说书人批评道："若是倪善继存心忠厚，兄弟和睦，肯将家私平等分析，这千两黄金，弟兄大家该五百，怎到得滕大尹之手？"所以倪家父子、兄弟各个留后手，争财产的结果就是便宜了外人："轴中藏字非无意，壁下埋金属有司。何似存些公道好，不生争竞不兴词。"